KB107783

이반 오소킨의 인생 여행

STRANGE LIFE OF IVAN OSOKIN

by P. D. Ouspenky

Cover Painting _ Olaf Hajek©

Inside Paintings and Drawings _ SKETCHBOOK©

이반 오소킨의 인생 여행

페테르 우스펜스키

공경희 옮김

연금술사

차례

작별

화면에는 모스크바의 쿠르스크 역. 1902년 4월의 어느 화창한 날, 크림반도(러시아 남부, 현재의 우크라이나 남쪽 흑해를 향해 돌출한 반도)로 떠나는 지나이다 크루티츠키와 어머니를 배웅하러 나온 친구들이 플랫폼의 침대칸 열차 옆에 서 있었다. 그들 중에 26세의 청년 이반 오소킨이 있었다.

오소킨은 내색하지 않으려고 애쓰지만 불안해하는 기색이 역력했다. 지나이다는 오빠 미하일, 그리고 두 명의 처녀와 이야기를 나누고 있었다. 모스크바 근위 보병 연대 제복 차림의 장교 미하일 크루티츠키는 오소킨과 친구 사이였다. 그때 지나이다가 오소킨에게 몸을 돌리더니 그와 함께 잠시 걸었다.

그녀가 말했다.

"당신이 무척 보고 싶을 거예요. 당신이 우리와 함께 가지 못해서 아쉬워요. 내가 보기에는 당신이 그걸 원하지 않는 것 같지만요. 그게 아니라면 당연히 같이 가겠죠. 당신은 나를 위해 아무것도 해 주고 싶어 하지 않아요. 당신이 우리와 함께 가지 않는 것은 지금까지 우리가 나눈 모든 이야기를 어처구니없고 무의미한 것으로 만드는 일이에요. 하지만 난 당신과 논쟁하는 데 지쳤어요. 당신은 자신이 원하는 대로 해야 직성이 풀리는 사람이에요."

이반 오소킨은 점점 더 불안해졌지만, 마음을 진정시키려고 노력하면서 힘들게 말했다.

"지금 당장은 갈 수 없지만 나중에 가도록 할게. 당신에게 약속할게. 여기 남는 것이 나로서도 얼마나 힘든 일인지 당신은 상상도 못 할 거야."

지나이다가 얼른 대꾸했다.

"그래요, 난 상상할 수도 없고 믿기지도 않아요. 당신 말처럼 그렇게 열렬히 원한다면, 남자라면 당연히 행동에 옮기겠죠. 당신은 이곳의 제자들 중 한 명과 사랑에 빠진 게 틀림없어요. 펜싱을 배우는 예쁘고 시적인 처녀이겠죠. 사실대로 말해요!"

그녀가 큰 소리로 웃었다.

지나이다의 표현과 말투가 오소킨의 마음에 깊은 상처를 냈다. 그는 말을 하려다가 참고 다시 입을 열었다.

"그렇지 않다는 것을 알면서 그래. 나한테는 오직 당신뿐이라는 걸 잘 알잖아."

"내가 그걸 어떻게 알아요?"

지나이다가 놀란 투로 대꾸하고는 덧붙였다.

"당신은 언제나 바빠요. 우리 집에 오는 걸 늘 회피하죠. 나를 위해 시간을 내준 적도 없고. 지금 나는 당신이 우리와 함께 가기를 정말로 바라고 있어요. 그렇게 되면 우리는 이틀 동안 온전히 함께 시간을 보낼 수가 있어요. 얼마나 즐거운 여행이 될지 한번 생각해 봐요!"

그녀는 얼른 오소킨의 얼굴을 쳐다보았다.

"그리고 크림반도에서 같이 승마를 하고, 배를 타고 바다로 나가는 거예요. 당신은 내게 자작시를 읽어 줄 테고. 하지만 이제 내게는 지루한 여행이 될 거예요."

지나이다는 얼굴을 찌푸리고 고개를 돌렸다.

오소킨은 대답을 하려고 노력했지만 할 말을 찾지 못해 입술을 깨물고 서 있었다. 그는 같은 말만 반복했다.

"내가 나중에 가도록 할게."

"당신이 오고 싶으면 그렇게 해요. 하지만 지금의 기회는 이미 사라졌어요. 혼자 여행하면서 나는 몹시 지루할 거예요. 어머니는 유쾌한 동행이긴 하지만 내가 원하는 건 그게 아니에요. 다행히 아는 남자 한 명을 봤는데 이 기차로 여행을 하는 것 같아요. 가는 길에 그가 나를 즐겁게 해 줄지도 모르죠."

오소킨이 다시 입을 열려고 했지만 지나이다가 계속 말했다.

"난 오직 현재에만 관심 있어요. 미래에 무슨 일이 일어날지 내가 왜 신경 쓰겠어요? 당신은 이것을 깨닫지 못해요. 당신은 미래에 살 수 있지만 난 그러지 못해요."

오소킨이 말했다.

"모두 다 이해해. 나로서도 몹시 힘들지만, 지금은 내가 어떻게 해 볼 도리가 없어. 하지만 내 부탁을 잊지 않을 거지?"

"알았어요, 잊지 않고 당신에게 편지를 쓸게요. 하지만 난 편지 쓰는 걸 별로 좋아하지 않아요. 그러니 편지를 많이 받으리라는 기대는 접어요. 그 대신 곧 오도록 해요. 한 달 동안 기다려 줄게요. 아니면 두 달. 그 후에는 더 이상 기다리지 않을 거예요. 자, 이제 우리 가요. 어머니가 날 찾고 있네요."

두 사람은 침대칸 옆에 모여 있는 일행과 합류했다.

오소킨과 지나이다의 오빠는 역의 출구 쪽으로 걸어 갔다.

미하일 크루티츠키가 말했다.

"무슨 일이 있나? 자네 별로 즐거워 보이지 않는군."

오소킨은 말을 하고 싶은 기분이 아니었지만 이렇게 대답했다.

"난 괜찮아. 하지만 갑자기 모스크바가 싫어졌어. 나도 어디론가 떠나 버리고 싶어."

두 사람은 역 앞의 넓은 아스팔트 광장으로 나갔다. 크루티츠키는 오소킨과 악수를 나누고 계단을 내려가서는 마차를 불러 타고 떠났다.

오소킨은 친구의 뒷모습을 바라보며 한참 동안 그 자리에 서 있었다.

그는 천천히 혼잣말을 중얼거렸다.

'내가 무엇인가를 기억하는 것 같을 때가 있고, 아주 중요한 무엇인가를 잊어버린 것 같을 때가 있어. 마치 이 모든 일이 과거에도 일어났던 것처럼 느껴져. 하지만 그것이 언제였지? 모르겠어. 정말 이상한 일이야.'

그는 문득 정신이 든 사람처럼 주위를 둘러보았다.

'이제 지나이다가 가 버리고 나 혼자 여기 남았군. 지금 이 순간 그녀와 여행하고 있다면 얼마나 좋을까! 지금 내가 바랄 수 있는 것은 그것이 전부야. 남쪽으로, 태양이 빛나는 곳으로 가는 것……. 그래서 지나이다와 이틀 동안 온전히 함께 있는 것. 그 후에도 날마다 그녀를 보는 것. 같이 바다로, 산으로 가면서……. 하지만 그러는 대신 난 지금 이곳에 홀로 남아 있어. 그리고 지나이다는 내가 왜 함께 가지 않는지 이해조차 못 해. 그녀는 지금 내 호주머니에 있는 돈이 정확히 30코펙(러시아의 화폐 단위. 100분의 1루블)뿐이라는 사실을 알지 못해. 안다고 한들 이 상황이 내게 더 쉬워지진 않을 테지만.'

오소킨은 다시 한 번 역 입구를 돌아보고 나서, 고개를 숙인 채 광장으로 난 계단을 걸어 내려갔다.

세 통의 편지

석 달 후 이반 오소킨의 거처. 무
척 초라한 분위기의 가구 딸린
널찍한 월세방. 회색 담요가
깔린 철제 침대와 세면대, 서
랍장, 작은 책상, 그리고 평범
한 책꽂이. 벽에는 셰익스피어
와 푸시킨의 초상화들, 펜싱 검
과 마스크가 걸려 있었다.

불안하고 초조한 표정의 오소킨이 방 안을 서성이고
있었다. 그는 앞에 놓인 의자를 내던졌다. 그러더니 책상
으로 돌아가 서랍에서 편지 뭉치를 꺼냈다. 좁고 길쭉한
회색 봉투 세 개에서 편지를 꺼내 차례로 읽고는 다시 넣
었다.

첫 번째 편지. 편지와 시 보내 줘서 고마워요. 멋진 내용이네요. 다만 그것들이 누구를 대상으로 한 것인지 모르겠네요. 분명 나는 아니겠죠. 주인공이 나였다면 당신은 이곳에 있을 테니까요.

두 번째 편지. 당신은 아직도 나를 기억하나요? 사실 당신이 습관이나, 혹은 스스로 짊어진 이상한 의무감으로 편지를 쓰는 것 같을 때가 많아요.

세 번째 편지. 나는 전에 내가 한 말을 전부 기억해요. 두 달이 다 돼 가고 있네요. 스스로 합리화하거나 변명하려고 애쓰지 말아요. 당신이 가진 돈이 없다는 것은 알지만, 난 돈을 바란 적 없어요. 여기에는 당신보다 훨씬 궁핍한 사람들이 많아요.

오소킨은 방 안을 거닐다가 책상 근처에 멈춰 서서 큰 소리로 말했다.

"이제 지나이다는 내게 더 이상 편지를 보내지 않아. 마지막 편지가 온 것이 한 달 전이었어. 그런데도 나는 그녀에게 매일 편지를 쓰고 있어."

그때 문 두드리는 소리가 났다. 스토피친이 방에 들어섰다. 오소킨의 친구인 그는 젊은 의사이다. 스토피친은 오소킨과 악수를 나누고, 외투를 입은 채 책상에 앉았다.

"무슨 일이 있는 거야? 자네, 몹시 아파 보이는데."

그는 얼른 오소킨에게 다가가, 짐짓 심각한 체하며 맥박을 재려고 했다. 오소킨은 미소 지으며 저리 가라고 손을 저었지만, 곧 얼굴에 그늘이 지나갔다.

"모든 게 엉망이야, 스토피친. 자네에게 분명하게 설명하진 못하지만 내가 삶에서 떨어져 나간 기분이 들어. 다른 사람들은 모두 움직이고 있는데 나는 가만히 정지해 있어. 나름의 방식으로 내 삶을 꾸려 가고 싶었지만, 인생을 완전히 망가뜨리기만 한 것 같아. 다른 사람들은 정상적인 길을 따라서 잘 가고 있어. 자네 같은 사람들은 인생을 누리고 있고, 앞에는 미래가 놓여 있어. 나는 온갖 울타리들을 넘으려고 애썼지만, 그 결과 지금 아무것도 가진 게 없고 미래에도 가진 게 없어. 처음부터 다시 시작할 수만 있다면! 모든 걸 다르게 해야 한다는 걸 이제야 알겠어. 지금까지처럼 인생과 인생이 주는 모든 것에 맞서면 안 된다는 걸. 먼저 인생에 순종해야 그다음에 인생을 정복할 수 있음을 이제야 알겠어. 지금까지 나는 매우 많은 기회들을 가졌고, 여러 차례 모든 일이 내게 유리하게 돌아갔어. 그런데 이제 남은 것이 아무것도 없어."

스토피친이 말했다.

"과장이 심하군. 자네와 나머지 우리에게 무슨 차이가 있다고 그래? 누구에게도 인생은 특별히 편안하지 않아.

혹시 자네에게 안 좋은 일이라도 일어난 거야?"

"아무 일도 일어나지 않았어. 다만 내가 삶에서 제외된 느낌이 들 뿐이야."

다시 문 두드리는 소리가 났다. 오소킨의 집주인이었다. 은퇴한 공무원인 그는 약간 취했고 무척 다정하고 말이 많았다. 하지만 오소킨은 주인이 집세를 달라고 할까 봐 염려되어 그를 보내려고 애를 썼다. 집주인이 떠나자 오소킨은 넌더리 나는 표정으로 문을 향해 손을 저었다.

오소킨이 말했다.

"봤지? 삶 전체가 이런 하찮은 골칫거리들과 벌이는 하찮은 싸움일 뿐이야. 오늘 저녁 자네는 뭘 할 계획인가?"

"나는 사모이로프의 집에 갈 예정이야. 그 부부가 심령술이나 영매 같은 걸 연구할 그룹을 만들려고 이야기를 진행 중이야. 하모브니키(톨스토이 박물관이 있는 모스크바 시내)에 심령술 연구 단체를 만들려는 것이지. 자네도 함께 가려나? 난 자네가 그런 분야에 관심이 있다고 믿는데?"

오소킨이 말했다.

"그래, 전에는 그랬지. 점점 그런 것들이 헛소리라는 걸 알게 되었지만. 하지만 난 초대받지 않았는걸. 내가 전에 말하지 않았던가? 나는 사람들과 거리를 두고 지낸다고. 그들에게 나는 무엇일까? 나는 낯선 사람이고 이방인에 불과해. 그것은 어디서나 똑같아. 그들의 관심사의 4분의 3과 그들이 하는 말의 4분의 3은 내게는 완전히 다른 나라 이야기이고, 그들도 그걸 느껴. 그들은 종종 예의를 차리느라 나를 초대하지만, 나는 나날이 거리감이 커지는 걸 느껴. 그들은 자기들끼리 대화하는 것과는 다르게 내게 말을 하지. 지난주에는 머리 나쁜 여학생 셋이 칼 마르크스를 읽으라고 조언하길래, 내가 차라리 우유죽이 더 낫겠다고 말하자 도무지 알아듣지 못하더군(푸시킨의 소설 〈노트〉에는 사지가 찢겨 죽는 것과 교수형 중 어느 쪽이 좋으냐는 질문을 받은 어릿광대의 이야기가 나온다. 어릿광대는 차라리 우유죽이 더 낫겠다고 말한다). 내 말이 무슨 뜻인지 알겠나? 모든 게 완전히 헛소리이지만 그 헛소리들이 나를 지치게 하고 있어."

스토피친이 말했다.

"난 자네랑 논쟁을 할 수는 없지만 그 모든 게 자네의 상상에 불과하다는 확신이 드는군."

그는 일어나서 오소킨의 어깨를 두드리고, 가지러 왔던 책을 챙겨 떠났다.

오소킨 역시 외출 준비를 했다. 그런 다음 책상 앞으로 걸어가, 모자를 쓰고 외투를 걸친 채 생각에 잠겨 서 있었다.

그는 혼자서 중얼거렸다.

'내가 크림반도에 갈 수 있었다면 모든 것이 달라졌을 것을. 그런데 대체 왜 가지 않았을까? 적어도 그곳에 갈 수는 있었는데. 그리고 일단 그곳에 갔다면 무엇이 문제 가 됐을까? 어쩌면 그곳에서 일자리를 찾을 수 있었을지 도 몰라. 하지만 도대체 어떻게 크림반도에서 돈 없이 살 수 있지? 말, 배, 카페, 팁……. 전부 돈이 있어야만 해. 그리고 옷차림도 고상해야 해. 내가 여기서 입는 옷을 입고 그곳에 갈 수는 없었어. 이 모든 것은 사소한 문제이지만, 바로 이 사소한 문제들이 겹쳐지면……. 또 지나이다는 내가 그곳에서는 살 수 없다는 것을 이해하지 못해. 그녀 는 내가 그곳으로 오기 싫어하거나 여기서 무엇인가에 붙 잡혀 있다고 생각해……. 오늘도 편지가 오지 않겠지?'

파란색 외투를 입은 사람

이반 오소킨은 중앙 우체국에 보관된 우편물이 있는지 알아보러 갔다. 그는 지나이다에게 '우편물 유치'(수취인이 우체국에서 직접 우편물을 찾도록 배달을 보류하는 제도)로 편지를 보내라고 당부해 두었었다. 하지만 보관된 편지가 없었다. 그는 우체국에서 나오다가 파란색 외투를 입은 남자와 마주쳤다.

오소킨은 걸음을 멈추고 눈으로 그 남자를 뒤쫓았다.

'저 사람이 누구지? 어디서 본 사람일까? 얼굴이 낯익은데. 저 외투도 기억이 나.'

오소킨은 생각에 잠겨 걸음을 옮겼다. 길모퉁이에서 멈

쳐 서서 두 필의 말이 *끄는* 지붕 없는 마차가 지나가게 했다. 마차에는 남자 한 명과 크루티츠키의 집에서 만난 적 있는 여자 두 명이 타고 있었다. 오소킨은 모자를 벗으려고 손을 올렸지만, 그들은 그를 보지 못하고 지나갔다. 그는 혼자 웃고는 걸음을 옮겼다.

다음 모퉁이에서 오소킨은 지나이다의 오빠를 만났다. 크루티츠키는 멈춰 서서 오소킨의 팔을 잡고 나란히 걸으며 말했다.

"자네, 소식 들었나? 내 여동생이 민스키 대령과 결혼할 예정이야. 결혼식은 크림반도에서 올릴 거고. 나중에 두 사람은 콘스탄티노플(터키 서부 이스탄불의 옛 이름)에 갔다가 거기서 그리스로 갈 예정이라는군. 며칠 후 난 크림반도에 갈 거야. 전할 소식이라도 있나?"

오소킨은 웃으면서 그와 악수하고, 짐짓 밝고 명랑한 목소리로 대답했다.

"지나이다에게 내 안부와 축하 인사를 전해 주게."

크루티츠키는 다른 말을 하고 웃으면서 떠나갔다.

오소킨은 웃는 얼굴로 작별 인사를 던졌다. 하지만 친구와 헤어지자 표정이 변했다. 그는 한동안 걷다가 멈춰 서서, 지나가는 사람들을 의식하지 않고 물끄러미 거리를 바라보았다.

그는 혼잣말을 중얼거렸다.

'그래, 결국 이렇게 되는 것이군. 이제야 모든 것이 분명해졌어. 내가 어떻게 해야 할까? 그곳으로 가서 민스키에게 결투를 신청할까? 하지만 왜? 모든 것이 미리 결정되어 있었음이 분명하고 나는 한낱 심심풀이였는데. 내가 그곳에 가지 않은 게 얼마나 다행인가. 아니, 그건 엉터리 변명에 불과해! 내게는 그렇게 생각할 권리도 없고 그건 진실이 아니야. 이 모든 일은 내가 그곳으로 가지 않아서 일어난 거야. 하지만 이제 그곳에 가지 않을 거야. 그리고 아무 짓도 하지 않을 거야. 지나이다는 이미 선택했어. 내가 무슨 권리로 불만스러워하지? 결국 내가 그녀에게 무엇을 해 줄 수 있지? 내가 그녀를 그리스에 데려갈 수나 있나?'

그는 계속 걷다가 다시 멈춰 서고, 또다시 혼잣말을 중얼거렸다.

'하지만 지나이다는 나한테서 정말로 무엇인가를 느낀 것 같았어. 또 우리가 나눈 대화는 어떻고! 내가 그런 식으로 이야기할 수 있는 사람은 이 세상에 그녀밖에 없었어. 지나이다는 정말 특별한 여자야! 그리고 민스키는 평범한 사람들 중에서도 더없이 평범한 인간이지. 참모밖에 안 되는 대령이고 노보예브레먀(러시아에서 발행하는 국제 문제 전문 주간지) 따위나 읽지. 그러나 이제 곧 그는 고위직에 오를 테고, 나는 길에서 그녀의 친구들이 알아보지도 못하는 사람에 불과해.

아, 이렇게는 살 수 없어……. 어디 다른 곳으로 가든지……. 어쨌든 이곳에 더 이상 남아 있지 못하겠어.'

사랑의 끝

저녁. 오소킨은 자신의 방에 있었다. 지나이다 크루티츠키에게 편지를 쓰는 중이지만, 계속해서 종이를 찢고 새로 시작해야만 했다. 이따금 벌떡 일어나 방 안을 서성거렸다. 그러다가 다시 편지를 쓰기 시작했다. 마침내 그는 펜을 던지고 기진맥진해서 의자에 기대앉았다.

그는 자신에게 말했다.

'더 이상 못 쓰겠어. 며칠 동안 밤낮없이 편지를 썼어. 하지만 이제 내 안에서 무엇인가가 망가진 것 같은 느낌이야. 내가 지금까지 보낸 다른 편지들이 그녀에게 아무것도 전하지 못했다면, 이 편지가 무엇을 전할 수 있겠어?

더 이상 못 하겠어……'

천천히 일어난 그는 마치 앞을 못 보는 사람처럼 움직여, 책상 서랍에서 권총과 실탄을 꺼냈다. 그리고 총에 총알을 장전한 다음 주머니 안에 넣었다. 그는 모자와 코트를 챙겨, 불을 끄고 밖으로 나왔다.

마법사의 집에서

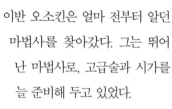

이반 오소킨은 얼마 전부터 알던 마법사를 찾아갔다. 그는 뛰어난 마법사로, 고급술과 시가를 늘 준비해 두고 있었다.

오소킨과 마법사는 불 가에 앉았다.

널찍한 방은 동양식으로 화려하게 꾸며져 있었다. 바닥에는 페르시아와 부하라(우즈베키스탄의 도시), 중국에서 만든 고풍스럽고 값비싼 카펫들이 깔려 있고 높다란 창문에는 아름다운 디자인의 오래된 비단 커튼이 걸려 있었다. 상아로 조각한 탁자와 의자들, 청동으로 된 인도 신상들, 그리고 야자나무 잎으로 만든 인도의 서적들. 벽감 안에서는 실물 크기의 우아한 관음보살상이 빛을 발하고 있었다. 붉게 옻칠한 장식대에는 큰 천구의가 놓여 있었다. 마법사 옆 소형 상아 조각 탁자 위에는 모래시계가 있었다. 의자 등받이에는 검은색 시베리아 고양이가 앉아서 불을 바라보고 있었다.

마법사는 꿰뚫어 보는 듯한 날카로운 눈매를 가진 구부정한 노인이었다. 검은색 옷을 입고, 머리에는 납작하고 작은 검은색 모자를 쓰고 있었다. 손에는 옥을 상감한 가느다란 페르시아 지팡이를 들고 있었다.

오소킨은 우울한 얼굴로 시가를 피우며 아무 말도 하지 않았다. 그가 특별히 깊은 생각에 잠긴 순간, 마법사가 입을 열었다.

"친구여, 그대는 이미 알고 있었네."

오소킨은 흠칫 놀라며 마법사를 쳐다보았다.

"내가 무슨 생각을 하는지 어떻게 아시죠?"

"난 그대가 무슨 생각을 하는지 언제나 알지."

오소킨이 고개를 숙이며 말했다.

"네, 나는 이제 어쩔 수 없다는 것을 알아요. 하지만 이 불행한 몇 년의 시간을 되돌릴 수만 있다면……. 당신은 늘 그런 것은 존재하지도 않는다고 말하지만요. 인생이 주려고 했지만 내가 걷어차 버린 모든 기회들을 되찾을 수만 있다면! 내가 다르게 행동할 수만 있었다면……."

노인은 탁자에서 모래시계를 집어 흔든 다음 뒤집어 놓고 모래가 흘러내리는 것을 지켜보았다. 그러고는 말했다.

"모든 것을 되돌릴 수 있지, 모두 다. 하지만 그렇게 해도 달라지는 것은 없어."

오소킨은 마법사의 말은 듣지 않고 완전히 자기 생각에 잠겨 말을 이었다.

"만약 내가 어떻게 될지 미리 알았더라면! 난 나 자신을, 나 자신의 힘을 정말 많이 믿었어요. 내 방식대로 해나가고 싶었어요. 아무것도 두렵지 않았어요. 사람들이 가치 있게 여기는 모든 것을 거부했고, 결코 뒤돌아보지 않았어요. 하지만 이제 되돌아가서 다른 사람들처럼 될 수만 있다면 내 목숨의 반이라도 내놓겠어요."

오소킨은 의자에서 일어나 방 안을 서성였다.

노인은 앉아서 그를 지켜보다가 고개를 끄덕이며 미소지었다. 그의 얼굴에서 재미있어하고 놀리는 듯한 표정이 엿보였다. 냉정한 조소가 아니라 다 이해한다는 얼굴이었다. 마치 돕고 싶지만 그럴 수 없기라도 한 듯 동정하고 안타까워하는 얼굴이었다.

오소킨이 계속해서 말했다.

"나는 늘 모든 것을 비웃었고, 삶을 망치는 걸 즐기기까지 했어요. 내가 다른 사람들보다 강하다고 느꼈어요. 아무것도 나를 굴복시킬 수 없었어요. 아무것도 내가 패배를 인정하도록 만들지 못했어요. 나는 패배하진 않았어요. 하지만 더 이상 싸울 수가 없어요. 나는 나 자신을 늪같은 곳에 빠트렸어요. 꼼짝도 할 수가 없어요. 내 말이 이해되세요? 나는 꼼짝도 하지 못하면서 나 자신이 빨려들어가는 것을 지켜보고 있어야만 해요."

노인은 앉아서 그를 바라보았다. 그러고는 물었다.

"어쩌다가 이렇게 되었나?"

"어쩌다가요? 당신은 나에 대해 너무 잘 아니까, 틀림없이 그것도 잘 아실 텐데요. 나는 학교에서 퇴학을 당하면서부터 표류한 거예요. 그 한 가지 일이 인생을 송두리째 바꿔 놓았어요. 그 일 때문에 나는 모든 것과 끊어졌어요. 내 동창생들을 보세요. 일부는 아직 대학에 다니지만, 나머지는 학위를 받고 모두가 든든한 기반 위에 있어요. 나는 그들보다 열 배는 더 경험하고, 더 많이 알고, 더 많이 읽고, 백 배는 더 많이 보았어요. 그런데도 이제 나는 사람들이 예의상 잘 대해 주는 위인에 불과해요."

"그게 다인가?"

노인이 물었다.

"네, 다예요. 완전히 다는 아니지만. 나에게는 다른 기회들도 있었지만, 그 기회들은 하나씩 나를 비껴갔어요. 첫 번째가 가장 중요한 기회였어요. 우리는 너무 어려서 어떤 결과가 생길지 모르기 때문에 이해력이나 의도 따위 도 없이 일들을 저지를 수 있다는 것이 얼마나 끔찍한가 요! 그 일들이 인생 전체에 영향을 미치고 미래를 송두리 째 바꿀 수 있는데도 말예요. 내가 학창 시절에 저지른 짓 은 한낱 짓궂은 장난에 불과했어요. 나는 다만 지루했어 요. 그것이 어떤 상황을 불러올지 미리 알고 이해했더라 면 내가 그런 행동을 왜 했겠어요?"

마법사는 그렇다는 의미로 고개를 끄덕였다.

"응, 그래도 그렇게 했을 거야."

"절대 아니에요!"

노인은 웃었다.

오소킨은 계속 방 안을 왔다 갔다 하다가 걸음을 멈추 고 다시 말했다.

"또 나는 왜 숙부와 말다툼을 벌였을까요? 숙부는 내 게 큰 호의를 가진 분이었어요. 하지만 내가 숙부를 후견 인으로 둔 처녀와 숲으로 사라진 것이 일부러 숙부를 자 극한 것이 돼 버렸어요. 사실 타네츠카는 매우 다정했고 나는 겨우 열일곱 살이었어요. 우리의 키스는 정말 달콤 했어요. 하지만 숙부는 우리가 식당에서 키스하는 광경을 목격하고 불같이 화를 냈어요. 이 모든 게 얼마나 어리석은 짓이었는지! 어떻게 될지 미리 알았더라면 나는 그런 행동을 멈추었을 거예요. 그렇지 않아요?"

마법사는 다시 웃었다.

"그대는 미리 알고 있었어."

오소킨은 멀리 있는 무엇인가를 바라보며 기억하는 사람처럼 옅은 미소를 지었다. 그는 말했다.

"어쩌면 알고 있었는지도 모르죠. 다만 당시에는 정말 흥분이 되었어요. 하지만 물론 그런 짓은 하는 게 아니었어요. 어떤 결과가 찾아올지 분명하게 알았더라면, 타네츠카 근처에는 얼씬도 하지 않았을 거예요."

마법사가 말했다.

"그대는 분명하게 알고 있었어. 잘 생각해 보면 알게 될 거야."

오소킨이 대답했다.

"당연히 나는 몰랐어요. 문제는 우리가 어떤 일이 다가올지 분명하게 알지 못한다는 거예요. 자신의 행동이 어떤 결과를 낳을지 명확히 안다면, 누가 그런 일들을 저지르겠어요?"

노인이 오소킨을 응시하며 말했다.

"그대는 언제나 알고 있었어. 다른 사람들의 행동이나

알 수 없는 원인들의 결과로 어떤 일이 생길지는 모를 수가 있지만, 자신이 하는 행동들이 초래할 수 있는 모든 결과는 항상 아는 법이야."

오소킨은 생각에 빠져들었고 그의 얼굴에 그늘이 드리워졌다.

"가끔은 내가 앞으로 일어날 사건들을 예상했을지도 모르죠. 하지만 일반적으로 늘 그렇다고 할 수는 없어요……. 게다가 나는 언제나 남들과는 다르게 인생에 접근했어요."

마법사가 미소를 지으며 말했다.

"나는 지금까지 자기가 남들과 다르게 인생에 접근했다고 믿지 않는 사람은 한 명도 본 적이 없네."

오소킨은 듣지 않고 말했다.

"어떻게 될지 확실히 알았다면 왜 내가 그 모든 행동들을 했겠어요? 군사학교에서 벌어진 일을 보세요. 내가 규율에 익숙하지 않았기 때문에 그곳 생활이 힘들었다는 것은 알지만 사실 그건 말도 안 되는 일이에요. 나 자신이 그 생활을 견디게 만들 수도 있었어요. 모든 것이 순조롭게 돌아가고 있었고 남은 기간도 얼마 안 되었으니까요. 그런데 갑자기 마치 의도적으로 그런 것처럼 나는 휴가를 나갔다 늦게 복귀하기 시작했어요. 어느 일요일, 그리고 다른 일요일에도……. 그러자 학교 측은 한 번만 더 늦으면 퇴학당할 거라고 하더군요. 그 후 두 번은 시간에 맞춰 복귀했는데, 그러다가 레온티에프의 집에서 저녁 모임이 있었어요. 그곳에서 검은 드레스를 입은 여자를 만났고, 나는 결국 학교에 돌아가지 않았어요. 하긴 그 이야기를 다 해 봤자 무슨 소용이 있겠어요? 결과적으로 나는 퇴학당했어요. 하지만 그렇게 끝나게 될 줄은 미처 몰랐어요!"

"그대는 알고 있었어."

마법사가 되풀이했다.

오소킨은 웃음을 터뜨렸다.

"네, 이 경우에는 나 자신도 알았던 것 같네요. 하지만 온갖 어처구니없는 짓거리들이 지겨웠고, 결국 사람은 언제나 좋은 쪽을 생각하기 마련이죠. 내가 '알았다'고 말하는 것은 '추측했다'는 의미라는 것을 고려해 주세요. 내 말은, 우리가 어떤 일이 생길지 완벽하게, 확실하게 안다면 다르게 행동할 것이라는 뜻이에요."

"친구여, 그대는 지금 자신이 무슨 말을 하는지 모르고 있어. 무엇인가를 완벽하고 확실하게 안다면, 그것은 피할 수 없는 일이었다는 뜻이야. 그러면 그대가 어떻게 행동해도 어떤 식으로든 아무것도 바꿀 수 없어. 때로 그대는 이런 것들을 알지. 예를 들어, 불을 건드리면 화상을 입으리라는 것을 알아. 그러나 내가 말하는 것은 그런 게 아니야. 내 말은, 이런저런 행동이 어떤 결과들을 가져올지 본인은 언제나 안다는 뜻이야. 하지만 이상하게도 인간은 이렇게 행동하면서도 저렇게 행동해야만 얻을 수 있는 결과를 얻고 싶어 하지."

오소킨이 말했다.

"우리가 얻게 될 모든 결과들을 언제나 아는 것은 아니에요."

"언제나 알지."

"잠깐만요. 내가 투르키스탄(중앙아시아 지역)에서 졸병 생활을 했을 때도 정말 다 알고 있었을까요? 내게는 어떤 희망도 없었어요. 그런데도 나는 무엇인가를 기다리고 있었어요."

마법사는 다시 미소 지었다.

"그대가 할 수 있는 일은 아무것도 없었어. 어떤 일도 그대로 인해 결정되지 않았고 그대는 아무것도 하지 않았어."

오소킨이 말했다.

"나는 갑자기 숙모에게 유산을 물려받았어요. 3만 루블이었어요. 내게는 그 돈이 구세주였어요. 처음에는 분별력

있게 처신하기 시작했어요. 외국으로 나갔고, 한동안 여행을 했어요. 그런 후 파리의 소르본대학에서 강의를 듣기 시작했어요. 다시 모든 게 가능해졌어요. 많은 부분이 전보다 훨씬 나아졌고. 그런데 어느 어리석은 순간, 무분별하고 어리석게도 남은 돈을 룰렛 도박판에서 다 잃었어요. 같이 판을 벌인 부유한 영국인과 미국인 학생들은 내가 돈을 다 날렸다는 걸 알아차리지도 못하더군요. 그 당시 내가 무슨 짓을 하는지 나 자신이 알았을까요? 그 순간 나는 모든 것을 잃고 있었어요. 우리가 어디로 가고 있는지 안다면, 그 행동을 멈추는 경우가 많을 거예요."

노인은 일어나서 지팡이에 몸을 기대고 오소킨 앞에 섰다.

그가 말했다.

"하지만 그대는 그전에 이미 카드 게임과 룰렛 도박으로 상당액의 돈을 잃었어. 그대가 내게 그렇게 말했어. 왜 받은 유산의 3분의 1만 남았지?"

오소킨이 대답했다.

"아, 카드 게임에서 돈을 다 잃은 게 아니었어요. 그 전에 4년간 외국에서 살았어요. 아무튼 나는 돈을 벌 순 없었어요. 학위를 딴 후에 일자리를 구해도 될 만큼의 돈이 수중에 남아 있었어요."

마법사가 말했다.

"그랬을지도 모르지. 하지만 그대는 이미 돈을 잃고 있었어. 그리고 가진 돈을 다 잃는 것은 피할 수 없는 일이었어. 또 자신이 돈을 잃으리란 것을 알고 있었어. 언제나 알면서도 멈추지 않았어."

오소킨은 참지 못하고 고개를 저었다.

그는 외쳤다.

"그렇지 않아요! 당연히 그렇지 않아요! 미리 알 수만 있다면! 탁자 위에서 가장자리가 어디인지도 모르는 채 앞 못 보는 새끼 고양이처럼 기어 다니는 것이 우리의 불행이에요. 앞에 놓인 것을 전혀 모르기 때문에 어리석은 행동을 하는 거예요. 미리 알 수만 있다면! 앞길을 조금만 볼 수 있어도!"

오소킨은 방 안을 이리저리 서성이다가 노인 앞에서 멈추었다.

"내 말을 들어보세요. 혹시 당신의 마법이 나에게 이 일을 해 줄 수 있나요? 나를 돌려보내 줄 수 없나요? 오래전부터 이 생각을 해 왔는데 오늘 지나이다의 소식을 듣고, 이것이 내게 남은 유일한 길이라는 느낌이 들었어요. 가능하다면 나를 과거로 돌려보내 주세요. 매사에 다르게 행동할 거예요. 새로운 방식으로 살고, 때가 오면 지나이다를 만날 준비를 해 두겠어요. 10년 전 아직 학생이었던 시기로 돌아가고 싶어요. 말씀해 주세요. 그러는 게 가능한가요?"

마법사는 고개를 끄덕였다.

"물론 가능하지."

오소킨은 놀라서 그 자리에 멈추었다.

"그렇게 해 주실 수 있어요?"

노인은 다시 고개를 끄덕이며 말했다.

"그렇게 해 줄 수는 있지만, 그렇게 한다고 그대의 상황이 더 나아지진 않을 거야."

오소킨이 말했다.

"그건 내가 할 일이에요. 단지 나를 10년, 아니 12년 전으로만 돌려보내 주세요. 하지만 한 가지 조건이 있어요. 내가 모든 것을, 아주 사소한 내용까지 포함해 전부 다 기억하고 있어야 한다는 거예요. 이해하시겠어요? 지난 12년 동안 얻은 모든 것이 내게 남아 있어야 해요. 내가 아는 모든 것, 경험한 모든 것, 인생에 대한 지식 전부 다! 그러면 무슨 일이든 할 수 있을 거예요!"

마법사가 말했다.

"나는 그대가 원하는 만큼 과거의 시간대로 보내 줄 수 있고 모든 것을 기억하게 할 수 있어. 그러나 그렇게 한다고 해서 다른 결과를 얻지는 못할 거야."

오소킨이 흥분해서 말했다.

"어떻게 아무 결과도 얻지 못할 수가 있죠? 가장 끔찍한 것은 우리가 자신의 길을 모른다는 점이에요. 알고 기억한다면 모든 것을 다르게 할 거예요. 목표를 가질 것이고, 해야 할 모든 어려운 일들의 가치와 필요성을 알 거예요. 지금 무슨 말을 하시는 거예요? 당연히 나는 삶 전체를 바꿀 거예요. 아직 학교에 다닐 때 지나이다를 찾아낼 거예요. 그녀는 아무것도 모를 테지만, 나는 우리가 나중에 만나게 된다는 것을 아니까 이것을 염두에 두고 매사에 행동할 거예요. 내가 전처럼 또다시 인생을 게임하듯이 살 것 같은가요? 절대로 아녜요!"

마법사는 천천히 자리에 앉아 오소킨을 쳐다보았다.

"그것이 가능하다면 그렇게 하게. 그대는 소망하는 대로 12년 전으로 돌아갈 거야. 그리고 그대가 잊지 않기를 바라는 한에서 모든 것을 기억할 거야. 준비되었나?"

오소킨이 대답했다.

"준비됐어요. 아무튼 다시 집에 돌아갈 수는 없어요. 그건 이미 불가능한 일이에요."

노인이 세 번 손뼉을 쳤다. 마법사의 중국인 조수가 소리 없이 방으로 들어왔다. 머리를 길게 땋아 내린 그는 가장자리에 모피가 달린 파란색 비단옷을 입고, 두툼한 털신발을 신고 있었다. 마법사가 낮은 목소리로 조수에게 무엇인가를 말했다. 중국인은 그림자처럼 움직여 작은 화로와 높은 꽃병을 가져와 마법사 앞에 내려놓았다. 화로에는 불붙은 숯이 담겨 있었다. 고양이가 마법사의 의자 등받이에서 뛰어내려 중국인 뒤로 걸어갔다. 마법사는 한 손을 꽃병에 담그고, 다른 손으로는 오소킨에게 안락의자를 가리켰다. 오소킨이 그곳에 앉았다.

노인은 화로의 불을 들여다보며 알아듣지 못할 말을 느릿느릿 중얼거리더니 화병에서 손을 뺐다. 그는 녹회색 가루 한 줌을 화로에 뿌렸다. 동시에 탁자에서 모래시계를 집어서 흔들더니 뒤집어 놓았다. 화로 위로 향 내음 가득한 연기가 구름처럼 피어올랐다.

방 전체에 연기가 자욱하고, 안에서 움직이는 여러 형체가 보였다. 갑자기 방에 사람들이 가득 찬 것 같았다.

연기가 다 걷혔을 때, 노인은 손에 모래시계를 들고 안락의자에 앉아 있었다.

오소킨은 그곳에 없었다.

아침

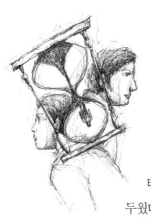

1890년 10월의 어느 이른 아침. 남학교 기숙사. 줄줄이 놓인 침대들과 담요를 돌돌 말고 자는 학생들. 아치 통로 저편으로는 다른 방이 보였다. 램프들이 타고 있고 기숙사 밖은 아직 어두웠다. 시계가 6시를 쳤다. 코카서스 전쟁(1800년대에 50년간 진행된 러시아와 산악 부족들의 전쟁)에 참전했고, '개구리'라는 별명을 가진 학교 급사가 기숙사 맨 끝에 나타났다. 그는 큰 종을 흔들며 침대들 사이의 넓은 통로를 지나가기 시작했다.

갑자기 기숙사가 살아났다. 움직임들과 소리들이 깨어났다. 남자아이 몇 명은 벌떡 일어나 담요를 던지고, 다른 아이들은 조금이라도 더 자려고 애를 썼다. 열세 살쯤 된 소년이 침대 위에 올라서서 춤을 추기 시작했다. 방 저쪽 끝에서 누군가 그 학생에게 베개를 던졌다. 황동 단추가 달린 파란색 코트를 입은 사감이 침대마다 돌아다니면서, 아직 일어나지 않은 학생들의 담요를 벗겼다. 붉은 수염을 기르고 흐느적대며 걷는 그는 독일인이었다.

벽 옆 침대에서 이반 오소킨이 일어나 앉아 놀란 눈으로 주위를 둘러보았다. 그는 열네 살 소년의 모습이다.

그가 혼자 중얼거렸다.

'그 모든 것이 다 꿈이었을까? 그 꿈의 의미가 무엇이지? 그리고 지금 보는 광경도 꿈일까? 나는 마법사를 찾아가서 나를 과거로 돌려보내 달라고 부탁했고, 그는 12년 전으로 돌려보내 주겠다고 약속했어. 그것이 실제로 실현 가능한 일일까? 나는 권총을 챙겨서 집에서 나왔어. 집에 있을 수가 없었거든. 지나이다가 민스키와 결혼한다는 게 정말 사실일까? 너무나 기이한 꿈이야! 이 기숙사는 진짜 기숙사랑 너무도 똑같이 생겼어. 내가 현실 속에서 이곳에 있고 싶은지는 잘 모르겠어. 이곳 역시 매우 불행한 곳이었지. 하지만 내가 어떻게 계속 살아갈 수 있겠어? 이제 내겐 지나이다가 없는데. 그건 견딜 수가 없어. 절대 못 견딜 거야. 난 마법사에게 인생 전체를 바꾸고 싶다고, 먼 길을 돌아가서 다시 시작해야만 한다고 말했어. 하지만 그가 정말로 날 되돌려 보낸 거라면! 그건 불가능해! 난 이것이 꿈이라는 걸 알아. 하지만 실제로 학교에 있다고 상상하려고 노력해 봐야겠어……. 지금이 더 나을까, 아니면 더 나쁠까? 무슨 말을 해야 할지 모르겠어. 왜 이것이 나를 이다지도 무섭고 슬픈 느낌이 들게 하는 걸까? 결국 이렇게 될 리가 없는데……. 하지만 지나이다는……. 아니야, 정말이지 이건 악순환이고 난 지금 학생이야. 이것은 내가 모든 걸, 즉 지나이다와 다른 모든 것에 관한 일들을 꿈으로 꾸었다는 뜻이야. 그 일들이 사실일 수 있을까? 아닐까? 내가 학생 시절에는 몰랐고 알았을 리 없는 것들이 너무도 많아. 그것을 당장 시험해 봐야겠어. 그렇다면 무엇을 기억해 내야 하지? 맞아! 그 시절 난 영어를 할 줄 몰랐어. 영어는 나중에 배웠거든. 지금 내가 영어를 할 줄 안다면, 그것은 모든 일들이, 내가 외국에 다녀온 것과 나머지 모든 일들이 실제라는 뜻이야. 스티븐슨(《보물섬》을 쓴 영국 작가 로버트 루이스 스티븐슨)이 쓴, 다음 날에 대한 권한이 없는 왕의 딸 이야기가 어떻게 시작되지? 제목이 〈내일의 노래(The Song of the Morrow)〉였던가? 맞아, 그거야.

〈The King of Duntrine had a daughter when he

was old, and she was the fairest King's daughter between two seas(던트린 왕은 늘그막에 딸을 낳았고, 아이는 두 바다 사이에서 가장 예쁜 공주였다)…….〉

그렇다면 그 모든 것이 사실이야. 아니면 내가 어떻게 영어를 알겠어? 그 우화가 어떻게 이어지는지도 기억할 수 있어.

〈공주의 머리카락은 금실 같고, 눈은 강의 웅덩이들 같았다. 왕은 공주에게 바닷가의 성을 주었다. 성에는 테라스와 바위를 깎은 돌로 된 마당이 있고, 네 군데 귀퉁이에는 네 개의 탑이 있었다.〉

하지만 그렇다면 지금 눈앞에 펼쳐지는 이 광경이 꿈이라는 뜻인데…….'

그때 친구 메모르스키가 소리쳤다

"오소킨, 오소킨! 왜 그렇게 부엉이처럼 앉아만 있지? 다시 잠든 거야? 안 들려? 독일인이 아직 옷을 갈아입지 않은 사람들 이름을 적고 있어. 정신 차려, 이 얼빠진 녀석아!"

오소킨은 베개를 집어서, 웃는 메모르스키에게 화풀이하듯 집어던졌다. 메모르스키가 베개를 살짝 피했다.

그 순간 독일인 사감이 복도 뒤쪽에서 걸어오다가, 메모르스키의 머리 위로 날아간 베개에 얼굴을 정통으로 맞았다. 사감은 예상치 못한 타격을 당하고 비틀거리더니, 불같이 화를 내며 오소킨에게 달려들었다.

그 독일인은 양손으로 학생의 멱살을 잡아 어디론가 끌고 가는 버릇이 있었다. 학생들은 그곳에서 꼼짝 않고 서 있는 벌을 받아야만 했다. 그 자리는 '시계 밑', '램프 밑', '책꽂이 옆'이 되기도 하고 그저 '벽 옆'일 수도 있었다. 학생들은 그 체벌을 수치로 여기지 않았지만 독일인에게 멱살잡이를 당하는 것은 우스꽝스럽고 동시에 치욕스러운 일이었다.

처음에 오소킨은 무기력하게 독일인 사감을 쳐다보았다. 무슨 일이 있었는지 설명하고 싶었다. 하지만 사감의 화난 얼굴을 보고 그의 의도를 알아차리자 오소킨은 얼굴이 창백해져서 방어하려고 양손을 뻗었다. 독일인은 오소킨의 몸짓과 얼굴 표정을 눈치채고 동작을 멈추었다. 잠시 두 사람은 서로 마주 보며 서 있었다. 그들 주위로 구경꾼들이 모였다. 독일인은 화가 치솟아 숨이 막힐 지경이었지만 자제심을 발휘하고는, 오소킨에게 가장 심한 벌을 주기로 결심했다.

그는 오소킨에게 소리쳤다.

"왜 옷을 입지 않았지? 얼마나 더 그런 망나니짓을 계속할 참이지? 꼭두새벽부터 싸움질이나 하고! 넌 모두를 기다리게 하고 있어. 스스로 씻고 싶지 않다면 급사들에게 너를 씻겨 주라고 할 테다. 서둘러 옷을 입고 시계 밑으로 가라. 넌 아침 식사가 없을 것이고, 자습 시간에도 책꽂이 옆에 서 있어야 한다. 나중에 내가 구스타프 교감에게 말할 거야. 어서 옷을 입도록 해!"

독일인은 홱 돌아서서 나갔다. 아이들이 흩어졌다. 몇명은 웃음을 터뜨리고, 어떤 아이들은 오소킨을 동정해서 격려의 말을 던졌다. 오소킨은 초조하게 옷을 입기 시작했다.

'정말 어처구니없는 일이야.'라는 생각이 머리를 스쳤다. '이 얼마나 어리석은 꿈인가! 그 끔찍한 얼굴을 다시 보다니. 그런데 내가 왜 옷을 입지? 침대에 누워서 빈둥대야지. 당연히 이건 꿈이야.'

하지만 그 순간 마법사가 떠오르고, 너무도 놀란 기분이 들어 웃음을 터뜨리지 않을 수 없었다.

'마법사가 무슨 말을 할지 상상이 되는군! 이건 정말 새로운 인생을 시작하는 멋진 방법이야. 그런데 정말 궁금해졌어. 이것은 전에 벌어졌던 일과 똑같잖아. 베개 사건이 정확히 기억나. 하지만 오늘 이런 일이 벌어질 줄 내가 어떻게 알았겠어? 틀림없이 마법사는, 넌 알고 있었다고 말하겠지. 솔직히 베개를 던지려는 찰나에 비슷한 종류의 기억이 머릿속에 스쳐 지나갔지. 난 멈출 수도 있었고 멈추고 싶었지만 그럼에도 베개를 던졌어. 빌어먹을 독일 사감 놈! 물론 그는 그 순간에 나타나야만 했겠지. 이제 그는 구스타프 교감에게 나를 비난할 테고, 결국 상황이 나쁘게 굴러갈 거야. 외출이 취소되고 품행 점수도 깎일 거야. 하지만 내가 왜 그런 것들을 생각하지? 어떤 식으로든 내게는 문제가 될 수 없어. 이건 꿈이니까 말야. 당장 이 꿈에서 깨어나야겠어. 노력을 해야만 해. 이 모든 상황이 실제가 아니야. 잠을 깨야지. 그건 그렇고……'

독일인이 복도 뒤쪽에서 나타났다.

그는 오소킨을 향해 소리를 질렀다.

"아직 준비가 안 된 게냐? 프로코피, 이 녀석을 당장 시계 밑으로 끌고 가."

또 다른 급사 프로코피는 오소킨과 가까운 사이였다. 역시 군인 출신으로 학생들에게 '감자'라고 불리는 프로코피가 방 저쪽 끝에서 오소킨을 향해 마지못해 걸어왔다. 오소킨은 두 가지 나쁜 일 중 덜 나쁜 쪽을 선택해야 된다는 것을 깨닫고 얼른 수건을 집어 들었다. 그리고 사감에게는 눈길도 주지 않고 재빨리 방을 빠져 나갔다.

상급생 기숙사와 하급생 기숙사 사이의 층계참. 넓은

철제 계단이 아래층으로 이어지는 곳. 벽에는 둥글고 노란 시계가 걸려 있었다. 시계 밑에 오소킨이 불안하고 당황한 표정으로 서 있었다. 학생들이 오며 가며 오소킨 앞을 지나갔다. 아무도 그에게 아는 체를 하지 않았다.

오소킨은 혼잣말을 했다.

'내가 미쳐 가는 중일까, 아니면 이미 미친 걸까? 이런 꿈은 있을 수가 없어. 그런데 이 꿈에서 깰 수가 없어. 내가 진짜로 학교로 되돌아오는 것은 불가능해. 이 모든 것이 너무 터무니없는 일이야. 내 삶을, 지나이다를 생각하면 잠에서 깰 수 있을 거야. 하지만 멍청한 독일 사감과 토요일 외출 금지에 대한 생각을 멈출 수가 없어. 내가 계속 잠에서 깨어나지 못하는 것도 바로 그 때문이야. 예전처럼 외출도 못하고 갇히는 꼴을 당하려고 학교로 돌아오다니 정말 우스꽝스러운 일이야. 그래, 이건 어처구니없는 짓이야. 내가 정말로 과거로 돌아왔다면, 어쨌거나 여기서 얻을 수 있는 건 최대한 얻어야겠지. 또 소녀 시절의 지나이다를 보는 것도 흥미로울 거야. 그녀가 어느 학교에 다니는지 아는 것도. 그러나 그녀가 민스키랑 결혼하고 나와는 완전히 남남이 된다는 게 사실일 수 있을까? 그렇다면 내가 왜 그녀를 만나고 싶어 해야 하지? 이해되지 않는 것이 한 가지 있어. 왜 이 어처구니없는 꿈이 이렇게 오래 질질 끌어지지? 보통 꿈속에서 내가 꿈꾸는 중이라는 것을 깨닫기 시작하는 순간 곧장 깨는데 말이야. 지금은 무슨 이유 때문인지 깰 수가 없어. 내가 뭘 해야 되는지 이제 알겠어. 난간 위로 계단을 훌쩍 뛰어내리는 거야. 만약 내가 공중에서 둥둥 떠다닌다면 이것이 꿈이라는 뜻이지. 어쨌든 이것이 현실일 리 없어. 그러니까 내가 추락할 리 없어.'

오소킨은 단호한 결심을 하고 성큼성큼 걸어가, 철제 난간을 붙들고 아래를 내려다보았다. 그 순간 남학생 몇 명이 기숙사에서 뛰어나왔다. 그들은 난간에 기대고 있는 오소킨을 보자 달려와 뒤에서 그를 밀쳤다. 모두들 웃음을 터뜨렸다.

오소킨은 몸을 빼내려고 애쓰다가 실수로 뒤에서 미는 아이들 중 한 명의 얼굴을 팔꿈치로 쳤다. 그 아이는 심한 통증을 느끼는 기색이 역력했다. 비명을 지르며 양손으로 얼굴을 감쌌다. 손가락 사이로 피가 뚝뚝 떨어졌다. 다른 아이들이 오소킨을 풀어 주고, 이제 어떻게 될지 궁금해하면서 기다렸다. 독일인 사감이 상급생 기숙사에서 나오다가, 단박에 상황을 파악했다. 이 경우, 시계 밑에 서 있는 벌을 받아 허락 없이 움직일 권리가 없는 오소킨이 자리를 이탈해 싸움을 해서 클레민티에프의 코뼈를 부러뜨린 것이었다.

　모든 정황이 자신에게 불리하다는 것을 깨닫고 오소킨은 무슨 말인가 하려고 노력했지만, 사감은 말하도록 두지 않았다.

　그는 고함을 쳤다.

　"또 싸움질이구나, 또 오소킨이고! 누가 너더러 자리에서 움직여도 좋다고 허락했지? 이건 도저히 봐줄 수가 없어!"

　독일인 사감은 점점 더 분통을 터뜨렸다.

　"꼭 너를 사슬로 묶거나 우리에 감금해야 하겠니? 아니면 구속복(정신이상자 등의 폭력을 막으려고 입히는 옷)이라도 입혀야겠어? 넌 잠시라도 혼자 두면 안 되겠구나. 더 이상은 안 되겠어! 다른 사람들이 식당으로 가면 너는 여기 시계 밑에 서 있도록 해. 교감이 올 때까지 자습 시간 내내 그대로 서 있어. 교감이 너를 알아서 처리할 게다. 나는 두 손 들었다. 또다시 여기서 움직인다면 너를 의무실로 보낼 거야."

　오소킨은 벌어지는 모든 일이 짜증나고 못마땅했다. 동시에 독일인 사감을 보는 것이 더할 수 없이 재미있었다. 오소킨은 무슨 말이든 해서 자신은 학생이 아니며 이것은 꿈에 불과하다는 사실을 사감에게 이해시키고 싶었다.

하지만 아무 말도 생각나지 않았다. 그리고 자신도 모르게 사감의 협박에 마음이 불편해졌다. 몹시 불쾌한 일이 그를 기다리는 것만 같았다.

오소킨은 다시 시계 아래 서 있었다.

층계참 저쪽 끝에서 학생들이 줄을 맞춰 서기 시작했다. 하급생들은 앞에, 상급생들은 뒤에 섰다. 다 합해 백 명쯤 되었다.

독일인 사감이 소리쳤다.

"프로코피! 오소킨은 저 시계 밑에 서 있어야 하네. 녀석이 자리에서 이탈하면 내게 알리도록 해."

사감은 오소킨에게 경멸하는 시선을 던지고는 학생들 앞에 서서 천천히 계단을 내려갔다. 아이들은 줄을 맞춰 그를 따라갔다. 아무도 오소킨을 신경 쓰지 않았다.

"오소킨, 내가 네 것을 챙길게."

메모르스키가 소리쳤다. 이 말은 메모르스키가 빵 덩어리 하나, 혹은 남은 빵 조각을 오소킨에게 갖다 준다는 뜻이었다. 아침 식사를 금지당한 채 남아 있어야 하니까.

생각들

오소킨은 혼자 남아 있었다. 잘못을 저지르고 체벌을 기다리는 학생의 불안감이 자신도 모르게 점점 밀려들었지만 떨쳐 버릴 수가 없었다.

기숙사에 혼자 남고, 게다가 아침 식사 시간과 자습 시간 내내 시계 밑에 서 있는다는 것은 간단히 넘길 만한 평범한 체벌이 아니었다. 그리고 의무실로 보낸다는 것은, 사감이 자신의 권위를 이용해 가할 수 있는 최고의 위협이었다. 의무실 자체는 전혀 두려울 것이 없었다. 오히려 쾌적한 곳이었다. 하지만 건강한 사람이 그곳에 보내진다는 것은 다른 아이들과 격리된다는 뜻이었다. 이것은 일반적으로 퇴학 조치의 예비 단계이기도 했다.

모두 퇴역 군인 출신인 학교 급사들이 기숙사 안팎을 청소하고 있었다. 층계참에서는 상급생 기숙사와 하급생 기숙사가 모두 바라다보였다.

오소킨은 혼잣말로 중얼거렸다.

'첫째로는, 이 일을 도무지 믿지 못하겠어. 둘째로는 담배가 피우고 싶어.'

그는 의외의 말로 마무리 지었다.

'담배를 갖고 있는지 모르겠군.'

그는 호주머니를 더듬었다.

'담배는 없네. 손목시계, 20코펙짜리 은화, 접는 칼, 양초, 볼록렌즈, 빗, 연필이 다야.'

오소킨은 남학생의 호주머니에 든 물건들을 보자 어쩔 수 없이 미소가 지어졌다.

'사람이 어떤 꿈을 꿀 수 있는지는 귀신이 아니면 그 누가 알겠어. 그러나 나에게 모든 일이 하나씩 다시 일어나고 있으니 놀랍군. 이번 일도 전에 일어났던 그대로야. 내가 베개로 독일인을 맞추었고, 클레멘티에프의 코를 박살 냈지. 심지어 시계 밑에 서서 담배를 찾기까지 했어. 하지만 어제만 해도 이 모든 기억을 되살려서 세부 사항까지 낱낱이 말하지는 못했을 거야. 그런데 이제는 다음에 어떤 일이 일어날지 기억나는군. 구스타프 교감이 와서 나한테 훈계를 늘어놓고 품행 점수를 감점할 거야. 그런 다음 3주간 일요일 외출을 금지시킬 거야. 이 조치에 나는 머리가 돌았고 공부를 완전히 접었지. 그러니까 이것은 내가 4학년(우리의 고등학교 1학년에 해당)을 낙제하는 수모를 겪게 될 일련의 사건들의 시작이야. 모든 것을 바로잡으려고 되돌아왔다면 이보다 더 좋은 시작은 없을 거야. 그런데 이 모든 것이 말도 안 되는 일이야. 내가 왜 학교 따위에 신경 써야 하지? 잠에서 깨면 다 끝나는 일인데. 이것들은 그저 설명할 수 없는 방식으로 떠다니는 기억들일 뿐이야. 현재에 몰두하는 편이 더 나아.'

그는 지나이다에 대해 생각해 보려고 했지만, 가슴에 심한 통증이 느껴져서 고개를 흔들었다.

'아니, 그것 말고 다른 생각을 해야겠어. 내가 도망친 것도 그 일 때문이야. 이것이 꿈이든 아니든 상관없지만, 지나이다를 생각하는 것은 견딜 수가 없어. 그러면 무슨 생각을 할 수 있을까? 모든 게 엉망진창인데……. 여기나 거기나 마찬가지야. 하지만 이것은 도저히 불가능한 일이야. 마음을 집중할 대상을 찾아야지, 안 그러면 못 견디겠어……. 어제 나를 만나러 왔던 사람이 누구였지? 그래,

당연히 스토피친이었지. 마법사가 나를 학창 시절로 되돌려 보냈다는 말을 들으면 그 친구가 얼마나 웃을지 상상이 되는군. 그보다 나쁜 형벌을 받을 순 없을 테니까. 그러고 보니 스토피친도 틀림없이 여기에 있겠군. 다만 그친구는 집에서 통학을 하지. 그를 다시 만나는 것도 재미있겠어. 아무튼 뭐든 해 봐야만 해. 꿈이든 아니든 시계밑에 서 있고 싶지는 않아. 내가 학교로 되돌아왔다면, 이런 일을 당하려고 온 것은 분명히 아니야. 그런데 이것은 지독히 이상한 꿈이야. 악몽이나 망상 같은 거야. 어쩌면 내가 아픈 것인지도 몰라. 발진티푸스에 걸린 것일지 몰라. 이렇게 논리적으로 추측을 할 수 있다는 것이 이상하긴 하지만, 가끔 그런 일이 생긴다고 하잖아. 그렇다면 시작을 알아내야만 해. 이 망상이 언제 시작되었을까? 어제 스토피친이 내가 몸이 안 좋아 보인다고 말했던 게 기억나는군. 그다음에 나는 우체국으로 갔고 길에서 크루티츠키를 만났지. 그가 지나이다의 소식을 전해 주었어. 그것이 이 일의 발단이었어……. 하지만 어쩌면 그런 일은 일어나지 않은 것일 수도 있어. 어쩌면 나는 우체국에 가지 않았고 그를 만나지도 않았어. 어쩌면 지나이다가 결혼한다는 것은 다 망상일지도 몰라. 아마 스토피친이 돌아간 직후 난 병에 걸렸고, 지금 의식이 혼미한 상태로 내

방에, 혹은 병원에 누워서 정신을 못 차리고 있는 거야. 그것이 가장 그럴듯해. 할 일이 한 가지 있어. 회복하자마자 크림반도로 가는 거야. 기차표가 없더라도 필요하면 객차 연결 장치에 올라타고라도 갈 거야. 어쩌면 발진티푸스가 아니라, 전에 투르키스탄에서 앓았던 열병 같은 것을 앓는 것일지도 몰라.'

학생들과 친하게 지내는 프로코피가 지나가다가 살짝 웃으면서 오소킨에게 고개를 끄덕였다.

"이번에는 걸렸군, 오소킨! 무슨 일로 싸운 거야?"

오소킨은 처음에는 그의 말을 알아듣지 못하다가, 남학생의 말투로 마지못해 대답했다.

"우린 싸운 게 아녜요. 내가 우연히 팔꿈치로 그 녀석의 얼굴을 친 것뿐이에요."

프로코피가 고개를 저었다.

"제대로 맛을 보여 줬더군. 코에서 피가 얼마나 나던지! 좀처럼 지혈이 안 됐어. 계속 코를 처들고 있어야만 했어. 지금은 코가 새파랗게 변하고 퉁퉁 부었어. 이렇게!"

프로코피는 클레멘티에프의 코가 얼마나 커졌는지 보여 주었다.

"하지만 우연한 사고였다니까요."

오소킨이 몸의 중심을 다른 다리로 옮기며 말했다.

"물론 그러시겠지. 빌헬름 페트로비치 사감의 머리에 베개를 던진 것도 당연히 우연이었겠지? 기다려 봐, 구스타프 교감이 네게 처벌을 내릴 테니까!"

프로코피는 손을 흔들고 기숙사 안으로 들어갔다.

오소킨은 생각의 실이 끊겼다.

그는 중얼거렸다.

'이해가 되지 않아. 지금의 나는 누구일까? 학생일까, 성인 남자일까? 그래, 이것은 전에 일어난 모든 일의 반복이야. 세세한 부분까지 전부 똑같아. 하지만 그렇다면 내가 이런 일이나 당하려고 과거로 돌아온 것은 아니야. 그리고 만약 이것이 꿈이라면 왜 이렇게 오래 계속될까? 전에도 학교에 대한 꿈을 몇 번 꾸었어. 학교 꿈은 언제나 우스꽝스러웠어. 파리에서 지낼 때 다시 학창 시절로 돌아간 꿈을 꾸었던 기억이 나는군. 어딘가 나가고 싶어서 구스타프 교감에게 부탁했는데, 그는 외출을 허락하지 않았어. 나는 꼭 만나야만 할 사람들이 있다고 교감에게 애원했지. 중요한 일이라고. 그랬더니 그는 우스꽝스러운 체코어 억양으로, 그건 자기가 알 바 아니라고 말했어. 이 학교에 들어온 이상 모든 교칙을 준수해야만 한다고. 그러니까 이제 또다시 구스타프에게 더 구차한 변명을 늘어놓아야만 한다는 뜻이 되는군.

하지만 이 모든 일이 놀랍다는 건 나도 인정할 수밖에 없어. 다만 이것이 꿈이라는 걸 잊지 않도록 해야 해. 인간은 가장 흥미로운 대목을 잊어버리기 마련이야. 이런 시의 주제도 있잖아. 어디서 꿈이 끝나고 어디서 현실이 시작되는가? 구분하는 것은 불가능해. 우리가 보는 어떤 것이 현실 그 자체처럼 보이지만 나중에 꿈이었다는 것을 깨닫곤 하니까.

그런데 이 꿈이 얼마나 오랫동안 계속될지 궁금하군. 오래 계속된다는 것을 분명히 알면 내가 원하는 방식으로 바꿀 수 있을 텐데. 어디까지 알 수 있을까! 어디 생각해 보자. 보고 싶은 사람이 누구지? 어머니?'

오소킨은 생각하다 말고 멈추었다. 두려움이 밀려왔다. 그는 중얼거렸다.

'하지만 어머니는 돌아가셨어. 장례식이 기억나. 지금 내가 어머니를 어떻게 만난다는 거야? 돌아가신 어머니를 본 기억이 평생 잊히지 않을 거야. 학교에 다니던 시절에도 나는 어머니가 죽을 날이 올 거라고 생각하곤 했고, 그때가 되면 내가 어떻게 해야 할지 스스로에게 묻곤 했어. 그런데 정말 어머니가 돌아가셨고, 나는 아무것도 하지 않고 그냥 계속 살아갔어. 가장 무서운 것은 우리가 결국 모든 것을 받아들이게 된다는 사실이야. 하지만 지금 어머니가 얼마나 그리운지 몰라! 이 꿈은 왜 이리도 기이할까? 왜 꿈에 독일인 사감과 프로코피는 나오면서 어머니는 나오지 않는 걸까? 정말 기분이 이상해! 전에 학교에 다닐 때 지속적으로 일어난 일이 그대로 일어나고 있어. 당시에도 이따금 어머니가 죽을 거라는 생각을 했던 기억이 나. 그럴 때마다 당장 집으로 가서 어머니와 함께 있고 싶은 마음이 간절했었지. 어머니 곁에 앉아서 이야기를 나누고 싶었어. 그런데 지금 다시 똑같은 상황이 되었어. 지금 어머니를 만날 수 있다면 무슨 일이라도 할 수 있을 것 같아! 하지만 토요일 외출 금지를 당할 거야. 이 모든 게 너무도 어처구니없어! 내가 왜 이런 생각을 하지? 이런 꿈들 때문에 내가 하고 싶은 일을 방해받을 순 없어. 난 어머니를 만나고 싶고, 꼭 그래야만 해! 또다시 모든 것이 전과 똑같아. 주말에 붙들려 있으면 얼마나 지루했던가! 이 얼굴 두꺼운 인간들은 1주 내내 여기서 지내다가 토요일에도 집에 가지 못하는 게 어떤 의미인지 도무지 몰라. 이곳 생활을 버티게 해 주는 게 바로 외출인데! 그런데 어머니를 만나기 위해 내가 무엇을 할 수 있지? 어머니를 만나는 것이 필요한 일이긴 한데 동시에 두려워. 장례식을 뻔히 기억하면서 어떻게 어머니를 보고 대화를 나누지? 왜 내가 항상 어머니에게 슬픈 연민을 느꼈

는지 이제 이해되는군. 그런 예감 때문이었어.'

오소킨은 오랫동안 생각에 잠겨 서 있었다.

'머리로 잘 이해가 되지 않아. 알고 싶어. 이것이 꿈인지 아닌지?'

그는 주위를 둘러보며 중얼거렸다.

과거

화면에는 연속적으로 지나가는 학교생활의 사진들.

오전이 계속되었다. 수업 시작 전에 오소킨은 교감에게 호출당했다. 뚱뚱한 체코인 구스타프 교감이 그에게 긴 설교를 늘어놓았다. 오소킨은 어떤 상황이었는지 설명하려고 했지만, 교감은 들으려고도 하지 않고 온갖 심한 처벌을 들먹이며 겁을 주었다. 결국 아침에 저지른 행동들 때문에 오소킨은 세 차례 토요일 외출을 금지당했다.

수업이 시작되었다. 오소킨은 어떤 수업 준비를 했어야 하는지조차 모르고 있었다. 그래서 희랍어는 최하 점수를 받았다. 다른 과목들은 다행히 교사들에게 지목당하지 않고 무사히 지나갔다.

오소킨은 수업 시간마다 멍하니 앉아 있었고, 쉬는 시간에는 넋 나간 사람처럼 움직였다. 자신을 어른으로 생각하는 것이 고통스러웠다. 머리가 지나이다에 대한 생각으로 꽉 차 있었기 때문이다. 자신을 학생으로 받아들여도 괴롭기는 매한가지였다. 어머니가 생각나고 어머니가 곧 죽으리라는 것을 알고 있었기 때문이다.

수업이 종료된 후 기숙생들은 헐렁한 옷으로 갈아입고 아래층으로 내려갔다. 날씨가 나빠서 학생들은 기숙사 밖으로 나가지 않았다. 가을에는 종종 3주 동안이나 기숙사 밖으로 나가지 못하는 일이 있었다. 진흙탕에서 물을 튀기며 빗속을 돌아다니는 것이 교사들에게 무슨 재미가 있겠는가? 또 다섯 명의 교사들이 매일 돌아가면서 학생들을 데리고 나가는 일을 담당하고 있었기 때문에, 교사들은 저마다 다른 교사가 학생들을 데리고 나갈 것이라고 여겼다. 어쨌거나 학생들이 하루 이틀쯤 실내에서 지내는 것이 뭐 대수란 말인가? 그런 식으로 몇 주일이 흘러간다는 생각은 아무도 하지 않았다. 교장과 교감은 야외 활동에 대해 아무 관심이 없었다. 그들은 오후가 되어서야 학교에 들어왔다.

학생들은 학교 건물 사방으로 흩어졌다. 하급생들은 아래층 체육관을 향해 뛰어 내려갔다.

오소킨은 2층 창틀에 앉아 거리를 내려다보았다. 모든 것이 놀라울 정도로 똑같았다. '소시지와 치즈'라는 간판이 있고, 그 옆에는 '고기와 생선'이라는 간판이 있었다. 진흙탕, 비, 지긋지긋한 모스크바의 늦가을 날씨. 전차를 끄는 지친 말들의 몸에서 빗물이 줄줄 흘러내리고, 덮개 씌운 마차들이 지나갔다. 오소킨은 슬프고 불행한 기분에 젖었다. 집에 있다면 좋을 텐데. 어머니와 앉아 책을 읽거나, 어머니가 크게 책 읽어 주는 소리를 듣고 있다면! 아니면 어딘가에 가서 비 내리는 거리를 돌아다니면 좋을 텐데. 때로는 그것도 즐거운 일이었다. 어쩌면 지나이다를 볼 수 있을지도 몰라! 또다시 반복되는 생각들!

'그런데 도대체 이게 꿈일까, 현실일까?'

그는 자신에게 물었다.

'이것이 꿈이라는 것을 어떻게 증명할 수 있지? 영어로? 맞아, 나는 전에는 영어를 몰랐을 테니까. 페테르부르크 (러시아 북서부의 도시)에서 영어를 배우기 시작했지. 그 이야기가 어떻게 시작되지?

〈The King of Duntrine had a daughter when he was old, and she was the fairest King's daughter between two seas(던트린 왕은 늘그막에 딸을 낳았고, 아이는 두 바다 사이에서 가장 예쁜 공주였다)…….〉

오소킨은 스티븐슨의 우화 구절을 군데군데 한 문장씩 기억해 냈다. 그리고 혼잣말로 중얼거렸다.

'전부 기억하지는 못하겠어. 스티븐슨의 책을 구해야겠어. 그런데 참으로 기이한 일이야. 내가 아직 학생이라면 어떻게 이것을 알지? 나중에 나는 런던에서 지냈고 대영 박물관 근처에 있는 하숙집에서 살았어. 파리에서는 몽마르트르 언덕과 센 강 좌안(센 강의 왼쪽 지대)을 구석구석 다 알아. 아니, 내가 지금 잠을 자고 있는 게 아니라고 생각해야겠어. 인생을 새롭게 살아갈 수 있도록 내가 원하는 시절로 마법사가 보내 준 것이라고 생각해야겠어. 그러면 무엇을 해야 하지? 모든 것이 달라져야 해. 학교를 무사히 졸업해야만 해. 그러려면 공부를 하고 오늘 아침에 일어난 일 같은 모험들은 피해야만 해. 물론 처음에는 힘들겠지만 하루 이틀 지나면 차츰 익숙해질 거야. 이제 나는 4학년이야. 그것은 열여덟 살에 학교를 졸업하고 대학에 진학한다는 뜻이야. 지나이다를 만날 무렵이면 나는 학사 학위를 받았을 거야. 그것이 모든 것을 다르게 만들어 줄 거야. 하지만 그때까지는 너무나 오랜 시간이야. 게다가 여기 생활은 너무나 지루해……. 거의 죽을 지경이야. 그래, 내가 왜 공부를 못했고 왜 학교를 마치지 못했는지 충분히 알겠어. 이 지루함을 어떻게 견뎌야 할까? 어떻게 하면 지나이다와 함께 크림반도에 갈지만 생각해야겠어. 그렇게 되면 얼마나 좋을까! 저녁에 우린 기차에 나란히 앉아 휙휙 스쳐 지나가는 들녘을 바라볼 거야. 그러다가 대초원이 시작되고 다음에는 흰 석회암 언덕들이 나타났다가 다시 초원이 펼쳐지겠지. 어쩌면 지나이다를 더 일찍 알게 될 수 있을지도 몰라. 물론 지금 당장 그녀를 만나야 해. 그녀는 여기 모스크바에 있어. 지나이다는 알지 못하겠지만 나는 이따금 그녀를 볼 거야. 그런데 어떻게 그녀는 민스키와의 결혼에 동의할 수 있었을까? 내 잘못이었어. 그녀는 분명히 내가 다른 여자에게 관심이 있어서 크림반도로 오지 않았다고 생각했을 거야. 하지만 이제 모든 것이 바뀔 거야.'

친구 소콜로프가 그에게 다가왔다. 소콜로프가 더 어리고 한 학년 아래였지만, 어떤 이유에선지 오소킨이 유일하게 대화할 수 있는 친구였다.

"무슨 꿈을 꾸고 있는 거야, 오소킨?"

"소콜로프, 너 알아? 넌 변호사가 될 거야."

오소킨이 말했다.

"말도 안 되는 소리! 난 공업학교에 갈 건데."

"그렇게 되지 않아. 너는 법을 공부할 거야. 그리고 나는 뭐가 될지 맞춰 볼래?"

"오늘처럼 시간을 낭비하면서 베개로 사감의 얼굴을 맞추고 적어도 하루에 벌점 1점씩 당한다면 부랑자나 사기꾼 같은 부류가 될 가능성이 크지. 내가 오랜 친구를 위해 신호원 일자리를 구해 줄게."

오소킨이 말했다.

"그래? 두고 보자."

"두고 보고 말 것도 없어. 네가 학교를 졸업 못 할 것은 불을 보듯 뻔해."

"왜 그렇게 자신 있게 말하지?"

"넌 아무것도 하지 않으니까."

"여기는 끔찍할 정도로 지루해. 그래도 난 공부하기로 마음을 먹었어. 무슨 일이 있어도 한 학년 유급하지는 않을 거야."

오소킨의 말에 소콜로프는 웃음을 터뜨렸다.

"그 소리는 한 번만 더 들으면 백 번이야! 넌 두 달째 공부를 시작할 준비를 하는 중이야. 말해 봐. 희랍어로 내일이 뭐지?"

오소킨이 웃으며 말했다.

"넌 공붓벌레야! 또 네가 빨간 수염을 기르게 되리라는 것도 알아 둬."

"어디 거짓말을 더 해 보시지. 내가 왜 빨간 수염을 기르겠어? 머리가 검은색인데!"

"아니야, 넌 빨간 수염을 기르고 변호사가 될 거야. 내가 그런 꿈을 꿨어."

"내려가자."

소콜로프가 말했다.

두 사람은 같이 나갔다.

며칠 후, 학교의 저녁 자습 시간. 책상들이 줄 맞춰 놓여 있고, 열린 문으로 하급생 기숙사가 보였다. 램프들이 타올랐다. 학생들은 예습을 하는 중이었다. 공부를 시작하겠다고 결심한 오소킨은 직접 표를 그려 놓고 희랍어 문법을 외우고 있었다. 한 페이지를 읽은 후 책을 덮고 앞을 쳐다보면서 머릿속으로 암기했다.

'쿠피오, 데시데로, 옵토, 볼로(네 단어 모두 '원한다'의 뜻), 아페토……. 젠장! 아페토가 무슨 뜻이지?'

문법책을 들여다보았다.

'아, 그래……. 자, 그럼 볼로(원하다), 놀로(하지 않는다), 아페토(향해 가다), 엑스펙토(기대하다), 포쑈(할 수 있다), 포스툴로(요구하다), 임페트로(얻다), 아디피스코르(도달하다), 엑

스페리오르(시험하다), 프라이스톨로르(기다리다)……. 프라 이스톨로르……. 이런, 또 잊어버렸네!'

오소킨은 책을 들여다보다가 하품을 하며 주위를 둘러 보았다.

'지겨워 미치겠군. 전에 왜 공부를 할 수 없었는지 이제 알겠어. 재미없는 문법을 익히게 한답시고 이런 말도 안 되는 것들을 외우게 하다니! 하지만 똑같은 희랍어도 무 척 흥미로울 수가 있어. 소르본대학에서 들었던 강의들이 기억나는군. 나는 그곳에 심리학을 공부하러 갔다가 희랍 어 시에 완전히 매료되었지……. 이제 이 학교의 희랍어 가 전보다 열 배는 더 지루하게 느껴져. 어쨌든 난 곤란한 상황에 처했다고 할 수밖에 없어. 그러니까 이 기회를 최 대한 이용해야만 해. 그런데 3주 동안이나 이곳에 붙잡혀 있어야 하다니 정말 따분해! 모스크바를 구경하면 얼마 나 재미있을까. 여기서 지내는 것이 얼마나 심심하고 지겨 운지 미처 깨닫지 못했다는 것이 이상해. 이것은 내가 어 떻게 해 볼 수 있는 일이 전혀 아니야. 그 시절에도 똑같 이 심심하고 똑같이 따분했어…….'

교사가 감독하는 하급생 교실이 시끄러워지기 시작했 다. 모두들 자리에서 일어났다. 첫 번째 자습 시간이 끝난 것이다. 오소킨의 두 친구 텔레호프와 브라호브스키가 다가왔다. 브라호브스키는 폴란드인이었다.

"공부는 끝냈어?"

브라호브스키가 웃으며 물었다.

"응."

"거짓말하지 마. 내가 30분 동안 널 지켜봤는데 네가 뭘 하는지 감을 잡을 수도 없었어. 뭘 읽고 있었다면 내가 알 수 있었겠지만 넌 책을 멀뚱멀뚱 처다보기만 했어. 뭘 외우는 게 아니었다는 것은 확실해. 그냥 앉아서 한 곳만 뚫어지게 보더군."

오소킨이 말했다.

"이봐, 브라호브스키. 폴란드인과 우크라이나인 이야기 들어 봤어? 폴란드인이 우크라이나인에게 말했어. '넌 게으름뱅이야. 내가 세 시간 동안 앉아서 너를 지켜봤는데 넌 아무것도 안 하더군!' 그랬더니 우크라이나인이 말하기를, '그러는 넌 그 시간 동안 뭘 했지, 이 자식아?'라고 했어."

오소킨만 빼고 모두 웃음을 터뜨렸다. 새로운 생각들이 소용돌이쳐서 오소킨은 당황한 시선으로 브라호브스키를 처다보았다.

오소킨이 속으로 말했다.

'아주 생생히 기억나. 전에도 우린 여기에, 정확히 이렇게 서 있었어. 그리고 브라호브스키가 똑같은 말을 했어. 내가 어떻게 앉아 있었고 어떻게 멍하니 책을 바라보고 있었는지를. 그리고 나는 그에게 똑같은 말로 응수했어. 이것은 얼마나 쉽게 과거의 상황으로 빠져들 수 있는지 보여 주는 정확한 예야. 이러면 안 돼. 이 모든 걸 바꿔야만 해.'

오소킨은 속으로 그렇게 말하다가 갑자기 멈추었다. 그러고는 말했다.

'그때도 난 언제나 모든 걸 바꿔야만 한다고 속으로 계속 중얼거렸던 것 같아.'

며칠 후, 다시 저녁 자습 시간. 오소킨은 무척 따분했고 마음의 갈등을 겪고 있었다.

그는 혼잣말로 중얼거렸다.

'여기서 벗어나야 해. 사실 학교를 걸어 나갈 수 있는 순간은 하루에도 여러 번 있어. 왜 나는 당장 그렇게 하지 않지? 과거로 돌아온다는 개념 자체가 터무니없어. 더 이상은 여기서 지낼 수 없어. 이 상황이 이해되지 않고, 이 순간이 믿어지지 않아. 내가 여기로 돌아올 만큼 어리석었다 해도 한시라도 빨리 벗어나는 게 나아. 만약 변화의 가능성이 있다면, 그 변화는 무슨 일이 있더라도 내가

학교에서 벗어나야만 시작될 수 있어. 난 여기서 달아나야만 해.'

하지만 그렇게 말하면서도 오소킨은 자신이 그렇게 하지 않으리라는 것을 알고 있었다.

그는 다시 혼잣말을 했다.

'우리가 그렇게 할 수 있다면 모든 것이 너무도 간단하겠지. 이 자리에 계속 머물게 만드는 무엇인가가 우리 안에 있어. 그것이 가장 무서운 것이라는 생각이 드는군.'

하지만 그것에 대해서는 더 이상 생각하고 싶지 않았다. 한동안 아무 생각 없이 앉아 있다가, 어느 사이엔가 환상적인 꿈속으로 빠져들었다. 전에도 그런 몽상 때문에 자습 시간을 흘려보내고 나쁜 점수를 받은 적이 많았다. 몽상의 제목은 '오케아니스 여행'(오케아니스는 그리스 신화에 등장하는 바다의 요정들). 그것은 그가 현실에서 도망치는 최고의 방법이었다.

오소킨은 태평양에서 항해 중이다. 배가 폭풍우 속에서 암초에 부딪쳐 난파된다. 정신을 잃은 오소킨은 파도에 실려 미지의 나라의 해변으로 간다. 그를 발견한 주민들이 집으로 데려가서 음식을 먹여 목숨을 살린다.

완전히 회복하자 오소킨은 이 나라 사람들에게 지대한 관심을 갖는다. 이내 그들이 여느 세상 사람들과 다르다는 것을 깨닫는다. 대단히 문화적이고 문명화된 종족이다. 그들은 이상적인 국가를 세웠다. 빈곤도, 범죄도, 어리석음도, 잔학 행위도 없는 나라이다. 그곳에서는 모두가 행복하고, 다들 삶을 즐긴다. 햇빛, 자연, 예술. '오케아니스 여행'의 절반은 자신이 읽은 책들에서 지어냈지만, 오소킨에게 오케아니스는 매우 내밀하고 흥분되는 무엇인가가 있었다. 그곳에서 그는 흥미로운 일들을 많이 경험한다.

오케아니스의 주민 한두 명 – 주로 밝고 행복한 얼굴을 가진 처녀들이었다 – 이 안내자 역할을 맡아서 오소킨에게 여러 국가 기관들을 구경시켜 주고 그곳의 사회 조직을 설명해 준다. 그들은 사화산의 분화구 안으로도 내려가고 눈 덮인 산 정상을 오르고, 예상하지 못한 수많은 기이한 모험을 한다. 가끔 안내자가 명랑한 얼굴의 여성일 때면, 오소킨은 자기도 모르게 복잡한 상황에 처한다. 외딴 숙소의 한 방에서 밤을 보내야 하거나, 산속에서 비가 내리고 천둥이 치면 동굴로 피해야만 한다. 혹은 배를 타고 강을 건널 때 배가 뒤집히면 두 사람은 작은 섬으로 기어 올라가서 불을 피우고 옷을 말려야 한다. 이런 경우를 당할 때, 동행인은 조금도 당황하지 않고 오소킨 앞에서 옷을 벗곤 한다. 이 억압되지 않은 자연스러움과 자유로움이 특히 마음에 들어 오소킨은 공상의 나래를 펼쳐 나갔다.

오케아니스 여행을 통해 여러 차례 이런 종류의 모험을 하면서 오소킨은 지상의 다른 것에는 흥미를 가질 수가 없었다.

'내가 왜 또 이런 허무맹랑한 공상을 하고 있지?'

그는 우유부단하게 자신에게 묻곤 했다.

그리고 스스로 대답했다.

'달리 생각할 게 없으니까 그렇지. 그리고 결국 터무니 없기는 모든 것이 마찬가지야.'

차츰 시간이 지나면서 오소킨은 묘한 호기심을 가지고 그 꿈들에 분명한 차이가 있음을 알아차렸다. 그가 분리되어 있는 듯했다. 그의 한 부분은 계속 떠다니면서 더 많은 과장된 모험들과 오케아니스 주민들의 새로운 이야기를 만들어 내었다. 반면 그의 또 다른 부분은 꿈들의 양상을 관찰하고 스스로 결론을 끌어내었다. 꿈 자체도 감지할 수 있을 만큼 변해 있었다. 먼저, 오케아니스 아가씨들과의 모험이 과거보다 순수함이 점점 줄고 훨씬 노련한 형태로 변해 있었다. 둘째로 오소킨은 오케아니스 자체와 주민들에 대한 자신의 태도가 완전히 변했음을 알았다.

전에는 — 혹은 오소킨 자신의 표현으로는 '그 당시'에는─ 호기심과 감탄이 넘쳤지만, 이제는 빈정대고 믿지 못하고 따지기 좋아하는 태도로 변했다. 오소킨은 자신이 유토피아를 믿지 않거나 즐기지 못하게 되었음을 깨달았다. 뿐만 아니라 그런 것들을 불신하고, 의도적인 거짓이 깔려 있다고 의심하게 되었다. 스위스, 파리, 모스크바에서 '파티 중독자들'과 나눈 대화와 그들에게서 받은 불쾌한 감정이, 이제 오케아니스에서 일어나는 모든 사건에 확실하게 반영되고 있었다.

오소킨은 오케아니스 주민들에게 그들이 연기를 하는 것일 뿐 실제로 그런 모습일 리 없다고 증명하려 애쓰는 자신을 깨닫고 자기도 모르게 웃었다.

그는 그들에게 말했다.

'당신들은 사기꾼들이야. 당신들은 현실에서 존재할 수가 없어. 상상 속에서도 당신들은 불가능한 조건들에서나 생각할 수 있는 사람들이야.'

마침 그때 오소킨과 대화를 나누던 오케아니스 주민 한 명이 말했다.

'우리는 모든 사람들과 어느 나라에서나 가능한 것을 보여 줄 뿐이야.'

오소킨이 대꾸했다.

'당신들은 모든 사람들과 어느 나라에서든 불가능한 것

을 정확히 보여 줄 뿐이야. 당신들은 존재하기 위해 현실적인 삶에서는 불가능한 엉터리 논리와 인위적인 조건들이 필요해. 당신들의 사회 조직 같은 것을 도입하려는 시도는 모든 것을 파멸시키고 비참하게 만드는 결과를 가져올 뿐이야.'

갑자기 오소킨은 말을 멈추었다. 그의 표정이 변했다.

'내가 완전히 다른 삶에서 돌아왔다는 증거가 여기 있어. 나는 전에는 이런 생각을 해 본 적이 없어. 오히려 유토피아에 매혹당해 있었지. 그런데 이제는 그 모든 것이 가짜라는 것을, 싸구려 가짜라는 것을 알아. 무척 흥미롭군. 난 이제껏 증거를 찾던 중이었어. 이것이 결정적인 증거야. 전에는 이런 비슷한 생각도 할 수가 없었어.'

자습 시간이 끝났다. 오소킨은 떠들썩한 남학생들 사이를 걸었다. 그의 머리는 새로운 생각들과 갑작스러운 깨달음이 가득 찼다. 약간 슬픈 기분이 들었다. 이제 오케아니스는 전처럼 매력적이지 않을 것이다. 어쩌면 그것은 사라질 것이다. 유명한 시인이나 위대한 화가가 된 자신을 상상했던 꿈들이 사라졌듯이.

며칠 후 밤, 기숙사. 오소킨은 붉은색 담요가 깔린 딱딱한 침대에 누워 있었다.

그는 자신에게 말했다.

'아무것도 이해가 되지 않아. 현재와 과거의 모든 일들이 꿈 같아. 양쪽 다에서 깨어나고 싶어. 남부 지역 어딘가에 있을 수 있다면 얼마나 좋을까. 그곳에는 바다와 햇빛과 자유가 있지. 아무것도 생각하지 않고, 아무것도 기대하지 않고, 아무것도 기억하지 않고 싶어. 하지만 이렇게 이상할 수가! 마법사는 내가 잊고 싶어질 때까지 모든 걸 기억할 것이라고 말했어. 그런데 벌써 나는 잊고 싶어하고 있어. 지난 며칠 동안 많은 것을 잊어버린 것 같아. 그걸 참을 수가 없어. 마음이 너무 고통스러워서 지나이다를 생각할 수가 없어. 어쩌면 이것은 꿈일까? 아니, 꿈일 리 없어. 난 정말 그곳에 있었어……. 그러니까 지금 일어나고 있는 모든 일은 그 당시로 보면 과거야. 또한 그 당시 일어났던 일들이 지금의 관점에서 보면 과거야. 가장 놀라운 것은 내가 이것을 매우 침착하게, 특별히 놀란 기색조차 없이 받아들인다는 점이야. 마치 모든 일이 이렇게 될 수밖에 없다는 듯이……. 하지만 내가 무엇을 할 수 있지? 아마도 우리는 모든 평범하지 않은 일들을 이런 식으로 받아들이는지도 몰라. 우리가 아무리 놀란다 해도 아무것도 변하지 않고, 따라서 우리는 그 일에 전혀 놀라지 않은 것처럼 연기하기 시작하지. 할머니가 돌아가셨을 때 나는, 죽음은 얼마나 설명할 수 없고 특별한 일인가, 하고 생각했어. 하지만 모두가 죽음을 당연한 일로 받아들이지. 달리 어쩔 수 있겠어? 장례식을 하는 동안 이런 생각을 했던 기억이 나. 세상의 모든 사람이 갑자기 사라지고 단 한 명만 남는다면, 그에게 그날 하루는 끔찍하고 경악스러울지라도 이튿날이 되면 그는 아마도 그것을 더없이 평범하고 필연적인 일로 생각할 것이라고.

다시 학교에 와 있는 나를 발견하니 얼마나 기이한가! 이 숨 쉬는 소리들이 다 기억나. 시계 기술자의 공방에서 째깍대는 시계들처럼 숨소리가 다 다르지. 이 모든 것은 무슨 의미일까? 이해할 수 있으면 얼마나 좋을까!'

꿈

어느 날 꿈속에서 오소킨
은 수업이 끝난 후 소콜로
프와 체육관 안을 돌아다니
며 이런저런 이야기를 나누
다가, 예기치 않게 면회실로 호
출당했다. 이따금 어머니가 이 시
간에 만나러 오기 때문에 오소킨은
특별한 일이 있으리라고는 기대하지 않고 계단을 올라가
긴 복도를 지났다. 면회실로 들어가니 아름답게 차려입은
젊은 여성이 기다리고 있었다. 전혀 모르는 여자였다. 오
소킨은 어리둥절해서 그 자리에 멈춰 섰다. 잉크 얼룩이
있는 헐렁한 옷이며 지저분하게 뻗친 뒷머리, 완전히 남학
생 같은 자신의 외모에 신경이 쓰였다.

다른 학생 대신 잘못 불려 왔음이 분명했다. 하지만 젊은 여자는 오소킨을 보자 웃음을 터뜨리며, 노란색 벨벳 장갑 낀 작은 손을 내밀었다.

"세상에, 이렇게 많이 컸어! 날 알아보지 못하나 보네."

그녀가 말했다.

오소킨은 그녀를 쳐다보았다. 무슨 말을 해야 할지 알 수 없었다. 반짝이는 큰 눈망울을 가진 여자는 대단히 매력적이었다. 그래서 오소킨은 더 어색했다. 뭐라고 즐거운 말을 하고 싶었지만, 그녀를 만난 것은 평생 처음임이 분명했다. 그녀는 마치 전부터 알았던 것처럼 많이 컸다는 말로 그를 놀리는 듯했다. 무슨 속셈인지 오소킨으로선 짐작할 수가 없었다.

"나를 정말 모르겠어?"

그녀가 청아한 목소리로 말했다. 소녀 같은 명랑한 목소리였다. 그녀가 다시 말했다.

"생각해 보면 기억이 날 텐데."

그녀는 오소킨을 쳐다보며 웃었다.

한순간, 섬광과도 같이 오소킨의 마음속에 어떤 기억이 스치고 지나갔다. 그렇다, 그는 그녀를 만난 적이 있었다. 왜 보자마자 알아차리지 못했을까? 그런데 그것이 언제였을까?

오소킨은 재빨리 머릿속으로 마법사를 만나러 간 순간까지의 인생 전체의 기억을 뒤져 보았다. 그녀가 그 인생 속에 없었던 것은 확실히 말할 수 있었다.

그녀가 말했다.

"어머나, 너 정말 재미있다! 그러니까 날 까맣게 잊어버렸구나. 즈베니고로드(모스크바 시에서 50킬로미터 떨어진 도시)에서 나를 만난 것이 기억나지 않아? 그때 난 너보다 나이가 많았어. 기억해 봐, 난 땋은 머리에 빨간 리본을 매고 있었어. 우리가 방앗간에 갔던 일과 조우츠카를 찾아다니던 것이 기억나지 않아?"

오소킨은 즈베니고로드를 기억하고 있었다. 아주 어렸을 때 어머니, 아버지와 살던 고장이었다. 숲 속의 물레방아와 밀가루 냄새, 선착장의 배에서 나는 타르 냄새를 아직도 기억했다. 언덕 위의 하얀 수도원과 얼음처럼 시원한 샘이 있는 숲도 기억났다. 조우츠카? 한 번은 그 작은 검둥이 개가 사라져서 오랫동안 찾지 못했다. 하지만 그곳에 빨간 리본을 머리에 한 여자아이는 없었다. 그것은 분명히 말할 수 있었다. 오소킨은 다시 그녀가 자신을 놀리고 있다고 느꼈다. 그런데 무슨 이유로? 그녀는 누구일까? 어떻게 즈베니고로드와 조우츠카에 대해 알까?

오소킨은 침묵하고 그녀는 계속해서 전염성 강한 웃음

을 웃었다. 그녀는 오소킨의 손을 잡아끌어 자기 옆에 앉게 했다. 그녀가 사용하는 향수가 느껴졌다. 약하긴 하지만 이상하리만치 깊이 파고드는 향수였다. 순간 그 장면이 놀라울 정도로 많은 일들을 떠올리게 했다. 그렇다, 그는 그녀를 알았다. 하지만 언제 어디서 그녀를 알았지? 어쩌면 그녀는 또 다른 꿈의 일부인지도 모른다. 오소킨은 그것을 깨닫고 있었다. 꿈을 꾸면서 또 다른 꿈을 기억하고 있었다.

그녀가 물었다.

"왜 그렇게 말이 없어? 무슨 말 좀 해 봐. 나를 만나서 반가워?"

"반가워요."

오소킨이 말했다. 얼굴이 빨개지고 남학생 노릇을 계속해야 될 것 같은 기분이 들었다.

"왜 반가워?"

"당신을 사랑하니까요."

오소킨이 말했다. 그런 말을 할 용기가 어디서 나오는지 알 수 없었다. 동시에 그녀는 어른인 반면에 자신은 아직 남학생인 것이 고통스러울 만큼 어색했다.

이제 그녀는 드러내 놓고 웃었다. 그녀의 눈이 웃고 뺨의 보조개도 웃었다.

"언제부터 나를 사랑했지?"

그녀가 물었다.

"언제나 당신을 사랑했어요. 즈베니고로드 시절에도."

오소킨이 대답했다. 어쩐지 필요한 거짓말 같았다.

그녀가 오소킨을 쳐다보았고, 그 순간 둘 사이에 무엇인가가 이해되고 받아들여졌다. 마치 그것에 대해 두 사람이 합의라도 한 것처럼.

그녀가 말했다.

"잘 알겠어. 하지만 이제 우린 어떻게 하지? 내가 여기 온 것은 다른 데서는 너를 찾을 수 없었기 때문이야."

오소킨은 그녀가 '그곳에서' 자신을 찾아다녔다는 것을 깨달았다. 하지만 '그곳'이 어디인지 알 수가 없었다. 그는 그것을 이해했다. 어떤 이유에선지 그것은 굳이 분명하게 알 필요가 없었다.

그녀가 말했다.

"그럼 너는 여기서 지낼 참이야?"

"아니요."

오소킨이 대답했다. 그는 스스로도 놀랍게 이렇게 덧붙였다.

"당연히 아니죠! 우리 도망가요. 내가 당신이랑 도망치겠다는 뜻이에요. 함께 아래층으로 내려가서, 당신이 현관홀에서 떠날 채비를 하는 사이 나는 다른 애의 외투를 입고 현관 계단으로 나갈게요. 그런 다음 마차를 타고 달아나는 거예요."

"그렇다면 가자."

그녀가 말했다. 두 사람은 이 모든 것을 오래전에 결정하기라도 한 것 같았다.

오소킨은 이해가 되면서 동시에 이해가 되지 않는 것이 있었으며, 새로운 기대감의 소용돌이가 그의 존재 전체를 채워왔다. 너무도 기분 좋은 느낌이었다. 많은 새로운 것들과 많은 예상하지 않은 변화들, 새로운 무엇인가가 다시금 앞에 놓여 있었다. 과거에는 없었던 무엇, 찬란한 색으로 빛나는 무엇인가가.

그들은 층계참으로 나와 계단을 내려갔다. 계단은 길고 어두웠다. 현관홀로 이어지는 계단과는 많이 달랐다.

"우리가 엉뚱한 계단으로 왔어요."

오소킨이 말했다.

그러자 그녀가 부드럽게 속삭였다.

"상관없어, 오소킨. 이 계단을 내려가면 우린 곧장 밖으로 나가게 될 거야."

어둠 속에서 그녀가 오소킨의 목을 양팔로 끌어안고, 다정하게 웃으며 그의 머리를 자기에게로 끌어당겼다.

오소킨은 그녀의 두 팔의 느낌을 자각하고 얼굴에 닿는 비단과 모피의 감촉을 느꼈다. 그녀의 체취와 부드럽고 포근한 여인의 손길을 의식했다. 오소킨이 머뭇거리며 두 팔로 그녀를 껴안았다. 그녀의 드레스와 코르셋 밑의 부드럽고 단단한 젖가슴이 느껴졌다. 짜릿한 쾌감이 몸 전체에 밀려왔다. 오소킨은 그녀의 뺨에 입술을 대고, 그녀의 빨라지는 숨소리를 들었다. 그녀의 입술이 그의 입술을 찾았다.

'이것이 정말 현실일까?'

오소킨의 내면에서 한 목소리가 말했다.

'그럼, 물론이지.'

다른 목소리가 답했다.

터질 듯한 기쁨이 그의 존재를 채웠다. 그로서는 그 순간 그들이 땅에서 분리되어 날아오르는 듯한 기분이 들었다.

갑자기 계단 꼭대기에서 귀에 거슬리는 거친 종소리가 울리기 시작하고, 아이들 목소리가 들렸다. 그 순간 오소킨은 심장에 통증을 느꼈다. 이제 그녀가 사라지려 하고 있었다.

"우린 너무 늦었어."

그녀가 재빨리 오소킨의 품에서 빠져나가며 말했다.

오소킨 역시 그녀를 잃었다는 것을 느꼈다. 무한히 아름답고 빛나는, 기쁨에 찬 무엇인가가 그에게서 떠나가고 있었다.

"잘 들어! 난 달아나야 해. 아니면 너무 늦어 버릴 거야. 하지만 내가 다시 올게. 날 기다려 줘. 듣고 있어? 잊지 마……."

그녀는 다른 무슨 말인가 하면서 급히 계단을 내려갔지만, 오소킨은 무슨 말인지 들을 수가 없었다. 점점 더 커지는 종소리에 그녀의 말소리가 파묻혔기 때문이다. 벌써 그녀는 시야에서 보이지 않았다. 오소킨은 그녀를 쫓아 뛰어가고 싶었다. 그는 그녀가 사라져 간 곳을 애타게 바라보다가 눈을 떴다.

급사 '개구리'가 팔자걸음으로 오소킨의 침대 바로 옆을 지나갔다. 그는 유난히 더 요란하게 종을 쳤다.

아침이었다.

몇 초 후 오소킨은 정신을 차렸다. 입맞춤이 준 행복한 전율로 온몸이 채워져 있었다. 그것이 끝나 버렸다는 예리한 아픔과 그런 일이 일어났다는 환희가 교차했다.

그 경험은 기숙사와 전혀 어울리지 않았다. 기숙사는 남학생들의 고함 소리와 이글거리는 램프 불빛으로 채워져 있었다. 아직도 그 장면이, 그의 목을 끌어안은 두 팔의 감촉이, 그의 뺨을 스치는 부드러운 머리카락이 생생하게 느껴졌다. 그 모든 것이 아직 남아 있었다. 심장이 빠르게 뛰었다. 온몸이 살아나, 행복한 경이로움 같은 것을 느꼈다.

마침내 마음에 떠오른 첫 번째 생각은 '그녀는 누구일까?' 하는 것이었다.

'그녀는 다시 오겠다고 말했어. 그것이 언제일까? 왜 마지막에 그녀가 내게 한 말이 잘 들리지 않았을까? 이제 나는 어떻게 해야 하지?'

꿈이 사라지는 것이 몹시 슬펐다. 지금이라도 그녀를 쫓아가서 물어보면 될 것만 같았다. 그녀가 누구인지, 어디서 왔는지, 이 모든 수수께끼의 의미가 무엇인지.

만약 그 꿈이 실제라면, 지금 주변에서 벌어지는 모든 일이 정말 불필요하고, 무의미하며, 어리석고, 짜증 나는 일이었다. 또 하루가 시작되고 이날을 살아 내야 한다는 것이 끔찍했다. 동시에 그런 일이 일어난 것이, 설령 그저 꿈이라고 해도 좋았다. 그것은 그 일이 다시 일어날 수 있다는 뜻이니까. 멀리서 해가 뜨는 것처럼 황금색 빛이 반짝이기 시작했다.

오소킨은 다시 자신에게 물었다.

'하지만 그녀는 누구일까? 어디서 왔을까? 내가 모르는 얼굴이야……. 그런데 난 그 얼굴을 알아. 정말로 아는 걸까?'

온종일 오소킨은 밤에 꾼 꿈의 영향 때문에 안개 속을 걸어 다녔다. 계속 그 일을 기억 속에 붙잡아 두고 싶고, 다시 또다시 그 꿈을 살고 싶었다. 미지의 그 여성이 누구인지 알고 싶었다. 그러나 꿈은 차츰 흐려지고 희미해지다가 마침내 사라졌다. 그래도 꿈의 여운은 남아 있었다.

한낮이 되었을 때 다시 꿈으로 돌아가 꿈의 기억과 현실의 느낌을 비교하다가, 문득 지나이다의 이미지가 그림자처럼 흐려진 것을 깨닫고 놀랐다. 이제는 그녀를 고통 없이 회상하는 일이 가능했다. 어제만 해도 상황이 달랐었다. 그때는 지나이다를 한 번만 떠올려도 예리한 통증이 느껴졌었다. 이 사실을 깨닫자, 마음속에 한순간 섬광이 지나갔다. 그것은 기억이 아니라 기억의 그림자였다. 즈베니고로드에 대해 이야기했던, 땋아 내린 검은 머리에 빨간 리본을 맨 소녀…….

'그러니까 그녀는 지나이다에 대한 기억 뒤편에서 나온 거야.'

그는 생각했다. 그러나 그 순간 다시 모든 것을 잊어버렸다는 느낌이 들었다. 지나이다와 관련된 모든 일이 이미 과거가 되어 버린 때 이 일이 일어났다는 인식만 남아 있었다. 어쩌면 지나이다에 관한 것 역시 꿈인지도 모를 일이었다.

다시 한 번 그의 마음이 생각의 실타래를 붙잡았다. 그는 숨 쉬는 것조차 두려운 상태에서 말했다.

'그래, 맞아. 혹시 이것이 의미하는 바는⋯⋯. 이 일이 그 이후에 일어난 것일 수도 있을까? 하지만 언제 이후이지?'

그러다가 전혀 예기치 않게 그의 마음이 하나의 결론에 이르렀다.

'이것은 이미 일어난 일이 아니라, 내가 계속 살아 나가면 일어날 일이야.'

그는 아직 이 결론을 완전히 이해하지 못했지만, 그녀가 그에게 와 준 것에 대한 고마움이 그의 존재를 채웠다.

이 마지막 노력을 한 후, 그의 마음은 더 이상 어떤 것도 이해하기를 거부했다. 꿈이 빠른 속도로 흐려져서 사라지는 것을 느꼈다. 곧 아무것도 남지 않을 것 같은 느낌이었다. 저녁이 될 때까지 오소킨은 생각 속에서 계속 그 꿈으로 돌아가고, 자신이 몇 번인가 순간적으로 이 기이한 일을 이해했다고 생각했다.

'과거와 미래는 본질적으로 아무 차이가 없어. 우리가 그 둘을 과거와 미래라는 다른 말로 표현하는 것일 뿐이야. 사실 이 둘은 과거이면서 미래인 거야.'

하루 종일 학교와 주변이 완전히 비현실적으로 보였다. 마치 투명한 그림자들 같았다. 만약 생각 속에 깊이 침잠해서 주위를 볼 수만 있다면 모든 것이 완전히 달라질 것 같기도 했다.

남학생

겨울의 일요일. 눈이 내리고 있었다. 검은색 모피 칼라와 은색 단추가 달린 회색 외투를 입고, 월계수 잎이 그려진 은색 교표가 달린 진청색 모자를 쓴 남학생 오소킨이 포크로브스키 게이트(모스크바 중심가에 위치) 인근의 소도로를 걸어가고 있었다. 그는 모퉁이에서 걸음을 멈추고 주위를 둘러보았다.

'이곳의 오래된 집들은 예전과 똑같군. 그런데 그 사이 동네가 많이 변한 것 같아. 12년 사이에 얼마나 많은 변화가 생길 수 있는지 놀랍군. 한번 둘러봐야겠어. 크루티츠키네 새 집은 아직 지어지기 전이지만 그 가족은 근처

어딘가에 살고 있어. 아, 지나이다를 볼 수 있으면 좋을 텐데! 하지만 그녀를 본다고 한들 내가 무엇을 할 수 있 겠어? 얼마나 이상한가! 난 학생이고 그녀는 어린 소녀야. 또 재미있는 것은 그 시절에도 나는 지금처럼 모스크바 의 길거리와 뒷골목을 누비고 다니곤 했다는 거야. 이따 금 바로 이곳으로 와서 누군가를 만나야 한다고, 누군가 를 찾아야만 한다고 느꼈지. 그러나 미리 절망해 봤자 아 무 도움도 안 돼. 지나이다를 만나면 좋겠지만, 그녀의 오 빠를 찾아서 사귀고 친구가 되어야 해. 그는 군사 교련단 (소년들의 군사학교)에 다니는 중일 텐데 어느 교련단인지 모르겠군. 완전히 기억 속에서 사라졌어. 크루티츠키가 나 한테 자신의 군사 교련단에 대해 많은 이야기를 했던 기 억은 나는데. 이제 나는 모든 걸 잊기 시작하는군! 그래, 반드시 그를 찾아야만 해. 안 그러면 우린 서로 만나지 못 할 거야. 난 이번에는 군사학교가 아닌 대학에 진학하고 싶거든. 게다가 우리가 군사학교에 다니던 시절 지나이다 는 이미 외국으로 떠나고 없었어. 이번에는 더 일찍 만나 야만 해.

이 모든 일이 얼마나 기이한가! 이따금 나의 이전의 삶 에서 만난 마법사와 지나이다 모두 오케아니스 여행과 비 슷한 것 같아. 언젠가는 알게 되겠지.'

오소킨은 어느 집 앞에 서서 대문에 걸린 문패를 자세히 살폈다.

'바로 이 집이군. 이제 어떻게 한다?'

그는 집 안뜰을 들여다보았다.

"저쪽에 현관문이 있군. 아마도 지나이다의 가족은 이 집에 살 거야."

문지기가 안뜰을 가로질러 지나갔다. 오소킨은 얼른 옆으로 물러나서 거리를 더 내려갔다.

'이 부근을 걸어 다녀야겠어. 아마도 누군가가 나올 거야. 크루티츠키가 나오면 정말 좋을 텐데. 곧장 그에게 말을 걸어야 해. 이런 망할! 갑자기 그가 페테르부르크인가 어느 지방경찰대인가에 있었다고 한 것이 기억나는군. 그게 사실이라면 지금 어떻게 지나이다를 만날 수 있지?'

오소킨은 다시 되돌아 걸었다. 그때 마침 마차 썰매 한 대가 그를 지나치더니 크루티츠키네 집 대문 앞에 멈추었다. 소녀와 모피 망토를 두른 부인이 마차에서 내렸다. 부인이 마부와 이야기를 주고받는 사이, 오소킨이 그 앞을 지나가다가 소녀를 바라보았다.

'지나이다인가, 아닌가? 아닌 것 같아. 그녀라면 분명히 내가 알아볼 텐데. 하지만 지나이다인지도 모르지. 아무튼 이 소녀는 그녀와 비슷해.'

그는 다시 한 번 몸을 돌렸다. 모피 망토를 두른 부인이 그를 보고 놀라서 쳐다보았다. 오소킨은 얼굴을 붉히면서, 돌아보지 않고 더 빠른 걸음으로 걸었다.

'이런, 어쩌면 이렇게 멍청할 수가 있지? 어린 여자아이를 쳐다보는 남학생이라니! 게다가 지나이다가 아닐 수도 있는데. 부인은 왜 그렇게 놀라고 의아해하는 표정으로 날 쳐다보았을까? 정말 어이가 없군! 사람들은 늘 상황을 이상하게 받아들인다니까. 내가 왜 돌아보았는지 그녀가 어떻게 알 수 있지? 그래도 그들이 누구인지 궁금해. 부인의 얼굴을 똑똑히 보지 못해서 아쉬워. 지나이다의 어머니일 수도 있지만 아닌 것 같기도 해.'

오소킨은 길모퉁이에서 걸음을 멈추었다.

'자, 이제 어떻게 할까? 지금까지 나는 평범한 남학생처럼 행동해 왔고, 그것 외에는 달리 할 일은 생각해 낼 수도 없어. 썰렁한 골목길을 서성대는 것은 멍청한 짓일 뿐더러 날도 점점 추워지고 있어. 게다가 그들이 나를 눈여겨본다면 불편한 상황이 벌어질 거야. 나중에 그들은 말하겠지. 전에 나를 본 적이 있다고. 늘 자기들 집 앞을 지나다녔다고.

그래, 얼른 이곳을 떠나야 해. 아무튼 그들이 어디 사는지는 알았으니까. 크루티츠키를 만날 수 없어서 무척 아

쉽긴 하지만.'

오소킨은 길모퉁이를 돌았다.

어머니

집. 일요일 저녁. 오소킨은 어머니와 함께 차 테이블 앞에 앉아 있었다. 그녀는 책을 읽는 중이었고, 오소킨은 어머니가 곧 세상을 떠난다는 생각을 하면서 물끄러미 바라보았다. 어느 햇빛 좋은 겨울날 치른 어머니의 장례식 광경이 눈앞에 생생하게 떠올랐다. 그런 생각이 들자 한기와 고통이 밀려오고 겁이 나면서 어머니가 너무도 가여웠다.

어머니는 책을 내려놓고 오소킨을 올려다보았다.

"공부는 다 했니, 바냐?"

오소킨은 그 질문에 개의치 않았다. 사실 공부 따위는

까맣게 잊고 있었다. 그의 생각은 학교와 전혀 상관없는 것들로 가득했다. 어머니의 질문이 지루하고 사소하게 느껴지고, 그래서 갑자기 짜증이 났다.

오소킨이 말했다.

"어머니는 언제나 공부 얘기만 해요. 아직 시간이 많아요. 난 다른 생각을 하던 중이었어요."

어머니가 미소를 지었다.

"네가 다른 생각을 하던 중이란 건 나도 알지만, 수업 준비를 하지 않고 내일 학교에 가면 별로 좋지 않을 거야. 밤늦게까지 안 자면 아침에 일어나지 못할 거야."

오소킨은 어머니의 말이 옳다고 느꼈다. 하지만 슬픈 생각들을 내려놓기가 망설여졌다. 그런 생각들에는 마음을 끄는 것이 있는 반면, 어머니의 잔소리는 현실적이고 평범한 일상을 상기시켰다. 게다가 그는 자신이 학생이라는 사실과 교과서, 수업, 학교가 존재한다는 것을 잊고 싶었다. 어머니가 이런 마음을 이해할 수 있으면 좋으련만. 어머니 때문에 자신이 얼마나 속상한지, 자기가 어머니를 얼마나 사랑하는지 안다면 얼마나 좋을까. 지금 어머니의 죽음을 운명이라고 체념하며 받아들이는 것이 얼마나 이상한 기분인지 어머니가 알 수 있다면! 오소킨은 어머니에게 아무것도 말할 수 없다고 느꼈다. 이 모든 일이 상상으로 느껴졌다. 그 자신이 보기에도 평소 빠져들곤 하는 공상 중 하나 같기만 했다.

마법사에 대해, 자신이 떠나온 이전의 삶에 대해 어머니에게 어떻게 말할 수 있을까? 왜 어머니를 보기만 해도 가슴 아픈 연민과 아픔이 솟는지 어떻게 전할 수 있을까? 오소킨은 에둘러서라도 어머니에게 모든 이야기를 털어놓을 수 있는 방법을 찾고 싶었다. 하지만 어머니의 잔소리는 그런 말을 하는 것을 가로막고, 그가 잊고 싶어 하는 것들을 떠올리게 만들었다.

오소킨이 말했다.

"어머니는 매번 그런 말을 해요. 내가 학교에서 배우는 내용을 전혀 이해하지 못한다고 해도 그렇게 말하실 거예요? 내가 학교를 그만둔다고 해도 그런 말들이 의미가 있을까요?"

그는 짜증이 나서, 이전의 인생에서 지금의 삶을 바라보던 감각을 잃기 시작했다. 그가 괴로워하는 것이 무엇인지 어머니에게 말하기가 더 어려워졌다. 또한 어머니에 대한 짜증이 마음속에 치밀어 못된 말을 쏟아붙이고 싶었다. 그러면서도 어머니를 향한 연민은 거의 통증에 가까웠다.

오소킨이 말했다.

"내일 학교에 가지 않을 거예요."

"왜 그러니?"

어머니는 놀라서 겁을 내며 물었다.

"몰라요. 머리가 아파요."

오소킨은 학생들이 곧잘 쓰는 대답을 했다. 그리고 말했다.

"그냥 집에 있으면서 생각을 좀 하고 싶어요. 그 멍청이들 속에 오래 있을 수가 없어요. 어처구니없는 처벌들이 내 인생을 망가뜨리고 있어요. 이런 식으로 계속해서 살 순 없어요. 학교 측이 또다시 2, 3주 동안 나를 학교에 가둘 거예요."

어머니가 말했다.

"너 좋을 대로 하렴. 하지만 경고하는데 그래 봤자 학교 생활이 더 고달파지기만 할 거야. 내일 등교하지 않으면 학교 측은 네가 반항한다고 받아들이겠지. 하지만 너 스스로 결정해야 해. 알겠지만 나는 네 일에 절대 간섭하지 않잖니."

오소킨은 어머니가 옳다는 것을 알고, 그래서 더 화가 치밀었다. 이 지루한 현실의 삶과 그 현실에 대해 생각해야만 했기 때문에 슬픈 생각들은 저만치 밀려났다. 두 개의 삶이라는 이상한 느낌, 과거와 미래에 대한 고통스러

운 기억들도 사라졌다. 단지 현재에 대해 생각하기 싫고 그것에서 도망치고 싶었다.

"내일은 학교에 가지 않을 거예요."

오소킨은 이러면 어머니가 얼마나 속상해할지 알면서도 고집스럽게 말했다. 또 그것이 새로운 방식으로 인생을 살겠다는 결심에 어긋난다는 것도 깨달았다.

그는 혼잣말로 중얼거렸다.

'그래, 이것이 마지막이 될 거야. 내일 이 상황에 대해 다시 잘 생각할 거야. 집에서 하루를 보내야만 해. 학교가 어디 가는 것도 아니고. 공부는 나중에 시작하면 돼.'

그는 다시 하던 생각으로 돌아가고 싶었다.

오소킨이 말했다.

"나는 전에도 이번 생을 살았던 것 같아요. 어머니는 지금과 똑같았고, 나도 지금과 똑같았어요. 다른 많은 것들도 똑같았고. 나는 종종 그 모든 것들을 떠올릴 수 있고, 그것들을 어머니한테 말할 수 있다는 생각이 들어요."

어머니가 말했다.

"그때도 너는 지금처럼 나를 그다지 사랑하지 않았고, 내가 못마땅해하는 상황을 만들려고 온 힘을 기울였겠지."

처음에 오소킨은 그 말을 알아듣지 못하고 놀라서 바

라보기만 했다. 어머니의 말은 지금 그가 느끼고 있는 감정과 완전히 어긋나 있었다. 그러다가 자신이 공부를 하지 않고 학교에도 가기 싫어해서 어머니가 화가 났음을 깨달았다. 어머니에게 맞선들 아무 도움이 되지 않을 뿐더러 따분할 것 같았다. 그 순간 그는 어머니가 완전히 그 삶 속에 있다고 느꼈다. 그러니 다른 삶의 상황을 어머니에게 전할 방법이 없었다. 어머니가 자신을 이해하지 못하자 오소킨은 더 낙심했다.

오소킨이 말했다.

"어머니는 또 그 이야기만 하네요. 좋아요, 내일 학교에 갈게요."

마지못해 한 말이었다. 자신이 등교하지 않으리라는 것을 그의 마음은 알고 있었다. 학교에 가지 않겠다는 생각이 늘 강해서, 잠시 그것을 인정하는 것만으로도 다른 모든 것은 중요하지 않았다.

"물론 난 네가 학교에 가길 바란다. 네가 결석하는 것을 다들 어떻게 보는지 알잖니. 교감이 지금 이대로는 널 더 이상 봐 주지 않겠다고 이미 통보했어."

"학교에서 어머니를 호출했어요?"

"물론이지."

오소킨은 이 일에 대해 뭐라고 말해야 할지 몰라 침묵

을 지켰다. 다음 날 학교에 가야만 하는 여러 이유가 있었지만 가기 싫었다. 또 자신이 등교하지 않으리란 것을 이미 알고 있었다. 잠시 핑계나 명분을 찾으려고 노력했지만, 그것들을 생각하는 것이 불쾌하고 지루했다. 다른 생각들이 마음을 괴롭혔다. 그 생각들을 어떻게 하면 어머니에게 전할 수 있을까? 어머니가 이해하는 게 무엇보다 필요하고 중요한데.

오소킨은 자리에 앉아서 어머니를 바라보았다. 그의 내면에서 모순되는 감정들이 부딪쳤다. 그는 어머니의 근심과 불안을 느꼈다. 그리고 그것이 마법사를 찾아간 순간까지의 인생에 대한 모든 기억을 희미하게 만들고 그것들을 거의 상상 속의 일처럼 느끼게 만들었다. 외국 생활, 지나이다, 한 달 전까지만 해도 그가 살던 아르바트(모스크바 중심에 위치한 문화의 거리)의 회색 건물……. 이제 그 모든 것들이 꿈만 같았다. 무엇보다도 어머니가 곧 죽는다는 것과 자신이 어머니의 장례식을 기억한다는 것을 믿고 싶지 않았다. 여기 이 방에서, 어머니 앞에서 그런 생각을 하는 것이 꾸며 낸 비현실적인 악몽 같기만 했다.

오소킨은 과거를 생각하지 않으려 하고, 그 시절을 잊으려고 노력했다. 그 일들이 실제로 일어났다는 것을 마음속으로는 알고 있었지만, 그 생각을 하는 것이 지금의 인생을 극도로 견딜 수 없게 만들었다. 학교에서 보낸 3주일이 마법사를 찾아갔던 오소킨과 지금의 그 사이에 거리를 만들었다. 그리고 이제 그와 어머니 사이에 똑같은 간격이 있었다.

생각들이 하나의 원 안에서 움직이면서 계속해서 어떤 특정한 아픈 시점들에서 멈추었다.

그는 어머니를 바라보며 생각했다.

'어머니가 이제 곧 세상을 떠날 수 있다는 게 믿기지 않아. 여전히 이토록 젊으신데. 그 당시 그런 일이 벌어졌다고 해서 반드시 지금 반복되어야만 할까? 이번에는 모든 것이 달라야만 해. 내가 돌아왔다면 바로 이 목적을 위해서야. 물론 내가 어쩌지 못하는 일들이 있지만, 내 인생을 변화시켜서 어머니의 인생도 바꿀 거야. 결국 당시 어머니가 나 때문에 걱정하고 화낸 것이 분명히 영향을 미쳤을 거야. 어머니는 심장마비로 돌아가셨으니까……. 이번에는 그런 일은 없어야 해.'

오소킨은 어머니에게 달라지겠다고 말하고 싶은 마음이 간절했다. 열심히 공부를 하겠다고, 어머니가 오래 살 수 있도록 어머니를 위해 인생을 근본적으로 바꾸겠다고 말하고 싶었다. 그것이 가능하다고, 정말 그렇게 될 거라고 믿고 싶었다. 이런 확신을 어머니에게 전달할 방법을 찾으려고 노력했지만 적당한 말을 생각해 낼 수가 없었다. 이 주제에 어떻게 접근해야 할지 알 수 없었다. 자신과 어머니 사이에 가로놓인 오해의 심연 때문에 괴로웠다. 그 심연을 다리로 연결하는 것이 불가능했다.

생각이 어머니에서 다시 지나이다로 흘러갔다. 이제 그녀를 생각해도 고통스럽지 않았다. 그녀와 민스키의 결혼 소식은 이제 현실감을 잃었거나 단순한 위협이 되어 버렸다. 좋은 기억들만 남아 있었다. 두 사람의 만남, 강변에서의 산책, 대화, 단둘이 앉아서 보낸 저녁 시간들, 그들의 꿈, 심지어 말다툼까지도. 그 모든 일들이 다시 일어날 것이고, 그 당시 흐릿하게 끼었던 어두운 구름 따위는 사라지고 더 좋아지리라. 다시는 그런 무기력한 상태에 빠지지 않을 것이다. 그녀를 잃지 않을 것이고 어머니는 살아 있을 것이다. 어머니는 틀림없이 지나이다를 만나리라. 오소킨은 두 사람이 서로를 마음에 들어 할 것이라고 느꼈다.

그 생각이 특히 오소킨의 마음을 흔들었다. 지나이다를 이곳에 데려와서 어머니와 만나게 하는 상황을 생생하게 그려보았다. 첫 몇 분 동안의 약간의 긴장감과 거북함이 느껴진다. 이내 그 분위기는 사라지고, 평생 서로 알던 사이처럼 조화와 믿음에 찬 좋은 분위기가 흐르리라.

평소처럼 오소킨은 어떤 상황이 전개될지 머릿속으로

상상하기 시작했다. 집에 데려다 줄 때 지나이다는 그를 바라보고 미소 지으며 말하리라.

'어머니가 참 좋은 분이에요.'

'그런 분이라고 내가 말했잖아.'

그는 대답하면서 지나이다의 손을 꼭 쥘 것이고, 그녀는 느껴질 듯 말 듯 살짝 반응을 보일 것이다.

"차를 더 마시겠니?"

어머니가 물었다.

오소킨은 퍼뜩 정신을 차리고 놀란 눈으로 어머니를 바라보았다. 감상적인 꿈을 꾼 것이 순간 부끄러웠다. 지나이다도 어머니도 그 꿈을 나누지 못하리라는 것을 알기 때문이었다. 다음 순간 오소킨은 짜증이 났다. 지나이다도 어머니도 결코 그와 그의 감정을 이해하지 못할 것이다. 두 사람 다 오소킨에게는 중요하지 않은 외적인 것들만 요구했다. 반면에 그는 내면의 가장 깊은 것들을 그들에게 주려고 노력했다.

"네, 주세요."

그는 끊어진 생각의 실타래를 다시 붙잡으려고 애쓰며 기계적으로 대답했다.

그렇게 저녁 시간이 흘러갔다. 어머니의 눈에 오소킨은 부자연스럽게 꿈에 빠져 있고 말이 없고 자기 자신에게 몰두한 듯 보였다. 대답도 단답형으로 하고 있었다. 또한 줄곧 다른 생각에 빠진 듯 자주 그녀의 말을 듣지 못했다. 그녀는 아들 때문에 마음이 불편하고 슬펐다. 아들 때문에 두려웠다.

월요일

아침. 7시 반에 하녀가 오 소킨을 불렀다. 그는 뭔가 결정을 해야 한다는 불편한 기분을 느끼며 잠에서 깨었다.

'학교에 가야 하나, 말아야 하나?'

어제 그는 책을 펼쳐 보지도 않았다. 수업 준비를 하지 않고 학교에 갈 수는 없었다. 하루나 이틀쯤 집에서 지내는 편이 훨씬 나았다. 마음 밑바닥에서는 어제 아침에 이미 학교에 가지 않기로 결정을 내렸다. 하지만 핑곗거리를 찾아야 했다. 어머니에게 학교에 가지 않겠다고 이미 말한 것이 골칫거리였다.

오소킨은 오랫동안 일어나지 않고 침대에 누워 있었다. 손목시계를 베개 옆에 두고 시계 바늘의 움직임을 눈으로 쫓았다. 하녀가 몇 번이나 방에 들어왔다. 마침내 8시 반, 이미 학교에 있어야 할 시간에 오소킨은 일어났다. 집에 있는 자신이 한심했지만, 어떤 일도 그를 학교에 가게 하지는 못할 것이라고 생각했다. 오늘은 즐거운 생각을 하고 싶었다. 모든 불유쾌하고 힘들고 지루한 생각들은 모레까지 미뤄 둘 것이다. 오늘은 소파에 누워서 책을 읽고 생각에 잠길 작정이었다……. 그런데 무엇인가가 마음을 괴롭혔다. 불안한 양심의 가책과 자신에 대한 불편한 감정을 좀처럼 지울 길이 없었다.

오소킨은 중얼거렸다.

'이건 다 잘못된 거야. 모든 걸 바꾸겠다고 여기 돌아왔으면서, 왜 예전과 똑같은 행동을 하고 있지? 이러면 안 돼. 어떤 방식으로, 어느 순간부터 모든 것을 바꾸어야 하는지 확실하게 결정해야만 해. 결국 어쩌면 집에 있기로 한 건 잘한 일이야. 적어도 조용히 상황을 가늠해 볼 수 있으니까. 하지만 왜 이토록 참담한 기분이 들지? 이제 마음의 정리를 했으니 기분이 좋아져야 하는데. 그렇지 않으면 학교에 가거나 집에 있거나 불쾌하기는 매한가지야.'

그 순간 어떻게 어머니의 얼굴을 대하나 하는 걱정 때

문에 마음이 심란하다는 것을 깨달았다. 가장 나쁜 것은 어머니가 아무 말도 하지 않으리라는 것이었다. 둘이 함께 의논하고 서로의 관점을 알려고 노력하면 훨씬 좋을 텐데. 그러면 대화 중에 자신이 알고 있는 사실들과 생각하는 것들을 어머니에게 이해시킬 방법을 찾을 수 있을지도 모르는 일이었다. 불행하게도 일은 그렇게 풀리지 않을 것이다. 어머니는 아무 말도 하지 않을 것이고, 그것이 전체 상황에서 가장 불편한 일이었다.

오소킨은 자신이 불만족스럽고 세상 전체가 혐오스러웠다.

그는 혼자 말했다.

'내가 학교에 가지 않았던 아침이 이제 기억나는군. 그 일이 엄청난 문제로 이어졌고, 결국 학교에서의 내 상황이 완전히 견디기 힘들어졌던 기억이 나. 안 돼. 이 상황을 바꿔야만 해. 오늘 공부를 시작할 거야. 학교에 사람을 보내 어떤 숙제가 나왔는지 적어 오라고 해야겠어. 그리고 어머니와 대화를 해야만 해. 기숙생으로 지낼 수가 없다고 말해야겠어. 통학생으로 옮기도록 어머니가 조치를 취해 주어야 해.'

그는 저녁에 어머니와 앉아서 공부하는 자신을 상상했다. 따뜻하고 흐뭇한 마음이 차오르고, 그런 기분으로 그는 방에서 나왔다.

오소킨과 어머니는 아침 식사를 했다. 어머니는 속이 상해서 침묵을 지켰다. 어머니가 공부를 시작하겠다는 자신의 결심을 몰라주고 오늘 학교에 가지 않은 것에만 집착하자 오소킨은 짜증이 났다. 그는 기분이 나빠져서 입을 다물었다. 어머니는 한마디 말도 없이 주방에서 나갔다. 오소킨은 마음의 상처를 받았다. 어머니에게 하고 싶은 말이 그렇게도 많았는데, 어머니는 왠지 둘 사이에 장벽을 치고 있었다. 그는 자신이 불행하다고 느꼈다. 학교 생각을 하자, 오늘 결석은 처벌받지 않고 그냥 넘어가진 않으리라는 것을 깨달았다. 이제 독서든 생각이든, 어떤 일도 시작하고 싶은 마음이 조금도 없었다. 하물며 학과 공부는 두말할 필요도 없었다.

오소킨은 한참을 창가에 서 있다가, 단호하게 문을 향해 걸음을 옮겼다.

그는 자신에게 말했다.

'잠깐 산책을 해야겠어. 그런 다음에 돌아와서 공부를 시작하는 것이 낫겠어.'

그에게는 지금의 모스크바 거리를 보는 것이 특별히 흥분되는 일이었다. 우선 오늘은 주 중이고, 그가 평상시 거리를 보지 못하는 시간이기 때문에 모든 것이 다르게 보였다. 또한 지금은 가장 낯익은 장소들조차 그에게 과거를, 또 다른 삶에서 일어났던 일들을 떠오르게 했다. 장소들마다 이상하게 혼란스러운 기억들로 가득 차 있었다.

오소킨은 점심 식사를 하러 집으로 돌아왔다.

하녀가 그에게 말했다.

"학교에서 교사 한 명이 집에 왔다 갔어요. 그가 마님이랑 이야기를 나누었어요. 무척 화가 나 있던데요."

오소킨은 가슴이 덜컥 내려앉았다.

그는 자신에게 물었다.

'어떻게 내가 그 일을 잊을 수 있었지? 틀림없이 교감이 어느 선생을 보냈을 거야. 그래, 당연하지! 그런데 선생은 집에 왔어도 날 만나지 못했어. 이 일이 어떻게 됐었는지 기억이 나. 이제 문제가 시작될 거야. 어머니가 그 선생에게 뭐라고 말했는지 궁금하군.'

어머니가 들어왔다. 화난 표정이었다.

어머니가 말했다.

"바냐, 학교에서 선생님 한 분이 집에 다녀가셨는데 난 네가 밖에 나간 줄도 몰랐다. 선생님에게 무슨 말을 해야 될지 모르겠더라. 꾸며서 둘러대려고 애를 썼고, 네가 밤새 치통에 시달려 아마 치과에 갔을 거라고 말했어. 그렇지만 아주 어설프게 들렸다. 선생님은 네가 집에 돌아오는 대로 치과 의사의 진단서를 지참해서 당장 학교로 와야 한다고 하더구나. 안 그러면 학교에서 직접 치과에 사람을 보내겠다더라. 나로서는 이 모든 상황이 정말 못마땅하구나. 난 거짓말을 할 줄 모르는 사람이야. 선생님은 형사가 심문하는 것처럼 네가 언제 잠자리에 들었는지, 언제 기상했는지, 어느 치과에 갔는지 물었다. 너는 왜 나를 이런 상황에 처하게 하니? 이제 어떻게 할 생각이니?"

오소킨은 어머니에게 미안함을 느꼈다. 후회스럽고, 창피하고, 무엇보다 모든 일이 이전과 똑같이 벌어지기 시작한다는 사실이 두려웠다. 마치 무시무시한 기계가 천천히 돌아가고, 그는 바퀴에 묶인 채 기계를 세우지도 막지도 못하는 것 같았다. 그렇다, 이 모든 일이 전에도 일어났다. 세부 사항까지 낱낱이 기억할 수 있었다. 어머니가 한 말, 얼굴 표정, 얼어붙은 유리창. 뭐라고 대답해야 좋을지 알 수 없었다.

"나는 어머니와 대화를 하고 싶었어요."

마침내 오소킨이 말했다. 그는 자신이 과거에 했던 말을 그대로 반복한다는 것을 깨닫고 심장이 서늘해지는 느낌이 들었다. 그가 말을 이었다.

"나는 계속 기숙생으로 지낼 수가 없어요. 그리고 오늘은 학교에 가지 않을 거예요. 어머니가 학교에 가서 교장 선생님을 만나셔야 해요. 학교 측이 나를 통학생으로 돌리게 해 주세요. 일요일이 세 번이 지나도록 학교에 붙잡혀 있었어요. 그리고 기숙생 모두 문밖으로 나오지도 못했어요. 선생들이 너무 게을러서 기숙생들을 데리고 산책을 나가지도 않아요. 나쁜 날씨를 핑계 삼아서요. 선생님들 각자 자기 생각만 하고, 모두 똑같이 산책 감독을 회피하고 있다는 걸 몰라요. 그 이야기를 교장한테 해 주세요. 이건 문제가 있는 일이에요. 더는 못 참겠어요."

어머니가 말했다.

"바냐, 늘 네가 집에서 지내기를 바랐던 사람이 바로 나란다. 하지만 기숙생을 그만두면 정부 장학생 자격을 잃게 될 거야. 나중에 다시 장학금 신청을 할 수도 없을 거야. 만약 내가 갑자기 죽으면 네게 어떤 일이 생길지 생각해 봐. 난 네가 한두 해 더 기숙생으로 지내면 좋겠어."

오소킨이 대답했다.

"어머니가 죽는다는 생각은 하고 싶지 않아요. 어머니는 죽지 않을 거예요. 왜 그런 생각을 하세요? 어쩌면 내가 어머니보다 먼저 죽을지도 몰라요. 더 이상 학교에서 못 살아요. 그 생활을 견딜 수가 없어요. 정부 장학금을 놓치는 편이 더 나아요."

두 사람은 오랫동안 이야기를 나누었고, 그러다가 어머니가 먼저 자리에서 일어섰다. 오소킨은 혼자 남았다.

　그가 독백을 했다.

　'정말 무서운 일이야. 마법사의 말이 맞을 수도 있을까? 내가 아무것도 바꾸지 못하리라는 것이 사실일까? 지금까지는 모든 일이 태엽 장치처럼 돌아갔어. 점점 무서워지지만 이렇게 되어선 안 돼. 나는 학생이 아니야. 다 자란 성인이라고. 그렇다면 왜 학생의 생활과 공부를 감당하지 못하겠어? 이건 너무 말도 안 되는 일이야. 열심히 달려들어서 공부를 하고 미래에 대해 생각해야만 해. 지금까지는 다 잘 된 거야. 난 통학생이 될 거야. 그렇게 조정되리란 걸 알아. 그러면 상황이 한결 쉬워질 거야. 난 책을 읽고 그림을 그리고 글을 쓰게 될 거야. 어떤 것도 잊지 않기 위해 노력해야만 해. 내 영어 실력은 어떻지?'

　오소킨은 한참 동안 생각했다.

　'기억할 수 없는 것들이 많아졌어. 어머니에게 영어를 배우고 싶다고 말해야겠어. 영어 학습서 같은 걸 사서 배워야겠어. 틀림없이 영어책을 읽을 수 있을 거야. 하지만 핵심은 학교 공부를 하는 거야. 세상에 무슨 일이 있어도 한 학년을 두 번 다니지는 않을 거야. 낙제하지 않는다면 내가 학교를 졸업하게 된다는 뜻이지. 5학년으로 올라가면, 상황을 더 나은 방향으로 바꾸기 시작했다는 신호야.

전에는 내가 4학년에 그대로 머물렀던 기억이 나.'

현실과 동화

1년 후. 점심시간 전의 학교 체육관. 오소킨과 소콜로프가 창가에 서서 창밖 운동장을 내다보고 있었다. 이제 오소킨은 통학생이지만 낙제해서 4학년이고, 소콜로프는 한 학년 올라와서 동급생이 되었다.

소콜로프가 물었다.

"너랑 '무대가리' 사이에 무슨 문제가 새로 생긴 거야? 무슨 일이었는지 말해 봐."

"특별한 일은 아니야. 다들 멍청이들이지. 넌 지리 시간에 없었지? 내가 볼가 강(러시아 서부를 흐르는 강)에 있는 도시들에 대해 대답하고 있었거든. 맨 위에 있는 고장부터 니지니까지 내려왔고, 난 이 고장에서 볼가 강이 오카 강(볼가 강 오른쪽 기슭의 최대 지류)으로 흘러든다고 말했지.

처음에 무대가리는 알아듣지 못하다가 벌떡 일어나서 나한테 소리치는 거야. '넌 지금 무슨 말을 하는지도 모르고 떠드는구나. 오카 강이 볼가 강으로 흘러든다는 것이겠지.'

난 이렇게 말했지. '아녜요. 제가 한 말 그대로예요. 볼가 강이 오카 강으로 흘러들어요.'

그러자 그가 '너 미쳤니?' 하고 고함을 지르는 거야.

'아뇨, 미치지 않았는데요.' 하고 내가 말했지.

'그럼 무슨 말을 하는 게냐?'

'제 말은 지리책에 오류가 있다는 뜻이에요. 오카 강이 볼가 강으로 접어드는 게 아니라, 볼가 강이 오카 강으로 접어들거든요.'

그랬더니 무대가리가 입을 벌리고 아무 말도 못 하는 거 있지!

그가 마침내 말했어. '네가 어떻게 알지?'

내가 대답했어. '아, 제가 직접 봤거든요. 오카 강의 높은 강둑에 서 있으면 양옆으로 평평한 강둑을 끼고 볼가 강이 흐르다가 오카 강으로 접어드는 게 보여요. 이 지점에서 오카 강이 볼가 강보다 훨씬 넓어요. 높은 강둑을 끼고 계속 더 멀리 흐르는 것은 분명히 오카 강이에요.'

무대가리는 길길이 뛰었지. 구스타프 교감을 부르러 보내더니 제우스 교장을 불러오게 했지만 제우스는 오지 않았어. 아직 점심 식사 중이었나 봐."

"그들이 널 쫓아낼지 몰라."

"틀림없이 그렇겠지. 내가 이 모든 것에 얼마나 지쳤는지 넌 상상도 못 할 거야. 이 아이들하며 이 멍청이들이 지긋지긋해."

소콜로프가 어깨를 으쓱하며 말했다.

"난 네가 이해가 안 돼. 넌 통학생이 되고 싶어 했어. 그래서 통학생이 되었는데 뭘 더 바라는 거야? 오카 강이 볼가 강에 합해지든 볼가 강이 오카 강에 합해지든 도대체 너한테 무슨 의미가 있어? 너는 전혀 상관없는 것들에 관심이 많아. 어느 날은 네 책상에 신문이 수북하더군. 정치에 관심이 있는 거야? 다른 날은 교사들이 알지도 못하는 책들을 읽고 있지. 넌 못 말릴 정도로 이상해. 하고 싶은 일은 집에서 하도록 해. 왜 모든 걸 학교로 끌어들이는 거야? 정작 해야 할 일은 아무것도 안 하면서. 어느 여름에는 영어를 배우더니, 희랍어는 2년 연속 낙제 점수를 받았어."

오소킨이 대꾸했다.

"넌 모르겠어? 희랍어는 따분해. 내가 뭣 때문에 희랍어를 배우고 싶겠어? 말해 봐, 뭣 때문에? 그게 필요하다면 배우겠지만 지금 왜 배워야 하지?"

소콜로프가 말했다.

"지금 왜 배워야 하느냐고? 그래야 학교를 마치고 대학에 진학할 수 있으니까. 너는 일들을 단순하게 받아들여야 하는 시기에 계속해서 심각하게 이야기해."

"민감한 건 너야. 결국에 가서 네가 실수하면 난 반가울 거야."

"난 실수 안 해."

"그건 두고 보자구."

오소킨은 소콜로프를 쳐다보며 웃음을 터뜨렸다. 앞으로 어떤 일이 벌어질지 알기에 가끔 상황이 재미있었다.

보조 교사가 그들에게 다가왔다.

그가 말했다.

"오소킨, 대회의실에 가 봐라. 교장 선생님께서 보자고 하신다."

"마침내 잡혔구나! 잘 가. 우린 다시는 못 보겠구나."

소콜로프가 웃었다.

오소킨도 웃었지만 초조한 웃음이었다. 학교 당국자들

에게 상황을 설명하는 일은 언제나 불쾌한 일이었으며, 언제나 무거운 처벌이 내려졌다.

10여 분 뒤에 오소킨은 교실 문간에서 소콜로프와 부딪쳤다.

"뭐야, 아직 살아 있네?"

"그래, 무대가리가 패했어. 제우스 교장이 오늘은 기분이 무척 좋더군. 틀림없이 점심을 푸짐하게 먹었겠지. 내가 볼가 강이 오카 강에 합쳐진다고 말하자 제우스는 악어처럼 웃음을 터뜨리더니, 자기는 그런 줄 몰랐고 그게 카스피 해라고 생각했다고 말했어. 제우스는 대체로 매우 너그럽고 재미있었어.

나는 5시 이후까지 학교에 잡혀 있어야 한대. 물론 '이것이 마지막이다'라는 둥 온갖 말을 다 들었지. '다음에는 너랑은 말도 하지 않을 거다' 등등."

"교장이 그런 말을 했어?"

"물론 그랬지, 그 살찐 돼지가."

"그러니까 넌 붙잡혀 있게 생겼구나! 사람들이 그러는데 오늘 장학사가 올 거래. 학교는 장학사에게 너를 모범생처럼 소개할 거야. 영어를 알고 쇼펜하우어를 읽고, 근면 성실해서 6시가 될 때까지 하교하지 않는 학생으로!"

"아마도 장학사는 수업 도중에 올 걸."

"아니, 수업 끝나고 온다고 했어."

"이런, 지옥에나 가라고 해!"

오소킨은 자리로 돌아갔다.

두 번째 종이 울리고, 프랑스어 선생이 들어왔다. 프랑스어는 오소킨이 가장 좋아하는 과목 중 하나였다. 그는 수업 내용에 신경 쓸 필요가 없을 정도로 프랑스어를 잘 알기 때문에 특권을 누렸다. 진행되는 수업에 신경 쓰지 않고 혼자만의 생각에 잠길 수 있었다. 프랑스인 교사는 오소킨을 전혀 상관하지 않고, 아주 이따금, 사실은 거의 드물게 그를 교탁으로 불러내어 몇 분간 프랑스어로 수다를 떨고는 만점을 주었다. 오소킨을 어른으로 대접하며 대화하는 유일한 선생이었다. 오소킨은 늘 그에게 마음속으로 고마움을 느꼈다. 거리에서 만나면 그 프랑스인은 항상 멈춰 서서 악수를 하고 대화를 했다. 오소킨은 그를 쳐다보면서 '이곳에서 유일하게 괜찮은 사람'이라고 생각했다.

오소킨은 프랑스어 교과서를 펼쳐 놓고 혼자만의 생각에 빠졌다.

'난 모든 것을 점점 이해하지 못하고 있어. 다른 인생에서 이곳으로 돌아왔다면, 이곳에서 내가 보는 것들이 전부 현실이라면…… 그렇다면 지나이다는 어디 있고 나머지 사람들은 다 어디에 있지? 몇몇은 여기에 있지만, 이것은 그들이 동시에 그쪽 삶에서도 계속 살고 있다는 뜻일까? 이것이 사실이라면, 우리는 한 시대에 한 곳에서만 사는 게 아니라 동시에 다른 시대들과 다른 장소들에서 산다는 뜻이 아닐까? 이것만으로도 사람이 미쳐 버리기에 충분해. 어떻게 하면 진실을 알 수 있을까? 이 일이 실제로 일어나고 있는 걸까, 아닐까? 아니, 이것에 대해서는 생각하지 않는 편이 낫겠어. 책을 읽어야겠어. 내가 책을 읽지 않고 어떻게 살 수 있겠어? 독서는 잡다한 생각에서 벗어날 수 있는 유일한 탈출구야.'

그는 책상 밑에서 영어책을 펼쳤다. 스티븐슨의 '우화집' 이었다.

'그래, 여기 그 이야기가 있네. 〈내일의 노래〉. 이 제목은 어떻게 번역하면 좋을까? 결국 잡념에서 벗어날 탈출구가 없어. 그러니 적어도 이 우화를 이해하려고 시도해 봐야겠어.'

오소킨은 스티븐슨이 지은 이상한 우화의 의미를 파악하려고 노력하면서 긴 시간 책을 읽었다. 마침내 그는 책을 덮고, 아무 생각 없이 앉아서 허공을 응시했다. 그 우화에는 숨겨진 의미가 있었으며, 그것이 희미하게 자각되

122

었다. 이상하고 이해되지 않는 여러 기억들이 그 의미와
연결되어 있었다.

처벌

같은 날 방과 후의 텅 빈 교실. 오소킨은 창가 책상 앞에서 책을 들고 앉아 있었다. 날이 점점 어두워졌다.

오소킨은 책을 덮고 한동안 앞을 똑바로 바라보다가 램프를 흘낏 쳐다보았다.

그는 생각했다.

'학교에서는 나한테 불을 켜 주지 않을 모양이군. 알았어, 어둠 속에 앉아 있어야지 뭐. 이 모든 게 얼마나 어처구니없는가! 정말 터무니없어! 내가 아무것도 바꿀 수 없다면 실제로 인생 자체가 무슨 의미가 있겠어? 그저 태엽

감은 시계에 불과한 것을. 그렇다면 어느 것이든 무슨 의미가 있지? 내 인생이, 내가 여기 학교에 앉아 있는 것이 어떤 의미가 있지? 나 자신을 억지로 학생이 되게 할 수는 없어. 물론 사람들이 없으면, 생활이 없으면 지루해. 이런 환경에서 나 자신을 잃지 않으려고 나는 책에 매달리지. 이 아이들이랑 같이 있으면 내가 정말로 소년이 된 기분이 되는 때가 자주 있어. 내 눈으로 봐도 내가 이상해지고 있어. 나는 시골에서 살게 되자 촌놈이 안 되려고 내적으로 큰 도시와의 관계를 유지하려고 애쓰는 남자와 비슷해. 시골 생활에서는 쓸모도 없고 터무니없기까지 한 신문과 잡지를 구독하고, 모스크바나 페테르부르크에서는 의미 있었지만 지금 그가 있는 시골에서는 아무 의미 없는 것들에 대해 생각하려 애쓰지. 아무튼 이 모든 것이 너무 우스워. 내가 신문을 읽는 데 특별히 관심을 갖는 것은 어떤 일이 일어날지 알기 때문이야. 다만 내가 너무 많이 잊어버린 게 안타까울 뿐이지.

결국 마법사가 옳았어. 나는 아무것도 바꿀 수 없을 뿐 아니라 많이 잊기 시작하고 있어. 어떤 인상들은 급속히 기억에서 사라지니 참 이상하지. 그것들은 지속적인 반복을 통해서만 기억 속에 남아 있어. 반복이 중단되면 사라져 버리고. 기억 속에 규칙적으로 사람들 얼굴과 사건들이 만화경처럼 나타나지만, 이름은 거의 다 잊었어.

지나이다를 찾으려고 시도했지만 실패했어. 계속 그 집 앞에서 서성대는 것은 헛수고야. 그녀가 지금 다니고 있을 여학교도 찾아냈어. 두 번의 토요일에 그곳에서 기다려 봤지만 어떻게 얼굴을 알아볼 수 있겠어? 여학생들이 우르르 몰려나오는데. 모두가 깔깔거리며 웃었어. 그곳에 국립 고등학교 남학생처럼 서 있는 내 꼴이 우스워 보였을 거야. 마음에 드는 여학생이 두 명 있기는 했지만, 그들이 지나이다였을 리 없어. 둘 다 지나이다보다 나이가 많았어.

크루티츠키는 이곳의 어떤 교련대에도 없어. 그러니까 그는 지금 모스크바에 없다는 뜻이고, 내가 군사학교에 가야 그를 만날 수 있다는 뜻이야. 하지만 그 무렵이면 지나이다는 이미 외국으로 떠나 6,7년 동안은 돌아오지 않을 거야. 분명히 이건 피할 수 없는 일이야. 내가 외국에 가서 그녀를 찾든지 여기서 기다리든지 해야겠지만, 그녀를 만날 때 이전처럼 무기력한 상황에 처하면 절대 안 돼. 그 무렵이면 나는 이미 대학 학위를 취득했을지도 모르지. 군사학교에 갈 필요가 없을 것이고, 모든 것이 완전히 다를 거야.

정말로 끔찍한 것은, 내가 이것을 이루기 위해 아무것

도 하지 않는다는 사실이야……. 어떻게 한 학년을 두 번이나 다니는 일을 당할 수 있지? 1년을 허비하다니! 이 벽 안에서 4년 반을 더 다녀야 하다니! 잘 모르지만 내가 보기에는 이걸 견뎌 내지 못할 것 같아. 이제 모든 목표를 잃었고 모든 걸 이미 알고 있어서 권태롭다는 게 핵심이야. 그리고 가장 나쁜 것은, 전에 학교에 다닐 때도 똑같이 권태로웠다는 점이야. 그 당시에도 나는 모든 걸 알고 있었어. 이것이 가장 끔찍한 일이야. 모든 상황이 한두 번도 아니고 수십 번 고스란히 반복되는 것 같아. 손풍금에서 흘러나오는 〈푸른 다뉴브〉 곡처럼 말야. 그리고 나는 모든 걸 외우고 있고.

그리고 이따금은 완전히 반대로 생각하지. 전에 아무 일도 일어나지 않았다고. 전부 다 상상한 것이라고. 마법사도 없었고, 지나이다도 없었고, 다른 인생도 없었다고. 하지만 내가 그 모든 것을, 또 많은 다른 일들을 어디서 알아낼 수 있었는지 모르겠어. 이 상황을 통틀어 확실한 것은 단 한 가지야. 자주 너무 지루해서 머리를 벽에 부딪고 싶다는 것!'

권태

오소킨은 책상에서 일어나 반쯤 어두워진 교실 안을 서성였다. 그러다가 복도로 연결되는 커다란 유리문으로 가서 손잡이를 돌렸다. 문은 잠겨 있지 않았다.

그는 혼잣말을 했다.

'사람들이 문 잠그는 걸 잊었군. 내가 할 수 있는 일이 없을까? 재미없고 따분해. 아직 한 시간이나 더 여기에 앉아 있어야 하다니.'

말소리들이 들리고, 곧 서둘러 복도를 지나는 발소리가 났다.

'아마 장학사가 오기를 기다리고 있을 거야. 아니면 벌

써 도착했는지도 모르지.'

오소킨은 혼자 중얼거리며 살며시 문을 열고 밖을 내다보았다.

'밖에는 아무도 없군. 가서 살펴봐야겠어.'

그는 조용히 복도로 나갔다. 사방이 적막했다. 복도를 지나면서 유리문으로 빈 교실을 힐끗 들여다보았다. 도서관을 지나 꿈에서 미지의 처녀를 만났던 면회실에 도착했다. 실내에 환하게 불이 켜져 있었다. 궁금해서 안을 살펴보았다. 그곳에는 아무도 없었다.

그는 생각했다.

'장학사가 이곳을 지나갈 예정이군. 벽에 뭐라고 써 놓을까? 〈장학사님을 환영합니다〉를 한두 군데 틀리게 쓸까? 좋은 생각인 것 같아. 분필이 없어서 아쉽군.'

그는 다시 생각했다.

'그것보다 훨씬 재미있는 일을 할 수 있겠어.'

그는 주머니에 손을 넣어 파란색 안경을 꺼냈다. 앞쪽, 대회의실로 들어가는 문 위쪽 받침대에 시저의 석고 흉상이 놓여 있었다.

'시저에게 파란색 안경을 씌우는 거야. 틀림없이 눈길을 끌 거야.'

오소킨은 까치발로 도서관 한쪽 끝으로 달려가서 의자

를 가져왔다. 그러고는 의자 위에 올라서서 시저의 코에 파란색 안경을 걸쳐 놓았다. 안경이 보기 좋게 맞고 시저는 학자 같은 인상을 풍겼다.

오소킨은 의자를 제자리에 갖다 놓고 복도로 달려 나갔다. 이제 텅 빈 교실로 돌아가고 싶지 않았다. 다른 일을 꾸미고 싶었다. 복도에 있는 다른 문들을 차례로 열어 보았다. 잠기지 않은 문이 하나 있었다. 오소킨은 사방을 둘러본 다음 그 방으로 슬쩍 들어가 여기저기 더듬었다. 마침내 칠판 뒤쪽에서 분필 한 조각을 찾았다. 그는 도서관으로 달려와서, 학교를 대표하는 학생들의 이름이 새겨진 황금색 명판 바로 아래의 벽에 단순한 필체로 〈장학사님을 환영합니다!〉라고 썼다. 평소의 자신의 필체가 아니고 철자도 엉망으로 썼다. 그 밑에다는 입을 헤벌리고 놀라서 눈을 동그랗게 뜬 흉한 얼굴을 그린 다음, 배를 움켜잡고 웃으며 달음질쳐 교실로 돌아갔다.

오소킨은 창틀에 걸터앉아 거리를 내다보았다. 거리에는 벌써 가로등들이 켜져 있었다.

그는 스스로에게 물었다.

'도대체 내가 무슨 귀신에 씌어서 이런 엉뚱한 짓들을 벌이는 걸까? 이제 사람들이 조사를 시작할 테고 당연히 맨 먼저 내 짓이라고 생각할 텐데. 가장 나쁜 것은, 내가 전에도 똑같은 짓을 벌였고 그 일로 퇴학당했다는 기억이 분명하다는 것이야. 내가 왜 이런 짓을 했을까? 물론 이곳은 지루하지만 원래 학교란 게 그렇잖아. 당연히 학교 측은 내가 저지른 짓이라고 짐작할 거야. 어떻게든 이 방의 문을 잠글 수만 있다면……'

그는 문으로 가서 손잡이를 돌려 보았다. 그러고 나서 손목시계를 보았다.

'반 시간 더 지나야 해. 이곳을 빠져나갈 수만 있다면.'

오소킨은 교실 안을 왔다 갔다 했다. 5분 후 그는 다시 창 앞에서 걸음을 멈추고 거리를 내다보았다.

'안경이야 그리 큰 문제가 되지 않겠지만, 〈장학사〉의 철자를 잘못 쓴 것과 벽에 그린 얼굴 그림은 용서받지 못할 거야. 안경을 씌운 것도 그렇고. 그건 불경스러운 짓이야. 그 밖의 다른 일들도 마찬가지이야. 물론 나는 아무것도 모른다고 잡아뗄 거야. 아녜요, 말도 내 말이 아니고, 나는 마부가 아녜요, 라는 식으로. 하지만 운 나쁘게도 구스타프 교감은 나를 찾아내는 요령을 알 거야. 내 짓이라는 아무런 증거가 없는데도 교감이 간단히 나를 불러오라고 말하면 모든 것이 끝나기 일쑤지. 이번에도 그렇게 될 거야. 내가 근처 교실에 앉아 있었다는 것이 밝혀지면 나를 부를 필요조차 없겠지. 모든 것이 딱 들어맞아 명확

131

할 테니까. 돌아 버리겠군! 가서 낙서를 지우는 편이 더 나을까? 아니야, 그래 봤자 도움이 안 돼. 더 나쁜 상황에 빠질 거야.'

그는 손목시계를 보았다.

'15분 남았군. 문을 잠그고 있을 방법이 무엇일까?'

다시 문으로 가서 잠금장치를 살폈다. 복도에서 발소리가 들렸다. 오소킨은 얼른 문에서 떨어져 다시 창가로 갔다. 시간이 더디게 지나갔다. 1분에 한 번씩 손목시계를 보았다.

마침내 학급 급사인 '바퀴벌레'가 열쇠 뭉치를 들고 교실 문으로 다가왔다. 그는 제 열쇠를 찾느라 한참 시간을 끌었다. 열쇠로 문을 열려고 시도하고는 고개를 흔들며 다른 열쇠를 넣었다. 마침내 그가 문을 잡아당기자 문이 열렸다.

"뭐야? 안 잠겨 있었던 거야?"

그가 혼잣말로 중얼거렸다.

"아뇨, 잠겨 있었어요. 아저씨가 첫 번째 열쇠로 시도했을 때 문이 열린 거예요."

오소킨이 문으로 오면서 대답했다.

"넌 가도 돼. 크레니츠 선생이 나한테 너를 보내라고 했어."

바퀴벌레가 말했다.

"저기요, 이거 받아요, 20 코펙이에요."

오소킨이 말했다.

바퀴벌레는 무척 반기며 오소킨의 등을 다정하게 토닥였다.

오소킨이 속으로 말했다.

'바퀴벌레는 내 편을 들어줄 테지만, 곧 쇼가 시작되겠지. 그러니까 지금이 위기를 모면할 때야.'

그는 아래층으로 뛰어 내려가 체육관을 지나 대회의실로 갔다. 그곳은 장학사의 행차에 대비해 유난히 환하게 불이 켜져 있었다.

교장

다음 날 아침, 오소킨은 학교에 들어서는 순간 뭔가 예사롭지 않은 분위기를 감지했다. 학생들이 삼삼오오 모여 소곤대고 있었다. 계단참에서 오소킨은 소콜로프와 마주쳤다.

소콜로프가 말했다.

"아이고, 형님! 네가 한 일이라면 잘한 짓이야! 그런데 이번에 넌 완전히 끝나게 생겼어."

"무슨 말이야?"

"어휴, 아무것도 모르는 체하지 마. 잘 알면서 왜 그래?"

오소킨이 대답했다.

"아니야. 학교에 들어오자마자 무슨 일인가 벌어졌다고 느꼈지만, 대체 무슨 일이야?"

"이런 거지. 어제 장학사가 도착할 예정이었어. 그가 오랫동안 제우스 교장에게 원한을 품고 있었다는 말은 들어 봤겠지? 장학사는 5시 이후에 도착했는데 누군가 대기실 문 위의 시저 흉상에 장난감 안경을 씌우고는 벽에다 〈장학사는 바보다〉라나 그런 말을 써 놓았대. 우리 중 누구보다 네가 더 자세히 알겠지. 난리가 났어. 장학사가 분노했지. 아니면 그런 척했겠지. 그는 제우스에게 학교를 제대로 관리하지 못한다고 윽박지르고는 다른 말은 하지 않고 몸을 돌려 가 버렸어. 지금 조사가 진행되고 있어. 제우스는 이 층을 담당하는 급사 모두를 해고하라고 지시했어. 당직 근무자였던 바퀴벌레, 바실리, 코사크. 그들 모두 너를 지목해. 네가 그 시간에 교실에 혼자 앉아 있었고, 장학사가 도착하기 직전에 학교에서 나갔다고 말하고 있어. 저기 봐! 사람들이 널 부르러 오고 있어."

"오소킨, 교장 선생님께 가봐! 오소킨! 오소킨!"

복도에서 여럿이 고함치는 소리가 들렸다.

오소킨은 학생들 사이를 뚫고 지나갔다. 모두가 호기심을 갖고 그를 쳐다보았다. 그는 복도를 내려가서 시저 흉상이 있는 도서관을 지나, 대회의실로 들어갔다.

대회의실 저쪽 끝에는 호화로운 황금색 액자에 담긴 실물 크기의 차르(러시아 황제)들의 초상화들이 있었다. 초록색 천을 씌운 긴 테이블에 제우스 교장과 구스타프 교감, 교사 몇 명이 앉아 있었다. 급사 세 명, 보조교사 두 명, 전날 당직 교사였던 별명이 무대가리인 크레니츠는 테이블 주위에 서 있었다.

오소킨이 테이블로 다가갔다. 교장은 단단히 화가 나 있었다. 오소킨은 급사들을 힐끗 쳐다보았다. 두 사람, 특히 바퀴벌레는 의심과 적대감에 찬 눈길로 그를 쳐다보았다. 오소킨과 특히 친한 바실리는 그를 바라보지 않으려 했다. 처음에 교장은 화가 나서 아무 말도 못하고 콧방귀만 뀌었다. 마침내 그는 숨을 고르고, 오소킨의 눈길을 피하며 말을 시작했다. 제우스가 유독 화가 치민 것은 어제 볼가 강과 오카 강에 대한 이야기를 듣고 웃었기 때문이라고 오소킨은 짐작했다.

"어제 방과 후 5시까지 교실에 남아 있었느냐?"

"네."

오소킨이 대답했다.

"교실을 떠났니?"

"아니요."

"도서관에 들어갔니?"

"아닙니다."

"거짓말을 하는군, 이 문제아 녀석!"

교장은 새파랗게 질린 얼굴을 하고 주먹으로 탁자를 내려쳤다.

오소킨은 얼굴을 붉히며 교장 쪽으로 한 걸음 다가갔다. 두 사람의 눈이 마주쳤다. 오소킨의 얼굴에 뭔가 위험스런 기미가 떠오르자 교장은 시선을 외면했다.

오소킨은 무례하고 모욕적인 말을 쏟아붙여서 교장의 불쾌한 말을, 학교에서 참았던 모든 것을, 모든 억울함을 되갚아 주고 싶었다. 하지만 목소리가 잠기고 아랫입술이 떨렸다. 순간적으로 아무 말도 할 수가 없었다.

호흡을 고른 교장은 오소킨을 쳐다보지 않고 말했다.

"누가 당직이었나?"

"이바노프였습니다."

교감이 대답하자 바퀴벌레는 차려 자세를 취했다.

교장이 물었다.

"오소킨이 있던 교실의 문을 자네가 잠갔나?"

바퀴벌레가 대답했다.

"누가 잠갔는지는 말씀드릴 수 없습니다, 교장 선생님. 저는 정원에 있었습니다. 제가 문을 열려고 돌아와 보니 문은 잠겨 있지 않았습니다. 분명히 저 학생이 문을 땄을 겁니다."

바퀴벌레는 오소킨을 경멸적인 눈길로 쳐다보았다. 오소킨은 그 눈길이 불쾌했다. 바퀴벌레와 다른 두 급사에게 미안했지만, 그들이 더 우호적으로 말할 수도 있었다고 생각하니 정이 떨어졌다.

"그가 문을 따다니 무슨 뜻이지?"

교장이 물었다.

"분명히 잠금장치를 망가뜨렸을 겁니다, 교장 선생님. 저는 문을 열려고 갔고 어떤 열쇠도 맞지 않았습니다. 문을 당기니까 열렸고요. 제가 그에게 '문이 잠겨 있지 않네, 오소킨?' 하고 말하자, 그는 '아뇨, 잠겨 있었어요. 아무 말도 하지 말아요.' 하고 말하더군요. 그리고 제게 20코펙을 주었습니다. 여기 있습니다!"

바퀴벌레는 긴장되어 땀을 흘리면서, 주머니에 손을 넣어 20코펙짜리 동전 한 개를 꺼냈다.

모두의 시선이 동전에 쏠리다가 일제히 오소킨에게로 옮겨 갔다.

오소킨은 이 모든 상황에 염증을 느끼면서도 재미있었다. 그 20코펙짜리 동전이 그를 궁지로 몰아넣는 가장 강력한 증거임을 깨달았다. 실제로 일어난 일과는 달랐지만 반박해 봤자 소용없다는 느낌이 들었다. 그는 지금까지 너무 착한 학생이어서 그런 훈련이 되어 있었다. 자신의 결백을 증명하려고 애쓰는 것과 그 목적을 위해 필요한 거짓말을 하는 것은 용납되었지만, 성공할 가능성이 있을 때만, 비난하는 사람을 바보로 만들 가능성이 있을 때만 용납되었다. 그럴 가능성이 없으면, 비난이 정당하든 부당하든 참고 침묵하는 것이 학생의 도리였다.

동시에 오소킨은 웃음을 터뜨리고 싶은 욕망이 점점 커졌다. 문득 자신이 이 모든 일에서 저만치 거리를 두고 떨어져 있는 느낌이었다. 그는 자신을 성인 남자로 의식하고 있었다. 지금 이곳에서 벌어지고 있는 일이 자신에게 일어나는 일이 아닌 것 같았다. 분노가 완전히 사라지고 이제 구경꾼으로서 돌아가는 상황을 냉정히 지켜보았다.

"잠금장치가 정말 망가졌습니까?"

교장이 교감에게 물었다.

교감이 대답했다.

"확인해 봤는데 잠금장치가 작동하지 않습니다. 안에 뭔가 들어갔음이 분명합니다."

"그만하면 됐습니다!"

교장이 말했다. 그는 1,2초쯤 다시 콧방귀를 뀌었다.

마침내 그가 오소킨에게 말했다.

"그렇다면 너는 재능을 다른 곳에서 펼치면 되겠구나.

이곳에는 열쇠 따는 사람, 거짓말쟁이, 문제아는 필요하지 않다. 직원들은 그대로 근무하면 되겠군."

그는 교감에게 따로 말했다.

"직원들이 이 일로 곤란을 겪어서는 안 됩니다."

그리고 교장은 주위를 둘러보며 말을 이었다.

"위원회를 열기에 충분한 인원이 여기 있는 것 같소."

그런 다음 보조 교사들 중 한 명에게 말했다.

"저 아이를 면회실로 데려가서 같이 대기하시오. 내가 사람을 보내면 그때 여기로 데려오도록 해요."

오소킨은 '바이올린'으로 불리는 보조 교사와 함께 면회실로 갔다. 그는 지나가면서 바퀴벌레가 20코펙짜리 동전을 손바닥에 올려놓은 채 서 있는 모습을 보았다. 너무 재미있어서 웃음을 터뜨리지 않으려고 안간힘을 썼다. 그들은 면회실로 가서 그곳에 앉아 기다렸다. 오소킨은 머릿속이 텅 비고, 다른 생각은 하고 싶지 않았다.

10분쯤 지나자 다른 보조 교사가 대회의실의 문을 열고 나와서 바이올린에게 고개를 끄덕였다.

그들은 대회의실로 갔다.

교장은 앞쪽의 테이블에서 큰 서류처럼 보이는 종이를 집어 들었다. 그는 두어 차례 기침을 하더니 오소킨을 쳐다보지 않고 소리 내어 서류를 읽었다.

"교사 협의회 결정에 의거 4학년 학생 이반 오소킨은 품행 점수 3점으로 제2 모스크바 중등학교의 학생 명부에서 삭제한다."

교장은 종이를 테이블에 내려놓고 일어나서, 위엄을 풍기며 책상으로 다가가 학생 명부를 집었다.

오소킨은 이곳 생활이 끝났음을 깨달았다. 순간적으로 그의 운명을 결정하는 멍청한 작자들에 대한 반발심에 또다시 휩싸였다. 하지만 그것에 대한 응답이라도 되는 듯이, 모든 일이 전에도 일어났었다는 냉혹한 깨달음이 폐부를 찔렀다. 이전에도 똑같은 방식으로 일이 벌어졌었다. 그는 이 깨달음 속에서 자신이 사라지는 것을 느꼈다. '나는 지금 이곳에 있는 것이 아니다! 나는 존재하지 않는다!' 주변에서 어떤 일이 일어나고 있지만 그에게 생기는 일이 아니었다. 따라서 이 모든 것은 완전히, 확실히 그와 상관없었다. 로마 역사에서 일어난 사건이 그를 괴롭힐 수 없는 것처럼 그는 더 이상 이 일로 괴롭힘을 당할 수 없었다.

이 사람들 전부…… 교장, 교감, 바퀴벌레는 지금 실제로 이 일이 일어난다고 생각하고 있었다. 모든 일이 전에 일어났으며 따라서 지금은 아무것도 존재하지 않는다는 것을 그들은 알지 못했다.

이 일이 전에 일어났었다면 왜 지금은 존재하지 않는다는 뜻이 되는지 오소킨은 스스로에게 설명할 수 없었다. 그저 그렇다고 느낄 뿐이었다. 더 이상 어떤 일도 걱정할 필요 없다고 느낄 뿐이었다.

학교 의무실

보조 교사가 오소킨의 어깨를 건드리자 두 사람은 대회의실에서 나왔다.

"이제 나는 어떻게 되는 건가요? 집에 가도 될까요?"

오소킨이 빙그레 웃으며 물었다.

"아니. 네 어머니를 오시라고 할 거고 어머니가 너를 데려가실 거야."

보조 교사가 대답했다.

그는 오소킨과 나란히 걸어 복도들을 지나고 계단을 내려가 학교 의무실로 갔다.

세 개의 작은 방으로 이루어진 의무실은 1층에 떨어져 있고, 정원에서 들어오는 입구가 따로 나 있었다. 1학년생

두 명이 파란색 가운을 걸치고 그곳에 있었고, 오소킨이 싫어하는 안경을 쓴 뚱보 7학년생도 있었다. 학생들은 그가 매독에 걸렸다고 의심했으며, 그는 거의 언제나 의무실에서 시간을 보냈다.

보조 교사는 오소킨을 두고 떠났다.

오소킨은 창가에 앉아 거리를 내다보았다. 자신과 세상의 모든 것에 대한 무관심이 사라졌다. 지금은 교장에게 심한 욕을 먹은 학생, 방금 학교에서 퇴학당한 학생이 된 기분으로 돌아왔다.

"무슨 일이 있었던 거야, 오소킨?"

안경 쓴 아이가 물었다.

"아, 특별한 일은 없었어."

오소킨이 몸을 돌리며 대답했다. 7학년생은 무슨 말을 해야 할지 몰라 한동안 옆에 서 있다가 다른 방으로 가 버렸다.

시간이 더디게 흘렀다. 1학년 아이들은 옆방에서 도미노 게임을 하고 있었고, 오소킨은 앉아서 창밖을 내다보았다. 가슴이 어찌나 아픈지 생각하는 것조차 두려웠다.

그는 생각했다.

'이것이 무슨 의미일까? 내가 학교를 졸업해야만 모든 일을 원하는 대로 할 수 있다는 것은 알아. 하지만 결국 어떻게 되었지? 똑같은 일이 다시 반복되었어. 이제 알겠어. 그 당시에도 나는 똑같이 창가에 앉아서 지금 이 순간 하고 있는 생각을 똑같이 했었어. 내가 퇴학당하는구나 하고 생각했지. 그러니까 변화 없이 모든 일이 똑같이 반복된다는 뜻이야. 그러면 돌아온 게 무슨 소용이지? 내가 정상적인 길로는 대학에 진학하지 못한다는 뜻인데. 가여운 어머니! 어머니는 내가 대학에 가기를 간절히 바라셨는데. 어머니에게 진짜 못할 짓을 했어. 마음이 그리 강하지 않은 분인데. 이제 저들은 어머니를 이곳에 끌고 와서 나에 대해 온갖 끔찍한 말들을 늘어놓겠지. 어머니는 내가 완전히 끝장났다고 느끼실 거야. 아무튼 이 모든 것이 어머니에게는 엄청난 일이지.

물론 시간이 지나면 어찌어찌 상황이 바로잡아질 거야. 대입 자격 고시를 준비해야겠어. 그러면 군사학교에 진학할 필요가 없지. 하지만 문제는 지금이야. 정말 나쁜 상황은 지금이라고! 가여운 어머니, 저 골통들이 어머니를 고문할 거야. 내가 왜 그런 짓을 했는지 도무지 이해할 수가 없어. 안경이며 시저 흉상에 대한 일을 전부 완벽하게 기억하면서 왜 그랬을까?

나 자신에게 솔직히 말하면 난 처음부터 끝까지 전부 알고 있었어. 내가 들킬 줄도 알고 있었고. 심지어 내가 잠금장치를 망가뜨렸다고 비난받을 것도 알았어. 그런데도 전과 똑같은 짓을 저질렀어. 뭐가 씌었기에 시저 흉상이나 장학사를 상대로 장난을 치고 싶었지? 모든 것 중 가장 이해하기 어려운 점은 이전의 삶에서도 나는 모든 것을 알았고 나중에 여기 이렇게 앉아서 이런 일들을 저지른 나 자신을 책망했다는 거야. 결과가 어떻게 될지 미리 알았음에도 불구하고 말야. 이제 그것이 매우 분명하게 기억나.

다음에는 어떤 일이 벌어질까? 모든 것이 전과 똑같이 계속될 수도 있을까? 아니, 그건 끔찍한 일일 거야! 그것을 믿을 순 없어. 매달릴 만한 일을 찾아내야만 해. 이런 식으로 계속 살아 나갈 수는 없어. 이런 생각들에 굴복해선 안 돼. 그래, 정말 나쁜 상황이고 아주 나쁘게 되었지만 결국 빠져나갈 방법이 틀림없이 있을 거야. 분명히 나는 학교에서는 아무것도 바꿀 수가 없었어. 아마도 그전부터 모든 것이 어긋나 있었을 거야. 여기에선 내 손이 묶여 있었지만 이제부터는 자유로워질 거야.

난 공부할 거야. 책을 읽을 거야. 결국 그게 훨씬 나아. 집에서 훨씬 빨리 대입 자격시험을 준비할 거야. 2년 후면 대학에 들어갈 수 있어. 너무 실망하지 마시라고 어머니를 설득하기만 하면 돼. 학교가 내게 장애물일 뿐이었음을 어머니에게 이해시켜야만 해. 그래서 이렇게 된 게 어쩌면 최선일 거라는 점을 알게 해 드려야 해. 이제 나는 백지에서 시작할 수 있고 거기에 뭐든 내가 원하는 것을 쓸 수 있어.'

꼼짝하지 않고 창가에 앉아 있으려니 한기가 들고 허기가 느껴졌다. 머리 위에서 소리가 났다.

'두 번째 쉬는 시간이군.' 하고 오소킨은 생각했다.

그러다가 시끄러운 소리가 잦아들었다. 수업이 시작되었음이 분명했다. 시간이 믿기 힘들 만큼 느릿느릿 지나갔다. 마침내 의무실로 점심 식사가 들어왔다. 식사를 가져온 식당 직원이 의무실 직원과 잡담을 나누었다. 안경을 낀 7학년생이 그들에게 다가가고 오소킨은 그들이 그에 대해 떠드는 소리를 들었다. 그들 모두에 대한 분노와 염증이 온몸을 휘감았다. 그곳에 앉아 있는 것이 넌더리났다. 지루하고 추웠다. 음식을 먹고 싶고 담배를 피우고 싶었다. 하지만 동시에 이 순간이 가능한 오래 이어져서 어머니가 너무 빨리 도착하지 않기를 바라는 마음도 있었다.

점심시간이 끝났다. 접시들 부딪치는 소리가 났다. 쟁반들이 치워지고 있었다. 다시 위층에서 시끄러운 소리가 들렸다. 긴 휴식 시간. 시간이 끝없이 느릿느릿 흘러갔다. 마침내 다시 한 번 주위가 고요해졌다. 오소킨은 어머니가 오지 않을지도 모른다는 희망을 갖기 시작했다. 그러면 모든 것이 한결 수월해질 것이다. 그렇게 되면 보조 교사와 함께 집으로 보내질 텐데.

그는 혼자 중얼거렸다.

'4교시가 끝나면 통학생들 틈에 끼어 나가 봐야지. 물론 수위는 나를 내보내지 말라는 지시를 받았겠지만, 살짝 빠져나갈 수 있을 거야.'

오소킨은 옆방으로 들어갔다. 의무실 직원은 그곳에 없었다. 의무실에서 걸어 나가는 것은 가능하겠지만 수업이 끝날 때까지 기다려야만 했다. 그는 다시 창가에 가서 앉았다.

이제 학교와 퇴학에 대해 생각하고 싶은 마음이 조금도 없었다. 생각이 훨씬 유쾌한 주제들 사이를 돌아다녔다. 여름에 대해, 총을 구입해 사냥을 나갈 일에 대해 생각했다. 한 장면 한 장면이 차례로 떠올라 그의 앞을 지나갔다. 숲이 우거진 호숫가, 자작나무들이 있는 늪지대…… 그런 다음 주위를 둘러보니, 퇴학을 그렇게 침착하게 받아들인 것이 즐거울 정도였다.

오소킨은 스스로에게 말했다.

'나는 이런 일이 일어나리라는 것을 정말로 알고 있었고, 놀라지 않는 것도 그 때문이야.'

마침내, 오소킨이 전혀 예상하지 못한 순간에 옆방에서 문소리가 났다. 보조 교사가 어머니와 함께 들어왔다. 두 명의 1학년생은 문간에 서서 호기심 어린 눈으로 그녀를 바라보았다. 뚱보 7학년생도 자기 방의 문을 열고 궁금해하며 쳐다보았다.

오소킨은 어머니가 깊이 낙심한 것을 알고 가슴이 내려앉았다. 한 순간 전까지 무척 기분 좋았던 차분한 태도가 이제는 더없이 냉정한 이기심으로 보였다. 대입 자격시험과 대학 진학 계획들이 무위로 돌아가고, 발가벗겨진 추한 진실밖에는 남은 것이 없었다. 그는 학교에서 쫓겨난 것이다. 그것이 어머니에게 무엇을 의미하는지도 그는 알았다.

"이게 다 무슨 일이니, 바냐?"

어머니가 물었다.

오소킨은 대답하지 않고 보조 교사 쪽을 흘낏 보았다.

'왜 이 자식 앞에서 물어요? 내가 무슨 말을 할 수 있겠어요?'

그는 마음속으로 그렇게 말했지만, 실제로는 창피해서

침묵을 지키는 것처럼 보였다.

오소킨이 큰 소리로 말했다.

"집에 가요. 다 말씀드릴게요. 교장이 말하는 것이 다 사실은 아니에요."

그들은 의무실에서 나와 복도를 지나고 텅 빈 체육관을 거쳐 현관홀로 갔다. 문득 오소킨은 어쨌든 자신이 학교를 좋아한다는 느낌이 들었다. 학교를 떠나 다시는 돌아오지 못하는 것이 슬펐다. 자신이 쫓겨났다는 사실을 깨닫자 바보 같고 화가 났다. 그는 어머니가 몹시 낙심한 것을 알고, 더할 수 없이 마음이 불편했다.

현관홀에서 어머니는 안절부절못했다. 장갑을 찾는 데도 오래 걸렸다. 어머니는 지갑을 꺼내 수위에게 필요 이상으로 많은 팁을 주었다.

오소킨은 어머니에게 너무나 미안하고, 그러면서도 어머니가 온 것이 짜증스러웠다. 그가 이 상황을 혼자 벗어나게 내버려 두었다면 한결 좋았을 것이다.

그들은 거리로 나갔다.

어머니가 말했다.

"넌 내게 무슨 짓을 하는 거냐, 바냐? 왜 내게 이런 수모를 겪게 하니? 또 네 자신에게 무슨 짓을 하고 있는 거니?"

그녀는 소리를 내지 못했다. 어머니가 왈칵 눈물을 쏟으리라는 것을 오소킨은 느꼈다.

그가 말했다.

"집으로 가요, 어머니. 집에 가서 다 설명할게요."

그는 모든 게 잘될 거라고 덧붙이고 싶었지만, 어머니의 얼굴을 힐끗 보고 나서는 침묵을 지켰다.

그들은 마차를 타고 출발했다. 집으로 가는 내내 오소킨은 아무 말도 하지 않고 이따금 어머니를 쳐다보았다. 어머니 역시 침묵을 지켰다.

오소킨은 생각했다.

'알고 싶은 것이 하나 있어. 어떤 일이 일어날지 뻔히 다 알면서 왜 나는 과거에 한 행동을 그대로 한 걸까? 왜 다르게 행동하지 않았지? 그렇게 할 수 없는 것이라면, 왜 종종 내가 모든 것을 내 뜻대로 좌지우지할 수 있을 것만 같지?'

그는 생각에 몰두해 자신에게 말했다.

'뱀이 쳐다볼 때 토끼도 어쩌면 나와 똑같은 방식으로 생각하겠지. 왜 토끼는 달아나지 않지? 완전히 자유롭고, 또 어떤 일이 벌어질지 아는데! 도망가지 않으면 뱀이 삼킬 줄 잘 알면서! 토끼는 달아나고 싶으면서도 그렇게 하는 대신 뱀에게 점점 가까이 다가가지. 매 순간 뱀의 턱 앞으로 더 가까이 다가가면서, 토끼는 자기가 왜 그러는지 의아하겠지. 핵심은 이거야. 어떤 결과가 찾아올지 정확히 알면서 토끼는 왜 그렇게 할까? 아마도 토끼는 여전히 도망칠 가능성이 있다고 생각하는 것이겠지.

이 모든 것은 내가 패배를 인정해야만 한다는 의미가 아닐까? 아니, 난 패배하지 않았어. 이제 정말로 지나이다를 찾아볼 거야.'

이 무렵 오소킨은 자신의 생각들을 관찰하고 밖에서 자신을 바라보는 습관을 발달시켰다. 또 '지나이다를 찾는' 것이 집에 있지 않으려는 핑계에 불과한 것이 아닌지 스스로 의심했다. 집에 없다는 것은 공부를 하지 않는다는 뜻이니까. 또한 그의 좋은 의도들이 궁극적으로 아무런 결실도 맺지 못하리라는 뜻이었다. 그는 자신에게 철저히 염증을 느꼈다.

혼자 있다면 즐거운 몽상에 빠지는 것으로 쉽게 기분 전환을 할 수 있었다. 하지만 어머니의 존재는 계속해서 어떤 것을 상기시키고 자신을 비난하는 시선이 되어 그로 하여금 현실의 문제들을 보게 만들고 그의 선한 의도들이 가져오는 결과들을 직시하게 만들었다. 동시에 그는 자신도 모르게 빠져드는 우울한 생각에 몹시 지쳐 있었다. 그래서 그의 생각들은 저절로 더 즐거운 방향으로 흘러갔다. 오랫동안 불쾌한 기분에 머물러 있는 것은 질색이었다.

집에서

오소킨과 어머니는 집에 도착해서 거실로 들어갔다. 어머니가 물었다.

"그래, 이게 다 무슨 일이냐? 네가 어떤 잠금장치를 망가뜨렸고, 또 어떤 다른 끔찍한 일들을 저지른 거냐? 교장은 네가 범죄자라도 되는 것처럼 말하더구나. 학교 측은 내가 자의로 너를 퇴교시키는 것을 승낙하지 않으려 했어. 자퇴하면 다른 학교로 전학할 권리가 생길 텐데. 이제 너는 교사 협의회의 결정으로 퇴학당했기 때문에 전학할 수도 없단다."

어머니는 손수건으로 눈을 훔치며 덧붙였다.

"네가 앞으로 무엇을 할지 모르겠다."

오소킨이 말했다.

"그건 다 헛소리에요, 어머니. 나는 잠금장치를 망가뜨리지 않았어요. 방과 후에 빈 교실에 남겨졌어요. 불빛도 없었고 너무 따분해졌어요. 그곳에 갇혀 있는 게 얼마나 지루한지 상상도 못할 거예요. 문을 열어 봤더니 잠겨 있지 않았어요. 어쩌면 잠금장치가 정말 고장 났는지도 모르죠. 나는 복도로 나와서 면회실로 갔어요. 큰 도서관이 있는 곳 말예요. 어제 학교 측은 장학사를 맞을 준비를 하고 있었어요. 그런데……."

오소킨은 말을 멈추었다가 다시 이었다.

"그곳에 시저 흉상이 있거든요. 내가 거기에 파란색 안경을 씌웠어요."

"무슨 파란색 안경?"

"그냥 평범한 안경이에요. 전에 내가 산 안경이에요. 왜 그랬는지 모르지만 시저 흉상에 그 안경을 씌웠더니 무척 우스꽝스러워 보였어요. 꼭 독일인 교수 같았어요. 그 다음에 벽에다 분필로 글을 썼어요. '장학사님을 환영합니다!'라고 일부러 다섯 군데나 철자를 틀리게 썼어요."

"그게 전부니?"

"그게 다예요. 벽에 우스꽝스러운 얼굴도 그렸어요."

오소킨의 어머니는 웃고 싶었지만 동시에 몹시 낙담했다. 그녀가 가장 두려워하던 일이 일어난 것이다. 오소킨은 교육을 제대로 받지 못할 것이다. 미래가 너무 암담해 보였다. 또 이번 일은 정말 예기치 않게 일어났다. 그녀가 보기에 최근 아들은 전보다 학교에 더 잘 적응하고 있었다. 그녀는 오소킨에게 화가 났지만, 학교 당국자들에게 훨씬 더 화가 치밀었다. 그녀는 아들을 쳐다보았다. 오소킨은 계속 무엇인가 생각하고 있고, 고통스러워하는 게 역력했다. 그녀는 아들 때문에 몹시 슬프고 상처받았다. 아들이 안됐고, 그녀의 산산조각 난 희망들이 안타까웠다. 하지만 그녀 역시 더 밝은 미래가 기다리고 있다고 믿고 싶었다. 아무튼 오소킨은 잘못을 저지른 게 아니었다. 어리석기는 했어도 퇴학당할 만큼 나쁜 짓은 하지 않았다. 아들은 그렇게 나쁜 짓을 할 수 있는 아이가 아니었으며, 그녀는 그것만은 확신했다. 그런 생각을 하자 마음에서 무거운 짐이 덜어졌다.

"이제 어떻게 할 계획이니?"

어머니가 물었다.

오소킨이 대답했다.

"어머니, 이제 모든 일이 훨씬 더 좋아질 거예요. 나는 대입 자격시험을 준비할 것이고, 학교에 다니는 것보다 훨씬 빨리 대학에 갈 거예요. 내가 어떻게 영어를 익혔는지 봤죠? 다른 과목들도 똑같을 거예요. 두고 보세요. 학교에서는 시간 낭비만 한 거예요."

오소킨의 어머니는 다시 슬퍼졌다.

"너를 도와줄 가정교사가 필요하겠구나."

오소킨은 깜짝 놀랐다. '그때'도 어머니는 그 말을 했었다. 똑같은 어조로, 똑같이 불확실하고 무기력하게 말했었다. 그는 그 말투를 기억했다.

오소킨이 말했다.

"내가 공부할게요, 어머니. 잘할게요. 이런 일이 생긴 것은 용서해 주세요. 내가 모든 일을 다 알아서 할 테니 두고 보세요."

타네츠카

18개월 후, 어머니가 세상을 떠났다. 오소킨은 러시아 중부에 위치한 시골의 대저택에서 숙부와 함께 살고 있었다. 숙부는 그 지방의 부유한 영주였다.

정원을 향해 베란다가 열려 있었다. 그 너머 로 라임나무 길이 길게 이어졌다. 오소킨은 높은 부츠와 하얀 러시아 셔츠를 입고 가죽 허리띠를 차고 있었다. 흰 모자를 쓰고 허리춤에 코사크(러시아의 무장한 농민 집단)풍의 채찍을 매달고, 베란다를 서성이며 말이 오기를 기다렸다.

'겉보기에는 모든 것이 아주 잘 풀린 것 같지.'

그는 걸음을 멈추고 혼잣말을 하면서 정원 쪽을 바라보았다.

'하지만 무엇인가 계속 마음을 짓눌러. 어머니가 돌아가셨다는 사실과 화해할 수가 없어. 화해하지도 못하겠고 그러고 싶지도 않아. 이제 6개월이 지났지만 내게는 꼭 어제 일어난 일 같아. 내가 언제나 이런 기분이리란 걸 알아. 그리고 모두 내 잘못이라는 것도 알아. 내가 퇴학당한 직후에 어머니가 병이 나셨고, 그 후로 다시는 회복을 못하셨어. 난 앞으로 어떻게 되리라는 걸 알고 있어. 그리고 가장 나쁜 것은 내가 전에도 이 모든 걸 알고 있었다는 사실이야.'

오소킨은 그 자리에 서서 생각에 잠겼다.

'마법사와의 만남이 전부 꿈이었는지 아닌지 모르지만, 내게는 미래에 과거의 그림자가 있어. 내게 일어날 모든 일이 이미 전에 일어났던 일이란 걸 난 알아. 그래서 미래에 흥미가 없어. 거기에는 함정과 구멍밖에 없다고 느껴지거든. 내가 그 모든 것들을 미리 본 것 같지만, 이제 어머니도 세상을 떠났으니 더 이상 상관없어. 그 어떤 좋은 일도 바라지 않아.'

그는 다시 베란다 근처를 왔다 갔다 했다. 그리고 주위를 둘러보며 말했다.

'여기는 약간 불편하게 느껴져. 숙부는 좋은 사람이고, 내게 진심으로 호의를 가졌다는 건 알아. 그런데도 난 미래에 대한 확신이 없어. 숙부와 나 사이에 불화가 생길 것이라는 게 느껴져. 난 줄곧 경계하고 있고, 줄곧 무슨 일인가 일어날 것을 예상하지. 그리고 이 불편함 때문에, 또 어떤 알 수 없는 이유 때문에 난 아무 일도 하지 않아. 학교에서 나온 지 18개월이 지났는데, 여전히 공부를 시작할 생각만 하고 있지. 물론 이 기간에 책을 많이 읽었어. 이탈리아어도 배웠고, 단테를 읽을 수도 있어. 수학 공부도 좀 했지만 라틴어와 희랍어는……. 희랍어를 어떻게 읽는지도 잊어버렸을 거야. 어떻게 시작해야 할지 모르겠어. 현대적인 학교에서 시험을 봐야만 하는데, 그것조차 자질구레한 문제들 때문에 무척 어려워. 강의가 재미없고 불필요한 과목이 너무 많아. 신학, 지리학 등등. 또 라틴어와 희랍어를 빼고 시험을 본다면 대학 입학이 불가능해. 시험에 통과하면 숙부는 내가 외국에 나가 공부하게 해주실 텐데. 하지만 지금 나는 매사에 무관심해져서 유학을 하고 싶은지도 모르겠어.'

타네츠카가 베란다로 나왔다. 그녀는 집의 관리인이자 숙부의 피후견인이었다. 러시아인답게 키가 크고 외모가 뛰어났으며, 탐스러운 머리를 땋아 내리고 장밋빛 도는 뺨과 커다란 검은 눈망울을 갖고 있었다. 스무 살 조금 넘은 나이였다. 지방 도시에서 여학교를 다녔고 러시아 시골 처녀가 입는 드레스를 즐겨 입으며 맨발로 다니기를 좋아했다. 하인들은 그녀가 노인을 잘 구슬린다고 했다.

타네츠카가 살며시 오소킨 뒤로 와서 머리 위에서 손뼉을 쳤다. 오소킨이 얼른 몸을 돌려 그녀의 팔을 잡았다.

"타네츠카, 깜짝 놀랐잖아!"

"놔줘, 못됐어! 이러다 팔 부러지겠어."

"안 놔줄 거야."

오소킨은 그녀를 더 바싹 끌어당겼다. 그의 얼굴이 그녀의 얼굴에 바싹 붙었다. 그는 타네츠카의 눈을 들여다보다가, 가까이 있는 그녀의 살짝 벌어진 입술과 작은 하얀 치아를 보았다. 그녀의 젖가슴과 어깨, 온몸의 감촉이 느껴졌다. 갑자기 한순간 타네츠카가 몸부림을 멈추고, 그녀의 몸이 부드럽고 나긋나긋해졌다. 그녀는 웃음기 머금은 눈을 감고, 따스하고 단단하고 도톰한 딸기 냄새 나는 입술로 그의 입술을 눌렀다. 수천 개의 전기 불꽃이 오소킨의 몸속을 지나갔다. 그는 기분 좋은 놀라움과 타네츠카를 향한 특별히 따뜻한 감정에 압도되었다. 그녀를 더 꼭 끌어안고 싶고, 키스하고 싶었다. 그리고 묻고 싶었다. 그녀가 왜, 어쩌다 이렇게 되었는지? 하지만 타네츠카는 이미 그의 품에서 벗어나 베란다의 다른 쪽 끝에 서 있었다.

"저길 봐! 사람들이 '흰 다리'를 끌고 오고 있어."

그녀는 마치 아무 일도 없었던 것처럼 말했다. 하지만 그녀는 오소킨을 바라보며 미소 지었고, 그 눈에는 전과 다른 새로운 표정이 담겨 있었다.

말 관리인이 안장 없은 '흰 다리'를 베란다 쪽으로 끌고 왔다. 다리가 하얗, 튼튼한 적갈색 암말이었다. 목이 약간 짧고 묘한 표정의 생기 있는 눈을 가지고 있었다. 말끔하게 단장된 말에는 높은 코사크식 안장이 놓여 있고, 코카서스식의 은색 등자가 달려 있었다.

오소킨은 지금은 가기 싫었다. 타네츠카는 아직도 베란다 난간에 기대어 서 있었다. 그녀를 양팔로 안아 당기면 그녀의 몸이 더 순종적이고 나긋나긋해질 것이라고 오소킨은 느꼈다. 이 느낌이 그를 괴롭히고 그녀에게 끌리게 했다.

타네츠카가 순진한 분위기를 풍기며 말했다.

"멀리 갈 거야, 이반 오소킨?"

"신문을 가지러 오레호보에 갈 거야, 타네츠카 니카노로브나."

오소킨은 그녀와 똑같은 말투로 대구하면서 몸을 굽혀

절했다.

타네츠카는 그를 때리려고 위협이라도 하듯 손을 들더니, 몸을 돌려 베란다에서 집 안으로 뛰어갔다.

그녀가 소리쳤다.

"저녁 시간에 늦지 않게 돌아와. 내가 딸기를 잔뜩 땄거든."

오소킨은 베란다 계단을 뛰어 내려가서 안장 끈을 시험한 뒤, 따뜻하고 부드러운 콧구멍까지 말의 흰 얼굴을 쓰다듬었다. 말은 가볍게 몸을 흔들며 오소킨의 어깨에 머리를 문질렀다. 오소킨은 고삐를 쥐고 한 손을 안장 머리에 얹은 다음 등자에 한 발을 올려 가볍게 안장에 올라앉았다.

"안녕! 날 잊지 마. 편지 보내!"

타네츠카가 위층 창문에서 그에게 소리쳤다.

말 관리인이 활짝 웃었다. 오소킨은 말을 휙 돌게 해서 곧장 속보로 달리게 했다. 양다리를 잔뜩 뒤로 젖히고 등자에서 일어서다시피 해서 말을 달렸다.

몸 아래서 느껴지는 강인하고 유연한 말의 동작, 라임꽃 향기가 실린 따스한 바람, 온몸에 퍼진 타네츠카의 느낌 때문에 다른 생각은 할 수 없었다.

나무가 휙휙 지나가고 부드러운 길바닥에 닿는 말발굽

소리가 더없이 상쾌하게 들렸다. 말은 목을 쭉 펴서 고삐를 당기더니, 점점 더 빠른 속도로 나아갔다. 오소킨은 발로 등자를 더 단단히 누르고, 가슴속에서 특별히 즐거운 기분을 느끼며 말의 움직임에 맞춰 속도를 유지했다.

"귀염둥이."

말의 목덜미를 쓰다듬으며 오소킨이 말했다. 타네츠카에 대한 것인지 말에 대한 것인지 자신도 알지 못했다. 타네츠카의 입술이 다시 그의 입술 가까이 다가오고, 흰 셔츠 아래 봉긋 솟은 단단한 젖가슴이 따뜻하고 부드럽게, 그리고 믿음직스럽게 그의 가슴을 눌렀다. 가벼운 어지럼증까지 느껴져서 말고삐를 꼭 쥐었다.

그는 중얼거렸다.

'사랑스러운 타네츠카! 이 모든 게 얼마나 좋은가! 그것은 그녀도 나와 똑같은 감정을 느꼈다는 뜻이겠지? 그것이 정말 사실일 수 있을까? 맞아, 틀림없이 사실일 거야. 그래서 그녀가 그렇게……'

그 순간 그의 내면 어느 깊은 곳에선가 검은 구름이 다시 솟아올랐다.

'왜, 왜 모든 게 한쪽에서는 이토록 아름다운데 다른 쪽에서는 그토록 끔찍할까? 왜 어머니는 여기에 없지? 어머니가 살아 있다면 이 모든 것을, 이 길과 숲, 말과 타네츠카를 즐길 수 있을 텐데! 이제 나는 아무것도 바라지 않아. 어제 재미있는 이야기가 기억났지. 얼마나 어머니에게 그 이야기를 하고 싶었던가. 그 이야기를 제대로 이해할 사람은 어머니뿐이니까. 하지만 어머니는 여기 없고, 나는 왜 어머니가 여기 없는지 혹은 어디에 있는지, 이 모든 것이 무슨 의미인지 알지 못해. 가능하다면, 단 한 가지 하고 싶은 일이 있어. 지난여름으로 되돌아가는 거야. 왜 그 것이 불가능할까?'

오소킨은 왜 이런 생각에 한기가 느껴지고 두려운지 이유를 알지 못했다. 건드리지 않겠다고 결심한 몹시 아픈 부위를 갑자기 건드린 것만 같았다. 혹은 언제 사방에서 그의 영혼을 덮칠지 모르는 유령 군단을 깨운 것 같았다. 오소킨은 자신에게서 빠져나가기라도 하려는 듯 전속력으로 말을 몰아 언덕을 내달렸다. 그렇게 질주할 수 있는 말은 코사크 말들밖에 없었다. 그러다가 그는 등자에 서서 작은 다리를 속보로 건넜다. 덜컥대는 발굽이 닿아 다리가 흔들렸다. 다리를 지나서는 안장 앞으로 몸을 숙이고 재빨리 언덕을 올랐다. 그다음에는 먼지 구름을 일으키며 쫓기는 사람처럼 오래된 비포장도로를 내달렸다. 도로는 폭이 넓고 양옆으로 키 큰 자작나무들이 늘어서 있었다.

한 시간 반 후 오소킨은 땀이 줄줄 흐르는 말을 타고 보행 속도로 돌아왔다. 생각에 잠긴 그는 안장에 약간 비스듬히 앉은 채 숲을 빠져나와 넓은 빈터로 들어갔다. 빈터를 지나면 정원에 붙어 있는 잡목림이 시작되었다.

이제 그는 타네츠카 외에는 아무것도 생각하지 않았다. 다른 것은 모두 배경으로 물러나 있었다. 줄무늬 스타킹을 신은 날씬한 다리 위로 치맛단을 올린 타네츠카. 자그마한 빨간 구두를 신고 젖은 풀밭을 조심스럽게 걷는 그녀. 이른 새벽, 어깨를 드러내고 가슴은 반만 가린 그녀가 창밖으로 몸을 내밀고 뻐꾸기가 몇 번 우는지 세는 모습을 본 적이 있었다. 또 그녀의 단단한 입술의 느낌과 그의 품 안에서 나긋나긋하고 부드러워지던 육체의 감촉이 다시금 밀려왔다.

이 모든 감각과 장면들이 오소킨의 마음을 행복하고 가볍게 만들었다. 하지만 한편으로 그는 현명하게 처신하고 싶었다.

'타네츠카는 사랑스럽지만 모든 걸 망치지 않으려면 나 자신을 신중하게 감시해야 해. 사람들이 타네츠카와 숙부에 대해 떠드는 얘기는 헛소리들이야. 그럼에도 불구하고 나와 숙부의 관계가 타네츠카 때문에 망가질 것 같은 느낌이 들어. 어떤 눈치를 채면 숙부는 그녀를 내게서 보호

하는 것이 자신의 의무라고 생각할 거야. 어리석은 생각이지만 말야. 난 아무것도 바라지 않아. 타네츠카는 이 들판이나 숲이나 강처럼 자연의 일부일 뿐이야. 난 여자에 대한 감정이 자연에 대한 감정과 이토록 비슷할 줄은 상상도 하지 못했어. 하지만 나 자신을 잘 다스려야 해.'

그는 채찍을 던져 말이 속보로 걷도록 재촉하면서 빈터를 가로질러 잡목림을 지나 집으로 향했다.

타네츠카는 잼을 만들기 위해 베란다에서 딸기 꼭지를 따고 있었다. 오소킨은 그녀가 시야에 들어오자 설명할 수 없이 즐거운 기분에 사로잡혔다. 그녀와 잡담을 하고, 웃고, 그녀를 재미있게 해 주고 싶었다. 숙부가 두렵지 않다면 말을 타고 베란다까지 가서 타네츠카 앞에 말이 무릎 꿇게 만들 것이다. 말 관리인은 얼마 전 '흰 다리'가 특별 조련을 받아서 서커스 기술 몇 가지를 안다는 것을 보여 준 적이 있었다.

"타네츠카, 버섯을 정말 많이 봤어!"

오소킨이 안장에서 뛰어내리며 소리쳤다.

"어디, 어디서?"

타네츠카가 베란다 난간으로 달려왔다.

"주에보 늪지 옆에서. 저녁 식사 후에 가 보자. 내가 보여 줄게."

타네츠카는 땋은 머리를 뒤로 넘기며 이마를 찌푸렸다.

그녀가 말했다.

"알았어. 하지만 비가 내리진 않겠지?"

"그럴 것 같지는 않은데."

"좋아. 지금 저녁 식사가 준비되었어. 얼른 와."

오소킨과 타네츠카는 숲 속을 걷고 있었다. 그들은 '폴 칸'이라는 이름의 커다란 검은 개를 데리고 나왔다. 오소 킨은 버섯이 가득 담긴 바구니 두 개를 들었다. 두 사람은 숲의 얕은 시냇가에 도착했다. 사방에 늙은 소나무들이 서 있고, 냇가 기슭에는 푸른 오리나무 덤불이 있었다.

그들이 집을 떠난 지 거의 네 시간 가까이 되었고, 오소 킨은 타네츠카에게 완전히 반했다. 그들은 쉬지 않고 대 화를 나누었다. 오소킨은 학교생활에 대해 이야기하고, 모든 교사들을 흉내 냈다. 또 모스크바에서 열린 프랑스 박람회와 파리에 대해 말해 주었다. 마음속으로 뚜렷하게 떠올릴 수 있기 때문에 가 봤다고 상상하지만 아직 파리 에 가 본 적은 없었다. 타네츠카는 읍내에서 그녀를 쫓아 다닌 사람들과 두 차례 가 본 극장에 대해 이야기했다.

그러는 동안 내내 오소킨은 그녀의 새로운 매력을 발견

했다. 타네츠카는 파란 안경을 쓴 시저 흉상 이야기를 듣고 전염성 강한 웃음을 터뜨렸다. 그녀는 햇볕에 그을린 둥근 목과 비단 같은 속눈썹과 숱 많은 눈썹을 갖고 있었다. 몸이 유연하고 튼튼했다. '예쁜 어린 고양이 같다'고 오소킨은 생각했다. 타네츠카를 너무 많이 쳐다보는 게 염려되어 자주 눈길을 돌렸다. 흘낏 던지는 시선만으로도 자신의 모든 생각과 감정이 그녀에게 전달될 것만 같았다. 오소킨은 자신의 생각에 스스로 흥분되었다. 타네츠카는 자주 그를 쳐다보고, 오소킨이 보기에 한두 차례 약간 놀라는 듯한 시선을 던졌다. 마치 그에게 다른 무엇인가를 기대했던 것처럼.

타네츠카가 냇가로 뛰어 내려가며 말했다.

"우린 저쪽으로 건너가야 해. 수심이 얕은 곳을 찾아 봐."

그녀는 시냇가 풀밭에 앉아서 앙증맞은 구두와 모래 색깔의 스타킹을 벗었다.

오소킨이 다가갔을 때 그녀는 사라판(러시아 여자들이 입는 자수로 장식한 민속 의상) 치맛단을 모아 들고 모래 위에 서 있었다. 희고 둥근 다리, 가느다란 발목, 작은 발이 오소킨의 시선에 들어왔다. 타네츠카가 그에 대해 전혀 신경 쓰지 않아서 오히려 기뻤다. 그녀는 옷자락을 한 손에 모아 쥐고 다른 손으로 균형을 잡으면서 조심조심 물속을 걸었다.

타네츠카가 소리쳤다.

"어머, 돌멩이들이 무척 날카롭네! 하지만 물은 진짜 따뜻해! 난 목욕을 해야겠어. 감히 날 쳐다볼 생각은 하지 마. 저쪽 뒤로 가서 내가 부를 때까지 오지 마."

오소킨은 둔덕을 넘어서 다시 시냇물로 내려갔다. 그 지점에서 시내가 휘어졌다.

그는 가슴이 심하게 쿵쾅거리고 전에 없던 즐거운 흥분을 느꼈다. 차디찬 물에 발을 디딘 것처럼 가벼운 떨림이 온몸을 지나갔다. 기분이 좋고 웃고 싶었다.

그는 물가에 누워 담배에 불을 붙였다.

"이봐!"

타네츠카의 목소리가 그의 귀에 들렸다. 그녀가 외쳤다.

"바냐! 이반! 이반 오소킨, 어디 있어?"

"여기!"

오소킨이 외치면서 벌떡 일어났다.

"왜 그렇게 멀리 갔어? 더 가까이 와!"

타네츠카가 소리쳤다.

오소킨은 재빨리 덤불을 헤치며 물가를 따라 걸었다. 타네츠카가 아직 멀리 있다고 짐작했지만, 갑자기 덤불이 갈라지면서 냇물 한가운데 서 있는 그녀가 눈에 들어왔다. 그녀는 무릎 높이의 물속에 알몸으로 서 있었다. 진녹색을 배경으로 물과 함께 하얗게 반짝이는 예상치 못한 선과 굴곡들이 시선을 가득 채웠다.

그녀는 오소킨을 보더니 큰소리로 웃으며 물속으로 미끄러져 들어갔다. 그리고 양손으로 물을 튀겨 사방에 물보라를 일으켰다.

타네츠카가 외쳤다.

"너무 멀리 가지 마. 숲에 혼자 있으면 무서우니까."

한 순간 그녀는 다시 물에서 몸을 일으켜, 도발적이고 반항적으로 오소킨을 똑바로 쳐다보았다. 두 사람의 눈이 마주치고 그 순간, 오소킨은 아무도 모르는 것을 둘만이 아는 것 같았다.

짜릿한 흥분감 때문에 숨을 쉴 수가 없었다. 타네츠카는 웃음을 터뜨리고 그에게 혀를 내밀고는 덤불 아래쪽 깊은 물속으로 헤엄쳐 들어갔다.

"왜 얼굴이 빨개졌지?"

그녀가 물속에서 양손으로 가슴을 가리고 소리쳤다.

"이것 봐! 너 때문에 머리가 젖었어. 내가 너를 겁내는 것보다 네가 나를 더 겁내네. 숲으로 들어가. 이제 난 옷을 입어야겠어. 집에 갈 시간이야."

오소킨은 천천히 언덕을 오르면서 자신의 심장박동에 귀를 기울였다. 그는 풀밭에 주저앉았다. 모든 것이 꿈같았다. 멀리서 산비둘기들이 구구구구 소리를 내었다. 커다란 거미가 반짝이는 실에 매달려 천천히 전나무 밑으로 떨어졌다.

몇 분 후 오소킨은 일어나서 맞은편 둔덕을 내려가 타네츠카와 만났다. 그녀는 옷을 입었지만 여전히 맨발이었다. 그가 다가가자 그녀가 살짝 얼굴을 붉힌다고 오소킨은 느꼈다. 하지만 타네츠카는 물속에 있을 때와 똑같이 도발적이고 반항적으로 그를 쳐다보았다.

"이제 집에 가야 해."

타네츠카가 아무 일도 없었던 것처럼 말했다. 하지만 동시에 그녀는 약간 의미심장한 눈빛으로 오소킨을 응시했다. 말하자면 무엇인가를 묻는 것 같은 눈길이었다.

오소킨은 무슨 말인가 하고 싶었지만 적당한 말을 떠올릴 수가 없었다. 몇 분 동안 그들은 말없이 걸었다. 타네츠카가 풀잎 하나를 깨물며 이따금 그를 쳐다보았다.

오소킨은 그녀를 보면서 자신의 감정을 이해할 수가 없었다. 만약 어제였다면 타네츠카와 씨름을 했을 수도, 그녀에게 달려들었을 수도 있었다. 이날 아침만 되었어도 아주 간단하고 쉽게 그녀의 허리를 당겨 끌어안을 수도 있었다. 그런데 이제 타네츠카는 달라져 있었다. 그는 그녀에게서 커다란 신비감을 느꼈고, 그 신비감이 그를 두렵고 괴롭게 만들었다. 그녀 주위에 마법의 고리가 생겨 거기에 발을 들여놓을 수가 없었다.

오소킨은 현명하게 처신하고 싶은 마음을 타네츠카에게 전하고 싶었지만, 그렇게 해 봐야 우스워질 것이라는 생각이 들었다. 그녀가 기분 상해 할지도 몰랐다. 말은 안 해도 그에게 애교를 부렸는데 그가 퇴짜 놓은 것처럼 보일 것이다. 또 물속에 있는 그녀는 정말로 아름다웠다! 그녀는 어린 자작나무 앞에서나 오소킨 앞에서나 똑같이 부끄러워하지 않았다.

타네츠카가 말했다.

"너 정말 온순해졌네. 오늘 아침은 완전히 다르더니. 무슨 일이 생긴 거야? 두통이 있어? 가여워라!"

그녀가 얼른 오소킨의 이마에 손을 짚더니 그의 모자를 눈까지 내리눌렀다. 그리고 깔깔대며 재빨리 물러났다.

"어느 쪽의 내가 더 마음에 드는데?"

오소킨이 모자를 똑바로 쓰면서 물었다. 현명하게 처신하겠다는 각오가 절박하게 시험당하는 느낌이었다.

"물론 지금의 너지."

타네츠카가 발음을 느리게 끌면서 말했다. 그녀가 말을

이었다.

"지금 너는 기숙학교 출신의 평범한 모스크바 처녀 같아. 척 보면 알 수 있어."

그러더니 그녀는 다시 오소킨의 모자를 눈까지 푹 누르고 웃으면서 얼른 물러났다.

오소킨은 버섯 바구니들을 내던지고 타네츠카를 붙잡아, 날씬하고 유연한 허리를 끌어안고 싱그러운 장밋빛 뺨에 입술을 대었다. 타네츠카는 버둥대면서 도발적으로 웃음을 터뜨리고, 오소킨은 그녀의 목덜미와 정수리, 목에 입을 맞췄다.

마침내 그녀는 몸을 꼬며 그의 품에서 빠져나와 소리질렀다.

"이것 봐, 버섯을 엉망으로 만들었어. 내 버섯들인데! 개구쟁이 같으니!"

그녀는 오소킨을 때리려고 위협하는 것처럼 손을 올리며 개에게 외쳤다.

"폴칸, 이 사람을 물어!"

폴칸이 그들 주위에서 펄쩍펄쩍 뛰며 짖었다.

타네츠카는 버섯을 주워 모았다. 오소킨 역시 흩어진 버섯을 담았다. 그는 타네츠카의 양손을 잡아당겨 눈과 입술, 뺨에 키스했다. 타네츠카는 거부하지 않았다. 오히려 오소킨 쪽으로 얼굴을 들고, 진지한 표정으로 눈을 내리깔고서 그가 자신에게 입 맞추는 소리에 귀를 기울이는 듯했다.

그 후 두 사람은 초록빛 감도는 숲 속 오솔길을 걸었다. 가끔씩 타네츠카는 오소킨에게 시선을 던지며 웃음을 터뜨렸다.

다음 날 새벽, 오소킨은 1층 계단 옆 자기 방의 문을 살며시 열고 긴 복도를 내다보았다. 아무도 없었다. 그가 문을 열자 타네츠카가 문을 빠져나갔다. 그녀는 긴 노란색 화장 가운을 입고 어깨에는 숄을 두르고 있었다. 문간에서 그녀는 몸을 돌려 두 팔로 오소킨의 목을 끌어안고 입을 맞추었다. 긴 키스가 이어지자 두 사람 다 숨이 막혔다. 그러고는 한마디 말도 없이 그녀는 숄로 머리를 감싸고서 소리 없이 위층 자신의 방으로 뛰어 올라갔다.

오소킨은 타네츠카가 가는 모습을 지켜보다가 그녀가 계단 모퉁이를 돌아 사라지자 방으로 돌아갔다.

그는 희미한 미소를 지으며 엉망이 된 침대를 흘낏 보았다. 그리고 창가로 가서 창문을 활짝 열고 정원으로 몸을 내밀었다. 이내 차고 축축하고 향긋한 공기가 밀려왔다. 파란 나뭇잎들이 바스락대고, 잠에서 깨는 새들이 소리를 내고. 나무 꼭대기에 햇빛이 쏟아졌다. 오소킨은 가슴이 확장되는 기분을 느끼고, 한 호흡에 정원 전체를 통째로 빨아들이고 싶었다.

그는 창틀에 걸터앉아 창밖으로 다리를 흔들다가 정원으로 훌쩍 뛰어내렸다.

반짝이는 이슬방울이 매달린 풀잎이 촉촉했다. 대기 중에 라임 향이 가득했다. 갑자기 검은 폴칸이 나타나 신이 나서 헐떡이며 꼬리를 흔들었다. 개가 짖으며 뛰어올라 젖은 앞발을 오소킨의 가슴에 올렸다.

"호수로 가자, 폴칸. 지금 어떻게 잠들 수 있겠니?"

오소킨이 말했다.

폴칸은 마치 알아들은 것처럼 꼬리를 흔들고 앞장서서 길을 달려갔다.

집에서 조금 떨어진 호숫가에 도착한 오소킨은 어린 전나무들 아래 높은 둑에 앉았다. 그는 폴칸의 젖은 머리에 손을 내려놓았다. 개가 그의 무릎에 머리를 기대었다. 오소킨은 잠시 미소를 지으며 생각에 빠져들었다. 햇살이 구름들 사이로 내리비쳐 호수 전체에 햇빛이 넘쳤다.

'이 모든 것이 얼마나 이상한 일인가! 그녀가 자기 스스로 내 방으로 왔다는 걸 생각해 봐! 톨스토이는 정말 바보야! 〈크로이처 소나타〉(베토벤의 '크로이처 소나타'를 모티브로 한 불륜을 다룬 특이한 소설)에서 톨스토이는 얼마나 어처구니없는 얘기를 썼는가. 이 모든 일에 어디 불쾌함과 천박함이 있다는 거지? 사랑스러운 타네츠카! 이제 나는 진심으로 그녀를 이해해! 그래, 이건 진짜야. 세상에서 유일한 진실이야. 왜 사람들은 이해하지 못할까? 왜 이런 일을 두고 그토록 어리석고 천박한 이야기들을 지어낼까? 또 왜 사람들은 온갖 불신과 두려움 아래서 사랑의 진정한 의미를 알아내지 못할까?'

그는 오랫동안 그곳에 앉아 호수를 내려다보며 폴칸의 머리를 쓰다듬었다. 방금 일어난 일이 눈앞에서 반복해서 지나갔다. 그 일이 똑같은 언어로 되풀이되고, 똑같이 심장이 두근거리고, 똑같이 조금은 두려움 속에서 쾌감이 느껴졌다. 갑자기 장막이 걷히고 삶에 천 개의 빛이 반짝거렸다. 반면에 사랑을 그리도 무시무시한 것으로 만드는 음침한 중상모략과 거짓은 구름처럼 걷혔다.

언덕 너머 마을에서 목동이 갈대 피리를 불고 있었다. 떨리는 피리음이 금색 실타래처럼 풀리면서 기쁘고 저릿하게 가슴을 울렸다. 그렇다, 타네츠카! 그녀가 자기 발로 내 방으로 왔다. 얼마나 아름다웠던가! 그녀는 와서 웃기 시작하고 그를 놀렸다. 그가 키스를 퍼붓기 시작하자, 그녀는 웃음을 터뜨리며 그가 자기를 무서워한다고 말했다.

그는 타네츠카가 그렇게 노련할 줄은 짐작도 하지 못했다.

'하지만 그녀가 옳지 않은가? 왜 그녀가 좋아하는 대로 하면 안 되지? 당연히 그녀가 옳아! 당연히 그녀는 그래도 돼! 타네츠카가 시골 읍의 어느 집사와 결혼했다면 왜 더 낫다는 것이지? 아니면 '파란 뱃살'이란 뜻의 이름을 가진, 상점 주인 아들 시네브리우코프와 결혼하는 것이 왜 더 낫다는 거지? 그런 결혼을 하는 대신 그녀는 결혼식을 기다리지 않고 스스로 애인을 찾았어. 분명 숙부는 아무것도 모르지만, 지금도 타네츠카는 가끔 자오제리에 (러시아의 시골 마을) 출신의 젊은 산림 감시관을 만나지. 또 그가 그녀의 첫사랑도 아니야. 하지만 누가 타네츠카를 비난할 수 있겠어? 그녀는 정말 아름다워. 그녀의 모든 것이 얼마나 달콤하고 자연스러운지 몰라! 내가 옷을 벗기고 키스하게 놔두면서 그녀는 얼마나 부드럽게 웃었는지! 그 입술은 또 얼마나 따뜻하고 몸은 얼마나 예민한가! 그녀의 젖가슴, 어깨, 다리……. 얼마나 특별하고 경이로운가! 사람들은 어떻게 사랑을 그런 식으로 비방해서, 죄악이자 범죄로 만들 수 있을까? 그 모든 역겨운 어휘들, 그 불쾌한 표현들……. 그 모든 의학적, 생리학적 용어들……. 마치 사랑 안에 그런 것들이 있기나 한 것처럼. 그것은 바이올린을 화학적으로 분석하는 것과 차이가 없

어. 아니, 사랑은 그런 게 아니야! 사랑은 저 피리 소리와 똑같아. 그것을 설명할 말은 없어.'

갈대 피리 소리가 천천히 가까워져 왔다. 잊고 있던 많은 생각들이 오소킨의 영혼 속에서 깨어났다. 고통스러우면서도 매우 익숙한 생각들이었다. 무엇인가가 기억속에 되돌아오고, 무엇인가가 어두운 깊은 곳에서 수면으로 떠올랐다.

오소킨은 자기 앞에 펼쳐진, 태양 속에서 타오르는 호수를 바라보았다. 흰 구름의 가장자리가 금빛으로 물들고 초록색 갈대들이 가만히 바스락거렸다.

그는 말했다.

'이 모든 것이 얼마나 믿을 수 없을 만큼 아름다운가. 하지만 왜 죽음은 존재하는 걸까? 아니, 혹시 죽음은 없는 것이 아닐까? 지금 이 순간 그것을 이해할 수 있어. 아무것도 죽지 않아. 모든 것이 영원히 존재해. 그것들로부터 떠나가는 것은, 그것들을 잊어버리는 것은 바로 우리야. 어제는 존재해. 물속에 서 있는 타네츠카와 그녀를 쳐다보기가 두려운 나. 그것은 죽지 않았고 죽을 수가 없어. 난 언제나 그것으로 돌아갈 수 있어. 하지만 거기에는 신비가 있고, 이 신비를 우리는 죽음이라고 부르지. 사실 죽음은 우리가 이해하지 못하는 무엇일 뿐이야. 이제 그것이 느껴져. 왜 항상 그것을 느낄 수 없을까? 그러면 아무 것도 두렵지 않을 텐데. 그리고 내게 이것을 일깨워 준 사람은 타네츠카야. 마침내 난 이것이 단순히 가장 좋은 것이 아니라, 삶에서 가장 중요하고 가장 핵심적인 것이라는 걸 알았어. 그것이 오면 다른 모든 것은 침묵하고 그것에 순종해야만 해. 그것과 관련해서 어떻게 하면 인간이 현명해질 수 있을까? 그 두 시간은 세상의 어떤 것보다 가치 있어. 오늘 그 일로 인해 머리가 잘린다고 해도 나는 똑같이 타네츠카에게 키스할 거야……. 이제 꿈속에서 날듯이 호수 위로 날아가고 싶어!'

숙부

며칠 후. 타네츠카는 베란다에 앉아서 바느질을 하고 있었다. 오소킨이 정원에서 집으로 들어갔다.

"난 식사 후에 주에보 늪에 갈 건데, 누구 나랑 같이 가고 싶은 사람 있나요?"

타네츠카가 노래하듯 말하며 고개도 들지 않고 장난스럽게 웃었다.

"내가 갈게, 타네츠카."

오소킨이 그녀에게 다가가며 말했다. 그가 말을 이었다.

"하지만 너도 알지, 우린 더 조심스럽게 행동해야 해. 지난 며칠 동안 우린 온종일 붙어 지냈고, 너무 눈에 띄어."

182

"그래서 어쩌라고?"

타네츠카가 말했다. 그녀는 이로 실을 끊으며 오소킨을 힐끗 올려다보았다.

오소킨이 말했다.

"내 생각에는 이 일이 매우 안 좋게 끝날 것 같아. 내가 보기에 숙부는 의심의 눈으로 우리를 지켜보고 있고, 아마 하인들은 벌써 수군대고 있을 거야."

"못난 겁쟁이!"

타네츠카가 조롱하듯 쏘아붙였다.

"넌 그저 어린아이처럼 모든 걸 두려워하지. 그들이 쳐다보게 놔둬. 떠들게 놔두라구. 난 아무것도 두렵지 않으니까."

그녀가 반항적으로 머리를 치켜들었다.

오소킨이 말했다.

"타네츠카, 화내지 마. 지금 당신은 말이 명령을 안 들을 때와 똑같은 모습이야."

"언제나 나를 비웃는다니까. 내가 말처럼 생겼다거나 뭘 닮았다거나……."

타네츠카가 뾰로통하게 말했다.

"화내지 마, 귀염둥이."

"버섯 따러 갈 거야?"

"나한테 키스해 주면 가지."

"아이고, 바라는 것도 많아!"

"당신 목에 키스하게 해 줘."

"새끼손가락에……. 어머나, 이런! 까맣게 잊고 있었네. 지금 사람들이 상을 차리고 있는데. 내가 자쿠스카(야채, 생선 등으로 만든 러시아식 전채 요리)를 살펴봐야 하는데."

타네츠카가 달려갔다.

오소킨이 혼잣말로 중얼거렸다.

'정말 사랑스러워. 하지만 우린 살얼음판 위를 걷고 있고 분명히 얼음판이 깨질 거야. 얼마나 갑자기 이 모든 일이 일어났는가!'

그는 타네츠카를 뒤쫓아 갔다.

식당에서 타네츠카는 식탁 위에 몸을 굽히고 청어에 뿌릴 겨자 소스를 젓고 있었다. 오소킨이 그녀에게 살며시 다가가 목덜미에 입을 맞췄다. 그녀가 비명을 지르며 냅킨으로 그를 때렸다. 오소킨은 그녀의 허리를 잡고 몸을 끌어당겨 입에 키스했다. 타네츠카는 살짝 거부하다가 오소킨과 마주 보고, 그는 그녀의 양 볼과 귀, 목에 키스를 퍼부었다.

그 순간 문이 열리고 오소킨의 숙부가 나타났다. 그는 문지방에서 걸음을 멈추었다. 타네츠카가 얼른 오소킨에게서 떨어졌다.

오소킨은 생각했다.

'결국 이렇게 되었군. 이런 일이 일어날 줄 알았어.'

그는 초조하고, 창피하고, 심장이 마구 두근거렸다.

혼란스러운 심정을 감추지 못해 화가 났지만 한편으로는 놀라웠다. 모든 일이 완전히 예상했던 그대로 일어나다니!

숙부는 그들을 쳐다보더니 아무 말 없이 식탁으로 걸어갔다. 오소킨은 몹시 바보가 된 기분이었다. 가장 나쁜 것은 식탁에 앉아서 아무 일도 없었던 듯 행동해야 한다는 것이었다. 타네츠카는 당황해서 얼굴을 붉히며 수프를 내왔다. 그녀는 오소킨도, 그의 숙부도 쳐다보지 않으려고 애썼다. 숙부는 화난 기색이 역력했지만 아무 말도 하지 않았다. 오소킨의 한 가지 바람은 그곳에서 빠져나가는 것이었다.

숙부는 못마땅한 얼굴로 보드카를 들이켜면서, 자쿠스카는 건드리지도 않고 수프를 먹었다.

침묵에 숨이 막혔다.

"어디 다녀왔니?"

숙부가 쌀쌀맞은 목소리로 오소킨에게 물었다.

"편지와 신문을 가지러 오레호보에요."

185

오소킨이 대답했다.

"말 관리인을 보내도 됐을 텐데."

오소킨은 생각했다.

'숙부는 무슨 의중을 내비치려고 저런 말을 할까? 내가 아무 일도 안 한다고 말하고 싶겠지.'

"넌 놀러 다니기만 하는구나."

숙부는 그의 생각에 대답이라도 하듯 말했다. 그러더니 한참 동안 가만히 있다가 덧붙여 말했다.

"너와 이야기를 하고 싶구나. 4시에 내 방으로 오거라."

마침내 식사가 끝났다.

오소킨은 정원으로 나가서 집 주위를 걸어 다녔다. 타네츠카는 어디에도 보이지 않았다.

기분이 좋지 않고 일어난 모든 일이 혐오스러웠다. 그러나 놀랍게도 동시에 마음이 아주 차분했다. 오히려 아침나절보다도 더 침착했다. 일어나고야 말 일이 일어난 것처럼 이제 마음이 더 편했다. 아무것도 그에게 달려 있지 않았기 때문이다.

'일어날 일은 일어나게 되어 있어.'

더 이상 생각하고 싶지 않았다. 그는 중얼거렸다.

'다 똑같아. 이렇게 될 줄 미리 알았지만 나는 달리 아무엇도 할 수 없었어. 모든 것이 반복될 수밖에 없다면 난 다시 똑같은 행동을 하게 되겠지. 식당에서 타네츠카에게 키스한 것은 분명 어리석은 짓이지만, 어쨌든 머지않아 들켰을 거야. 노친네가 무슨 말을 할지 궁금하군. 하지만 무슨 일이 있어도 난 타네츠카를 포기할 수 없다는 걸 잘 알아.'

오소킨은 정원 끝에 있는 잡목림으로 걸어가서 그곳을 지나 들판으로 나갔다. 숲 끄트머리에 앉아서, 아무 생각도 하지 않고 한참을 그곳에서 보냈다. 그러다가 집으로 갔다. 이제 겨우 3시였다.

"아가씨는 어디 있지?"

뜰을 달려가는 하녀에게 오소킨이 물었다.

"방금 어느 부인이 폴리바노보에서 오셨어요. 아가씨는 그분과 함께 우리 말들을 타고 나가셨어요. 손님이 타고 온 말은 쉬라고 여기 두고요."

폴리바노보는 30킬로미터쯤 떨어진 곳이었다.

오소킨은 생각했다.

'도대체 왜 타네츠카가 거길 갔을까? 내일 밤까지는 집에 오지 않는다는 얘기인데⋯⋯. 분명히 숙부가 그녀를 보냈을 거야. 숙부가 무슨 속셈으로 그랬지?'

지루하고 우울했다. 다시 정원으로 나가서 늙은 사과나

무 아래 앉아 담배를 피웠다.

4시에 오소킨은 숙부의 방으로 갔다. 숙부는 커다란 책상 앞에 놓인 가죽 안락의자에 앉아 있었다. 책상에는 봉인된 편지가 놓여 있었다.

"앉거라."

숙부가 오소킨을 쳐다보지도 않고 말했다. 그는 오소킨과 대화하는 게 싫어서 최대한 서둘러 용건을 마무리 짓고 싶은 기색이 역력했다.

숙부의 분위기에서, 그리고 이제 그가 할 말에서 오소킨은 따분하고 심각한 어른들의 세계를 느꼈다. 그 세계는 언제나 그에게 너무나 적대적이었다. 그리고 키스, 공상, 맨살이 드러난 타네츠카의 어깨, 호수 위의 일출, 혼자만의 숲길 승마 같은 환상적인 세계와도 완전히 달랐다. 오소킨은 이 두 세계 사이의 깊은 적대감을 날카롭게 감지했다.

숙부가 말했다.

"네 어머니가 죽기 얼마 전에 내게 편지를 보냈고 나는 너를 돌보겠다고 약속했다."

오소킨은 책상에 놓인 은제 잉크스탠드를 쳐다보았다. 두 개의 잉크병 사이에 둥근 다리를 만들 수 있다면 호수와 비슷해 보일 텐데. 숙부는 무슨 말을 하려는 걸까?

"지금 넌 여기서 게으름만 피우고 아무 일도 하지 않는다는 것을 나는 안다. 그래서 너를 페테르부르크에 보내기로 결정했다. 외국 대학들은 생각해 봤자 소용없다. 넌 학교에서 퇴학당했으니 대학 진학에 맞지 않는다는 뜻이지. 내 말을 끊지 말아라! 내가 하려는 말은 이것이다. 난 네가 어떻게 공부하고 있는지 안다. 그래 가지고는 아무 결과도 얻지 못할 게다. 그래서 너를 군사학교에 보내기로 결정했다. 그곳에서 잘 적응하면 장교가 될 수 있을 게다. 넌 페테르부르크로 갈 것이다. 여기 예르밀로프 대령에게 보내는 편지가 있다. 청소년들에게 군사학교 시험을 준비시키는 사람이지. 넌 그의 집에서 생활하게 될 것이다. 여기 여비가 있다. 예르밀로프가 옷값과 다른 비용을 대 줄게다. 얼른 짐을 챙기거라. 기차는 8시 30분에 고레로보에서 출발한다. 7시에 집을 나서면 기차 시간에 맞추게 될게다."

숙부가 일어났다.

"난 시내에 나갈 예정이다."

그가 말했다. 숙부는 여전히 오소킨을 쳐다보지 않고 손을 내밀어 급히 악수하고 밖으로 나갔다.

오소킨은 방으로 갔다. 마음이 아프고 화가 났다. 덩어리가 걸린 것처럼 목이 메었다. 동시에 놀랍게도 반가운 기분이 들었다. 무엇이 반가운 걸까? 자신에게 대답할 수가 없었다. 하지만 새로운 미지의 무엇인가가 앞에 놓여 있었다. 어제는 일어나지 않은 어떤 일이 내일 일어날 것이다. 이 '새로운' 것이 벌써 그의 마음을 끌어당겼다. 그는 페테르부르크에 가 본 적이 없었고 언제나 그곳을 꿈꾸었다. 하지만 타네츠카는 어떻게 하지? 그 부분이 마음을 슬프게 했고, 가슴이 아렸다. 한편 숙부에 대한 불쾌한 감정이 마음속에서 점점 커졌다. 이제 그 노인이 점점 좋아지기 시작하던 참이었다고 인정하기가 부끄러웠다.

오소킨은 생각했다.

'그가 나를 이렇게 푸대접한다면, 차라리 이렇게 된 것이 천만다행이야. 숙부는 마음만 있었다면 다른 많은 해결책들을 찾아낼 수 있었어. 그는 왜 우리를 자기 마음대로 해도 된다고 생각할까? 물론 난 이제 숙부가 아무것도 모르게 할 거야. 내가 타네츠카를 포기하도록 만들 수 있다고 생각하면 큰 오산이지.'

곧 다른 계획들이 오소킨의 마음에 떠오르기 시작했다. 그는 페테르부르크에서 군사학교 입학 준비를 하지 않을 계획이었다. 기자 일이나 영어와 이탈리어를 번역하는 일을 찾을 것이다. 대학 진학 준비를 하고 타네츠카에게 그에게 오라는 전갈을 보내리라.

하지만 지금 이 일에 대해 타네츠카에게 편지를 써야만 했다. 그래야 그녀가 그를 기다려 줄 것이었다. 타네츠카가 그 역시 다른 연인들처럼 그녀를 잊을 것이라고 생각하게 만들면 안 될 일이었다.

오소킨은 종이를 꺼내어 적었다.

사랑하는 타네츠카에게,

숙부는 나를 페테르부르크로 보내서 군사학교 입학 준비를 시키려 하지만, 난 대학 입학시험 공부를 할 거야. 나를 잊지 말아. 우리는 곧 만날 거야. 언제 어떻게 만나게 될지는 아직 말하지 못하지만, 내 편지를 기다려 줘. 고레로보로 편지를 보낼 테니 거기서 찾아가면 돼. 편지가 도착하면 그쪽에서 당신에게 알려 줄 거야. 호숫가에서 했던 것만큼 당신에게 키스해. 기억나지? 당신의 I. O.

편지를 봉하고 손목시계를 보았다. 5시가 지나 있었다. 묘한 감정이 밀려왔다. 숙부와 대화한 후 한 시간 조금 넘게 지났지만, 오소킨은 이제 그곳에 있지 않은 느낌이었다. 모든 것이 거리를 두고 멀어졌다. 마음속에 이는 가장 강렬한 감정은, 최대한 빨리 그곳을 빠져나가고 싶은 조급

한 마음뿐이었다.

오소킨은 생각했다.

'미시카에게 편지를 주면서 타네츠카에게 정원에서 편지를 전달하라고 말해야겠어. 집 안에서 주지 말라고. 그가 제대로 처리할 거야.'

그는 혼잣말을 중얼거렸다.

'좋아. 이제 두고 보자구. 하지만 짐을 꾸려야 해. 그래, 왜 이곳을 떠난다는 것에 즐거운 마음이 드는지 알겠어. 난 줄곧 감시당하는 불편한 감정을 느꼈어. 내가 공부를 하지 않으니까, 너무 자주 말을 타러 나가니까. 또 타네츠카 때문에도……. 아무튼 여기서 오래 살 수는 없었어. 남이 내게 좋거나 필요하다고 정해 주는 일이 아닌, 내가 하고 싶은 일을 할 권리를 누리고 싶어. 난 이제껏 어떤 일에도 굴복하지 않았고 앞으로도 그러지 않을 거야.'

두 시간 후, 트렁크를 챙긴 오소킨은 종을 단 말 세 필이 끄는 마차를 타고 역으로 갔다. 오소킨이 즐겨 타던 말 '흰 다리'는 가운데 말의 오른쪽에서 걸었다. 오소킨은 마음이 무거웠고, 무기력한 생각들이 머리를 파고들었다. 다시 어머니를 생각했다. 어머니가 살아 있을 때, 그가 어머니를 위해 하고 싶었던 일을 하나도 하지 않았다는 생각이 들었다.

그는 중얼거렸다.

'그때는 이 모든 것이 중요했지만 지금은 어떤 것도 상관없어. 난 아무것도 원하지 않고 아무 일에도 관심 없어.'

어떤 이유에선지 마법사의 방과, 둘이 나눈 마지막 대화에 대한 기억이 떠올랐다. 모든 것이 생각났다. 완전히 현실적으로 느껴지면서도 동시에 더 꿈같았다. 현실보다 더 현실적이고, 그것과 비교하면 모든 현실이 꿈처럼 되어 버리는 매우 이상한 꿈.

세 마리 말이 끄는 마차는 타닥타닥 발굽 소리를 내며 느린 걸음으로 다리를 건넜다. '흰 다리'는 강을 보자 살짝 뒷걸음질 치면서 가운데 말에게 바싹 붙었다. 말에 매단 종 소리가 더 느릿느릿 울렸다. 오소킨의 가슴이 이상한 통증으로 맥박 쳤다. 어제 아침 그는 이곳을 타네츠카와 거닐었었다. 게다가 아주 오래전에도 똑같았다. 똑같은 삼두마차, 똑같은 강, 똑같은 가슴을 저미는 통증이 있었다. 이전에도 꼭 이러했다. 말할 수 없는 슬픔이 밀려와 오소킨은 울고 싶었다.

동시에 신비로운 내일 속에서 무엇인가가 깜박거리고, 무엇인가가 손짓해 불렀다. 피할 수 없고 매혹적인 무엇인가.

악마의 기술

3년 반 후. 오소킨은 모스크바 군사학교의 2년생 생도였다. 나이는 스무 살쯤. 앞으로 6개월 후면 과정을 수료하고 장교로 진급할 예정이었다.

일요일 저녁. 검은색 생도복을 입은 오소킨은 훈련을 잘 받은 듯 넓은 어깨가 반듯했다. 금색 가장자리가 둘러쳐진 붉은 어깨띠를 두르고 검은 가죽 허리띠를 매고, 통 넓은 반바지와 번쩍이는 높은 부츠 차림이었다. 그는 옛 학교 동창 레온티에프의 아파트에서 열린 파티에 와 있었다. 레온티에프는 이제 기술 고등학교의 학생이었다. 손님으로 온 청년 몇 명, 보병 장교

한 명, 나이 든 배우, 프랑스 여성 둘, 여배우 둘이 카드 게임을 하고 있었다.

오소킨은 포도주 잔을 들고 자쿠스카 탁자 옆에 앉아 담배를 피우며 카드 게임을 구경했다. 프랑스 여성 두 명과 여배우 한 명은 뛰어난 미모에 화려한 차림이었다. 화장을 짙게 하고 독한 향수 냄새를 풍겼다. 그들은 큰 소리로 웃고 떠들었다. 거슬리거나 불쾌함을 주지는 않지만 어떤 확실한 부류에 속한 여성들이었다. 오소킨의 관심은 네 번째 여성에게 끌렸다. 묘하게 생각에 잠긴 표정, 목 부분이 사각으로 패인 검은 드레스 차림의 예쁜 처녀였다. 첫눈에 들어오지 않지만 사실 그곳에 모인 여성들 중 가장 흥미로웠다. 옆모습이 멋지고 검은 속눈썹이 길었다. 또한 몸가짐이 눈에 띄게 차분하고, 소탈하면서 품위가 넘쳤다. 사람들은 그녀에게는 다른 여자들에게 하는 것과 다르게 말을 붙였다. 그녀는 교육을 잘 받고 자란 인상을 풍겼다. 어느 자리에 있든지 무슨 말을 어떻게 해야 할지 아는 사람처럼 보였다.

동시에 그녀에게는 세 여자를 합한 것보다 더 취하게 하는 무엇인가가 있었다. 샴페인 같은 무엇인가. 그녀는 자신이 원하기만 하면 달라질 수 있다는 느낌을 주었다. 오소킨은 팔꿈치 아래로 파란 실핏줄이 보이는 그녀의 흰 팔을 보았다. 그녀에게서 매우 강하고 생생한 여성성을 느꼈다.

이번이 세 번째 만남이고, 오소킨은 짧고 가벼운 대화 속에서 둘 사이에 또 다른 대화가 오가는 것을 느꼈었다. 그녀와 이야기를 나누는 것이 즐거웠다. 그녀는 모르는 것이 없고 모든 것에 관심이 많았다.

그녀는 오소킨의 눈길을 느끼고서 그에게로 고개를 돌렸다.

그녀가 말했다.

"와서 나 좀 도와줘요. 매번 잃고 있어요."

오소킨이 테이블로 갔다. 그는 말했다.

"나는 곧 가 봐야 해요. 이제 시작하는 건 별 의미 없어요."

"그냥 해 봐요! 나 대신 게임을 해 줘요."

그녀에게서 가벼운, 거의 알아차리기 어려운 향수 냄새가 났다. 그녀다운 향수였다. 오소킨이 그녀의 카드 위로 허리를 굽히자, 드레스의 벌어진 틈으로 가슴의 곡선이 눈에 들어왔다. 그는 즐겁고 행복했다. 그녀 옆에 앉아 그녀 쪽으로 의자를 바싹 붙였다. 그녀가 미소를 지었으며, 오소킨은 익숙한 특별한 감정에 사로잡혔다.

'모든 것이 내가 원하는 대로 일어날 테지만 나중에 나

는 그 일로 인해 호된 대가를 치르겠지. 그렇게 되라지 뭐!'

오소킨은 그녀에게서 우러나오는 따스함을 느끼며 속으로 생각했다.

카드가 돌려졌다.

오소킨이 그녀의 카드들을 집었다. 몇 사람이 카드를 뽑았다. 오소킨의 카드는 7이었다.

"한 장 더."

그가 말했다. 그가 카드를 받았다. 2다!

"8!"

한 사람이 말했다.

"9!"

오소킨이 외치면서 상당히 많이 쌓인 금화와 은화를 옆에 앉은 그녀 쪽으로 끌어왔다.

그녀가 외쳤다.

"브라보, 브라보! 가면 안 돼요. 내가 안 보내 줄 거예요. 난 아무리 해도 7을 뽑지 못했을 거예요."

"이따금 그렇게 될 때가 있지만 단지 이따금만이죠."

오소킨이 말했다.

"그럼 어떻게 그걸 알죠?"

"언제 그것이 필요한지, 언제 필요하지 않은지 느껴야만 하죠."

"그럼 오늘 밤에 나 대신 '느껴' 줘요."

"이런! 고작 반 시간 동안만 느낄 수 있겠는데요. 자정까지 휴가니까 12시 5분 전에는 학교로 돌아가야 합니다."

"그럼 지각하면 교실 한쪽에 서 있어야 하나요?"

"더 심하죠! 감점당하고, 그렇게 되면 1등급에 들 수 없어요. 그것은 내가 좋은 연대를 선택하지 못한다는 뜻이에요. 지금 학교 측은 나를 예의 주시하고 있고, 따라서 또 지각하면 퇴교당할지 몰라요."

"학교 측이 그런 일로 퇴교시킬 수 있나요?"

"그거야 식은 죽 먹기죠. 학교는 우리에게 규율을 가르치려고 애쓰기 때문에 모든 일에 특별한 중요성을 부과하죠. 휴가는 자정까지이고 그것은 내가 설령 죽었을지라도 자정 전에 반드시 학교로 복귀해야 한다는 뜻이에요! 하지만 그건 아무것도 아니죠. 더 나쁜 것들도 있어요. 예를 들어 우리는 무슨 말을 들어도 대답할 권리가 없어요. 이것이 가장 힘든 부분이죠. 몹시 부당한 말을, 일어나지도 않은 일을 듣는다고 상상해 봐요. 나 자신은 전혀 모르는 일에 대해 비난받는다고. 그런데도 침묵을 지켜야 해요."

"나라면 그렇게는 못할 거예요."

오소킨 옆에 앉은 여성이 강조하며 말했다.

"그러면 군사학교에서 쫓겨날 텐데요."

카드 게임이 다시 시작되었다. 오소킨이 이겼다. 샴페인 잔이 들어왔다. 레온티에프가 오소킨과 파트너에게 다가왔다.

"바냐, 잃고 있어?"

그가 물었다.

"물론 아니지! 반대로 내가 다 딸 것 같은데. 내가 이미 나 스스로 그렇게 예언했거든."

"미래를 알 수 있어요?"

여성이 물었다.

'네, 난 모든 걸 미리 알아요. 단, 모든 사람의 미래는 아니고요."

오소킨이 말했다.

"나의 미래를 말해 줄 수 있나요?"

"당신의 미래는 모르겠네요. 하지만 나 자신의 일은 자주 예측하고 때로 매우 불쾌한 일인 경우도 있어요. 알아둬요. 나는 일어나게 될 일을 사전에 아는 경우가 많지만, 아무것도 바꿀 수가 없어요. 마치 마법에 걸린 것처럼요."

"그럼 지금은 뭘 알아요?"

오소킨이 소리 내어 웃었다.

"내가 당장에 돌아가지 않으면 학교에서 쫓겨나리란 것을 알죠. 정말 가 봐야 해요."

"어머나, 아쉬워서 어떡해! 당신이 없으면 난 다시 모두 잃을 거예요. 어떻게든 남아 줄 수 없나요?"

"글쎄요, 그럴 순 있지만 일이 매우 복잡해질 텐데요. 나는 아파야 하고 의사의 진단서를 구해야 할 거예요."

오소킨이 말했다.

카드 게임이 계속되고 오소킨이 또 이겼다.

그가 말했다.

"내가 이러고 있으면 안 되는 줄 알면서 이러네요. 오직 당신을 위해서라구요. 자, 내가 지면 그때는 갈 겁니다. 괜찮죠?"

오소킨이 이기고, 게임이 계속되었다.

"이런, 정말로 의사에게 도움을 구걸해야겠는데요."

오소킨이 한숨을 쉬며 말했다. 그는 옆에 앉은 여성에게 돈을 건네주고 그녀의 손끝을 부드럽게 누르면서 덧붙였다.

"나는 이제 어떻게 될지 알아요. 모든 걸 미리 알기 때문에 종종 얼마나 지치는지 당신은 상상도 못 할 거예요."

"어떻게 그렇게 확신할 수 있죠?"

"아, 몹시 안 좋은 일이 벌어지리란 걸 분명히 알지만 상

관없어요. 가끔 난 모든 이성에 모순되게, 매사에 반대로 행동하고 싶은 기분에 빠지죠. 무슨 일이든 일어날 대로 일어나라!"

"그러면 당신은 불쾌한 어떤 일이 일어나리라는 것만 알고 그 이상은 모르나요?"

여성이 오소킨을 흘낏 보며 웃는 눈으로 말했다.

그는 문득 둘 사이에 무엇인가 결정되었음을 알아차렸다. 그는 학교로 돌아갈 생각을 할 만큼 자신이 어리석었을 수 있었다는 사실에 스스로 놀랐다. 그는 그녀를 집에 바래다줄 것이다. 카드 게임은 계속 진행되었다. 오소킨은 테이블의 누구보다도 많이 따면서 파트너 여성과 시시덕거렸다.

손님들이 새벽 일찍 떠나고 오소킨은 파트너와 함께 나섰다.

그가 레온티에프를 옆으로 불러내어 말했다.

"난 다시 올 거야."

3주 후. 몹시 수척해진 오소킨은 레온티에프의 아파트에 있었다. 그는 군사학교에서 쫓겨나, 일반병으로 복무 기간을 마치도록 연대로 배치되었다.

레온티에프가 말했다.

"바냐, 어쩌다 이렇게 됐는지 말해 봐."

"먼저, 그날 밤 내가 같이 나간 여자가 누군지 알아?"

"그래, 안나 스테파노브나였지."

"나는 그녀와 함께 있었어. 멋진 여자였지만 그게 요점은 아니지. 나는 한낮에 나와야 했어. 내가 저녁때까지 그녀의 집에 있는 것은 그녀에게 곤란한 일이었거든. 그 집에서 나와 첫 번째 모퉁이를 돌다가 헌병대 대령과 딱 마주쳤지. 당연히 그는 그 자리에서 내 통행증을 빼앗고 나를 군사학교로 보내 당직 장교에게 보고하게 했어. 나는 즉석에서 체포되었어. 예전에 저지른 다른 잘못들까지 속속들이 파헤쳐졌고, 학교 측은 나를 3주 동안 가두었어. 그 자체가 좋은 대접이 아니라는 건 확실히 말할 수 있지. 결론적으로 나는 군사학교에서 쫓겨나고 계급 강등을 당해, 오지 중의 오지인 페르시아 전선이 있는 중앙아시아의 보병 연대로 가야만 하는 처지가 됐어. 다행히도 내 자비로 사흘간 돌아다니도록 휴가를 받았지."

"잘됐군! 넌 물에 빠진 사람만큼이나 운이 좋아."

"그래. 왜 물에 빠진 사람을 그렇게 운이 좋다고들 하는지 이해가 가지 않지만."

"안나 스테파노브나가 너에 대해 계속 물었어. 그녀는 떠나야 했지만 네 소식을 듣기 전에는 떠나고 싶어 하지 않았어. 우리가 그녀를 위해 크루티츠키를 통해 네가 살았는지 죽었는지 수소문했지. 네가 살아 있지만 갇혀 있다는 소식을 들었어.”

“그녀는 페테르부르크로 간 거야?”

“응. 이제 어떻게 할 참이야?”

“내가 뭘 할 수 있겠어? 단 한 가지밖에 없지······. 연대에 합류해야지. 그 후에 우린 만나게 될 거야. 하지만 난 이렇게 되리라는 것을 미리 알았으니 얼마나 지긋지긋할지 생각해 보라구.”

“알았다면서 왜 그런 짓을 했지?”

“맞아! 그렇게 하지 않으려고 해야겠지! 하지만 넌 이게 어떤 종류의 악마의 기술인지 전혀 몰라. 이 기술의 속임수는, 어떤 것도 한꺼번에 이루어지지 않는다는 것이야. 모든 일이 조금씩 일어나. 난 그걸 이제야 깨닫기 시작했어. 그리고 사람은 어떤 일이든 조금씩밖에 할 수 없어. 모든 게 드러날 수밖에 없게 되어 드러날 때까지 본인은 그걸 눈치조차 못 채지. 멀리서는 모든 걸 볼 수 있지만, 상황에 가까이 있으면 더 이상 전체를 볼 수가 없어. 오직 별개의 부분들만, 아무 의미도 없는 사소한 것들만 보이는 거야. 친구, 이것은 지독한 덫이라서 악마 자신도 그 덫에 다리를 부러뜨릴 거야. 그 결과 나는 또다시 빈손으로 남겨졌어. 하지만 내가 전혀 아쉬워하지 않는다는 것을 알겠어? 아무도 그걸 이해하지 못할 거야."

"그렇다면 우리가 멋진 송별회를 해 줘야겠네."

"그래, 그 외에는 남은 게 없어. 원한다면 그렇게 해 줘."

"하지만 어떻게 할 작정이야?"

"내가 뭘 할 수 있겠어? 난 고작 병사가 되겠지. 군대가 나를 서둘러 제대시켜 줄지도 모르고. 자유의 몸이 되면 두고 봐야지. 숙부는 더 이상 내 소식을 알고 싶지 않을 거야. 난 그에게 편지도 쓰지 않을 것이고. 그러니 지금 내가 무슨 말을 할 수 있겠어? 틀림없이 어떤 변화가 올 것 같지만 그것이 어디서 올지는 나도 모르겠어."

파리

4년 후. 오소킨은 파리의 유학생이었다. 그가 군 복무를 마칠 무렵 숙모가 죽었고 그에게 얼마간의 유산을 남겨 주었다. 그는 그 돈 덕분에 외국에 갈 수 있었다. 처음에는 이곳저곳 옮겨 다니다가 스위스로 갔고, 영국에서 1년간 머물다가 파리로 왔다. 그리고 지난 2년을 파리에서 살았다. 여러 교수들의 강의를 청강하는 중이지만 아직 특정 학부를 선택하지 못하고 있었다.

옅은 햇살이 아름다운 가을날, 강 위에 살짝 안개가 끼었다.

오소킨과 영국 여학생 발레리 데일이 센 강변의 책 노점상들 앞을 걷고 있었다. 발레리는 낙엽 색깔의 머리와 단아한 옆모습, 짙은 회색 눈동자를 한 키 큰 금발 처녀였다. 부유한 영국 집안 출신으로 옷차림이 멋져서 파리에서도 사람들이 항상 고개를 돌려 쳐다보았다.

오소킨은 마음속으로 생각했다.

'하지만 사실 대단히 총명한 여자이지.'

발레리는 늙은 소렐 교수의 수제자였다. 중세 역사와 예술을 공부하고, 〈대성당의 건축가들〉이라는 흥미로운 논문을 썼다.

'그녀는 어디서 그런 아이디어를 얻을까?'

오소킨은 생각했다. 소렐 교수는 그런 아이디어들을 가진 적이 없는 위인이었다. 또한 그녀는 러시아어와 러시아 문학과 역사를 알고 있으니 얼마나 놀라운 일인가.

어느 날 두 사람은 푸시킨과 러시아의 석공들에 대해 긴 대화를 나누었다. 발레리는 자신이 러시아어 공부를 막 시작했고 러시아에 갈 작정이었는데 나중에 고딕 양식 시대와 미술에 매료되었다고 말했다.

그는 발레리를 바라보았다. 그녀는 매끈한 흑담비가 달린 매우 비싸 보이는 코트를 입고, 타조 깃털이 달린 챙 넓은 모자를 쓰고 있었다. 날렵한 파리풍의 하이힐을 신은 그녀의 발에 오소킨은 늘 감탄했다.

그들은 루브르 박물관에서부터 시작한 대화를 계속 나누었다.

오소킨이 말했다.

"나는 운명을 믿어요. 우리의 미래가 어딘가에 적혀 있고, 우리는 다만 그것을 한 장 한 장 읽어 나간다는 걸 나는 알아요. 그것 외에도 소년일 때 나는 이상한 환상들을 갖고 있었죠. 내가 전에도 이 삶을 살았던 것 같은 환상 말예요. 예를 들면 난 파리를 알고 있었어요. 물론 전에 이곳에 와 본 적이 없는데도요. 지금도 내가 전에 파리에서 살았던 것처럼 느낄 때가 종종 있어요. 니체의 영겁회귀에 관한 사상(니체가 〈짜라투스투라는 이렇게 말했다〉에서 말한, 영원한 시간은 원형을 이루고 그 안에서 우주와 인생은 영원히 되풀이된다는 사상)을 읽었을 때 내가 가진 이 모든 환상들이 떠올랐어요. 지금은 모든 것이 정말로 반복된다고 확신해요."

"로버트 루이스 스티븐슨의 〈내일의 노래〉 알아요?"

그의 동행인이 물었다.

오소킨은 깜짝 놀라 발레리를 응시했다.

"왜 그래요? 뭐가 문제인데요?"

그녀가 물었다.

"정말 놀라운 일이군요! 내가 어떻게 그것을 잊을 수 있겠어요? 당연히 그 작품을 알아요. 어떻게 시작하더라?"

그녀가 천천히 영어로 외우기 시작했다.

"던트린 왕은 늘그막에 딸을 낳았고, 아이는 두 바다 사이에서 가장 예쁜 공주였다⋯⋯."

오소킨은 마법에 걸린 사람처럼 그 구절에 귀를 기울였다. 마음속에서 믿기지 않는 장면들이 연속해서 지나갔다. 그가 전에도 살았다는 것을 증명하기 위해 학교에서 이 이야기의 첫 대목을 되뇌던 일, 마법사와 관련된 그 모든 불분명한 생각들과 이해할 수 없는 감각들, 또한 학생 시절에는 과거 같았는데 지금 여기 파리에서는 환영과 같고 불가능한 미래로 보이는 일들. 이 모든 것이 무슨 의미일까? 그리고 다시 이 우화⋯⋯. 잠시 이런 생각들을 멈출 수만 있다면 모든 것을 이해할 것 같았지만, 생각들이 너무도 빠르게 지나가서 아무것도 붙잡을 수가 없었다. 그에게 남은 것은 모든 것이 거꾸로 뒤집히고 있다는 일반적인 인상뿐이었다. 과거가 미래가 되고 미래가 과거가 되었다. 미래를 전에 있었던 일로 생각할 수 있다면, 어제 일어난 일처럼 미래를 분명하게 볼 수 있을 것이라는 느낌이 들었다.

동시에 오래된 낯익은 느낌, 자신을 둘러싼 모든 일

들이 전에도 일어났었다는 느낌이 밀려왔다. 과거에는 그 것을 자주 느꼈지만 이제는 점점 드문드문 찾아왔다. 똑같이 강이 흘렀고, 똑같이 강물 위에 안개가 내렸고, 머리 위에서 똑같이 푸르스름한 파리의 하늘이 희미하게 미소 짓고, 나무들에서 마지막 나뭇잎들이 떨어져 내렸다. 똑같이 여자의 검은 모자 밑으로 금발 곱슬머리가 빠져나 왔고, 똑같이 그녀의 목소리가 들렸다.

"우화의 마지막, 맨 끝 대목을 기억해요?"

오소킨이 물었다.

"그럼요, 기억해요."

발레리는 우화의 마지막 부분을 영어로 천천히 소리내 어 암송했다.

"던트린 왕의 딸은 그녀를 아주 오래전 이상한 일들이 행해졌던 해변의 그 장소로 데려갔다. 그리고 그녀를 그 곳에 앉혔다. 바다의 포말이 그녀의 발로 밀려왔고, 죽은 나뭇잎들이 그녀의 등 주위에 날아다녔고, 부는 바람에 그녀의 얼굴에서 베일이 펄럭였다. 그녀가 눈을 들었을 때 왕의 딸이 해변을 걸어오고 있었다. 그녀의 머리카락 은 금실 같고, 눈은 강의 웅덩이들 같았다. 그녀는 내일에 대한 생각도 없고 시간을 장악하는 힘도 없이, 어리석은 인간들의 관습에 따랐다."

오소킨은 속으로 중얼거렸다.

'놀랍군. 왜 이런 단어들이 내 안에서 그토록 많은 기억들을 불러일으킬까? 단어의 뜻에서가 아니라 단어들에서 기억이 직접 나오는 느낌이 들어. 마치 내가 그 단어들과 연관된 것들을 알지만 해마다 점점 그것을 잊어버리는 것 같아.'

그가 말했다.

"놀랍군요, 그 우화 말이에요. 당신은 그 내용을 어떻게 이해하죠?"

발레리가 천천히 말했다.

"나도 몰라요. 굳이 이해하려고 애쓸 필요 없다고 나는 생각해요. 그런 것들은 그저 느껴야 해요. 나는 음악도 똑같이 생각해요. 음악을 해석하는 것은 나한테는 괴상한 짓으로 보여요."

그들은 생 미셸 광장에 도착했고, 발레리는 합승 마차를 잡았다. 오소킨이 그녀에게 작별 인사를 했다.

그녀가 물었다.

"오늘 저녁에 우리 오빠 집에 갈 거예요?"

"아마도 그럴 걸요. 아직 잘 모르겠지만."

"오빠한테 내일 내가 만나고 싶어 한다고 전해 줘요."

오소킨은 다리를 건너 시테 섬 쪽으로 걸어갔다.

혼자 있게 되자 그는 자신에게 물었다.

'그곳에 갈까, 가지 말까? 진지하게 말하면 난 그곳에 가면 안 돼. 밥 데일과 그의 친구들은 입이 벌어질 만큼 부자야. 발레리와 밥 데일은 이곳에 있는 모든 부류의 사람들과 쉽게 어울리지만, 영국에서는 상당히 중요한 가문의 자녀들이야. 발레리가 흥미로운 여성인 것은 사실이야. 또 우리 둘의 처지가 아무리 다를지라도, 상황이 발전되도록 내버려 둔다면 전혀 예상하지 못한 결과가 일어날 수도 있다는 것을 난 알아. 심지어 지금도 우리의 우정에 무엇인가 특별한 게 느껴져. 이따금 우리 둘 사이에 밝고 강렬한 불꽃이 튀는 것 같아.

하지만 우리가 잘 지내지 못하리란 걸 난 알아. 우선 돈 문제가 있고, 발레리가 나에 비해 너무 고상하다는 생각이 들어. 그녀는 감정 기복이 없고 매력적이고 합리적이야. 나는 분명히 머지않아 그런 여자한테서 도망칠 테고, 그러면 그녀는 고통을 받겠지. 발레리는 투르게네프의 소설에 나오는 여주인공 같은 타입이야. 확실히 나한테는 넘치는 상대이지. 하지만 룰루가 발레리에 대해 알면 나를 잡아먹으려고 할 텐데.

룰루는 불합리의 화신이지만, 그럴 수 있을까 싶을 만큼 불합리한 면이 매력적이야. 그녀에게 무엇을 기대해야 할지 아무도 알 수 없어. 그녀는 날마다 달라. 나는 계속해서 한 룰루와 헤어지고 다른 룰루와 만나지. 어제 그녀는 한바탕 난리를 부렸어. 거리에서 그녀가 내 뒤에서 걷는데도 내가 알아차리지 못해서였어. 그녀가 멀리서 나를 보고는 다가와서 내 뒤에서 걸었는데 내가 그걸 느끼지 못했다니! 그건 내가 그녀를 사랑하지 않는다는 뜻이라고! 나는 나의 러시아로 돌아갈 것이고 그녀는 그녀의 마르세유로 돌아갈 것이라고 내가 생각하니까 그런 거라는 둥. 또 지난주에는 내가 그녀의 페키니즈 강아지를 창밖으로 내던지는 꿈을 꾸고는 사흘 동안 나를 방에 들어오지 못하게 했어. 그녀는 내가 야만인이라고, 그런 짓을 한 나를 용서하지 않겠다고, 내가 무섭다고 소리쳤어. 그 외에도 얼마나 많은 비난을 퍼부었는지 신이 알지.

가끔 나는 이렇게 어처구니없는 짓을 하는 그녀를 때려주고 싶지만, 룰루는 진짜 여자야. 그래, 그녀에게 노란 보석들이 박힌 브로치를 사 줘야겠어. 그러기 위해 오늘 밤 데일의 집에 가서 백만장자의 아들들과 룰렛 게임을 할 거야. 솔직히 말하면 그러면 안 되지만……. 그곳은 돈 냄새가 너무 짙게 풍기고, 나한테는 그것이 좋지 않아. 자, 결정을 내리자. 이번이 마지막이어야 해. 어쩌면 가고 싶지 않은데 그저 너무 따분해서 가는 건지도 몰라. 룰루는 사랑스러운 여자이긴 하지만, 어제 낮과 저녁 내내 나는 그녀와 시간을 보냈어. 매일 만나는 것은 삼가는 편이 나아. 게다가 룰루는 늘 같이 지내기에는 지나치게 원초적이야. 하지만 내가 달리 무엇을 할 수 있겠어? 방에서 책을 읽거나 카페에 앉아 있거나, 사회주의자 동지들의 말에 귀 기울이거나 할 뿐이지. 그건 너무 바보 같은 짓이야. 그런데 이상한 일이야. 이곳 생활이 너무 순조롭게 굴러간다는 느낌이 들기 시작하니 말야. 사실 난 태평한 부르주아지와 다름없지. 슬리퍼를 신고 잠옷 가운을 걸친 존재랄까. 이것은 전혀 내 스타일도 아니고 이런 생활이 지겨워.'

몇 시간 후. 오소킨은 밥 데일의 고급 아파트에 있었다. 테이블에 룰렛 판이 놓여 있었다. 방에는 미국인과 영국인 학생들과 화가 네다섯 명이 있고, 최근 유산 상속을 받은 젊은 러시아 왕자도 있었다. 그들은 담배를 피우고 소다 섞인 위스키와 샴페인을 마시면서 룰렛 테이블에 모여 있었다. 판돈이 컸다. 왕자가 10만 프랑 이상을 잃었고, 테이블 전체에 금화와 지폐들이 흩어져 있었다. 오소킨은 한 번에 20프랑씩 숫자에 걸고(룰렛 게임은 빨강, 검정의 색깔에 돈을 걸거나 숫자에 돈을 건다. 숫자에 걸어서 이길 경우 배당이 높다) 매번 돈을 잃었다. 마지막 금화를 잃은 후 그는 룰렛판에서 나왔다. 왕자가 크게 돈을 따서 판돈이 그에게로 건네졌다.

오소킨은 소다 섞은 위스키 두 잔을 연거푸 들이켰다. 자신에게 화가 났다.

'빌어먹을! 저들은 만 프랑쯤은 우습게 날릴 수 있겠지만 내게 5백 프랑은 큰돈이지. 그렇게 적은 돈을 들고 오다니 바보짓이었어. 밤이 깊어지면서 운이 돌아오기 마련이고, 계속하면 본전을 찾을 수 있는 기회가 수십 번 찾아올 텐데.'

밥 데일이 그에게 다가왔다.

"왜 거기 혼자 앉아 있나? 이 샴페인 좀 마셔 봐. 에드워드 왕이 선호하는 브랜드라네. 나도 이 샴페인이 좋아지기 시작하고 있지."

오소킨이 대답했다.

"계속 돈을 잃었거든. 판돈을 백 프랑짜리 개인 수표로 내도 가능할까?"

"성가시게 수표를 그렇게 여러 장 쓸 필요가 있어? 원하는 액수만큼 내가 현금으로 바꿔 줄게. 얼마면 되겠어?"

키 큰 미국인 청년이 말했다. 말끔하게 면도한 얼굴에 부드러운 연노란색 머리를 한 그는 성격이 좋았다. 그는 설탕에 천천히 물을 떨어뜨려서 압생트(독주의 일종)를 만들었다(압생트가 담긴 잔에 구멍 뚫린 숟가락을 걸치고 각설탕을 올려서 물방울을 떨구면 설탕이 녹아 압생트와 섞인다).

미국인 청년은 바지 주머니에서 금화와 지폐를 한 줌 꺼내 헤아렸다.

그가 말했다.

"나는 영국 화폐를 갖고 있어. 2백, 3백, 5백 파운드야. 이 정도면 되겠어?"

오소킨이 웃으며 대답했다.

"너무 많은데. 나한테 백 파운드만 줘. 그러면 2천 5백 프랑이 되겠군."

그는 수표를 써서 미국인에게 건네주었다.

미국인은 돈과 수표를 주머니에 넣고, 설탕이 섞인 압생트를 한 모금 마신 후 술잔을 들고 룰렛 테이블로 걸어갔다. 오소킨도 자리에서 일어나 그를 따라갔다.

45분 후, 오소킨은 수중에 남은 돈이 없었다.

"그 정도로는 충분하지 않을 거라고 내가 말했잖아. 좀 더 바꿔 줄까?"

노랑머리 미국인이 친절하게 말했다. 그는 오소킨 옆에 앉으면서 말했다.

"이 샴페인 좀 마셔 봐."

오소킨이 말했다.

"나한테 천 프랑만 더 줘. 잃은 돈을 되찾아야 해."

그러면서 다시 개인 수표를 썼다.

그는 마음속 깊은 곳에서는 바보짓을 하는 것이라고 느꼈다. 이미 워낙 큰돈을 잃어서 그 사실을 스스로 인정하기가 두려웠다. 노름을 계속하는 것은 미친 짓이었다. 오소킨은 일어나서 가야 한다는 것을 알지만, 그렇게 하지 않고 샴페인 두 잔을 마신 후 룰렛 판으로 돌아갔다.

그는 빨간색 칸에 백 프랑을 걸고 이겼다. 다시 백 프랑을 검은색 칸에 걸고 또 이겼다. 이렇게 되자 용기가 났다.

그가 혼잣말을 했다.

'다시 숫자에 걸어야 해. 잃은 돈을 되찾으면 왼쪽 주머니에 돈을 넣고 더 이상 손대지 않을 거야. 딴 돈으로만 게임을 할 거야.'

그는 한 번에 백 프랑을 숫자에 걸고 매번 돈을 잃었다. 10분 후 다시 수중에 남은 돈이 없었다.

그가 혼잣말로 중얼거렸다.

'가야 해.'

오소킨은 신선한 공기 속으로 나가고 싶었다. 이미 노름이 싫증났다. 샴페인, 위스키, 파이프 담배와 시가 연기 때문에 머리가 어지러웠다. 하지만 그런 거금을 잃은 것이 화가 났고, 이대로 갈 수도 없을 뿐더러 가지도 않겠다고 결심했다.

한 번 더 수표를 써서 현금으로 바꾸고, 룰렛 판에 앉아서 게임을 했다. 어느 순간 돈을 땄다가 잃고 다시 판돈이 부족해졌다. 그러다가 다시 돈을 땄다. 그러다가 상황이 더 나빠지고 오소킨은 판돈을 올렸다. 결국 한동안 꾸준히 돈을 잃은 후에야 도박판에서 일어섰다.

오소킨은 스스로에게 말했다.

'내가 어떤 상황인지 알아봐야만 해. 틀림없이 너무 멀리 나간 것 같아.'

그는 수표책을 꺼내어 수표를 발행한 금액을 더했다. 계산을 하면서 점점 한기가 들고 두려움이 밀려왔다. 어떤 결과일지 줄곧 알고 있으면서도.

오소킨이 중얼거렸다.

'이럴 수가! 이게 정말 사실이야?'

이제 그는 자신이 정확히 이렇게 되리라고 미리 예감했다는 것을 알았다.

수표책은 그에게 남은 전 재산이 고작 3백 프랑뿐임을 말해 주었다. 3만 프랑 넘게 잃은 것이다. 그것이 상속받은 데서 남은 전재산이었다. 그는 3백 프랑짜리 수표를 써서 룰렛 판으로 갔다.

"25."

그가 말했다.

볼이 돌아갔다.

판돈을 갖고 있는 왕자가 말했다.

"26. 누가 26에 걸었습니까?"

오소킨은 룰렛 판에서 빠져나왔다. 모두 게임에만 정신이 팔려 있었다. 아무도 그가 나가는 것을 알아차리지 못했다. 그는 모자를 찾아서 아파트에서 나갔다.

오소킨은 계단을 내려가 거리로 나섰다. 너무도 어처구니없는 일이 벌어져서 그의 인생 전체를 한 방에 바꿔 놓고 말았다. 믿고 싶지 않았다. 한편 이렇게 된 것이 사실이라는 것을 그는 알았다. 그가 이전의 인생에서 여러 차례 맞닥뜨렸던 진절머리 나고 소름 돋는 사실이었다. 거리며 집들이며 모든 것이 여전히 똑같아서 아직 실감 나진 않지만 내일이면 확연히 느껴질 것이다. 온갖 종류의 괴로움과 놀랄 일을 당해 본 사람의 육감으로 오소킨은 알았다. 자신을 속이려 하거나 이 사실을 깨닫는 것을 미루지 말고 정면으로 대응하는 편이 낫다는 것을.

그가 혼자 중얼거렸다.

'이렇게 될 줄 나는 알고 있었어. 하지만 이미 일이 일어났으니 약하게 굴거나 후회해서는 안 돼. 그게 중요한 거야. 그렇지 않으면 미쳐 버릴 거야. 과거에 나는 온갖 재앙들을 당하고도 살아남을 수 있었어. 이번 일에서 어떻게 살아남을지 보자구. 이 일은 내가 저질렀어. 바로 내 잘못이야. 그러니 나 스스로 이 일을 극복해야만 해. 아무도 이 일에 대해 알지 못할 거야. 밥 데일의 집에 모인 사람들은 내가 그렇게 큰돈을 잃은 줄 눈치도 못 챘을 걸. 룰렛 판에 50만 프랑 가까이 쌓여 있는데 그들에게 3만 프랑이 대수겠어? 그래, 룰루에게 멋진 브로치 한번 잘 사주게 생겼군! 이제 잘 생각해야 해. 요점은 내가 공부가 끝날 때까지 먹고 살 돈을 다 잃었다는 거야. 이곳을 떠나야만 하는 것은 확실해. 여기서 생활 방식을 바꿔 벌어먹고 사는 것은 불가능한 일이야. 그리고 내가 얼마를 벌수 있겠어? 그건 안 될 일이야. 미국이나 러시아로 가야만해. 가여운 룰루! 그녀는 무슨 일이 벌어졌는지도 모를 테고, 내가 3만 프랑을 잃었다고 말한들 믿지도 않을 거야. 룰루는 내가 그녀를 차 버리고 싶어 한다고 단순하게 생각하겠지. 그러면 심한 상처를 입을 거야. 그녀를 그렇게 만들 권리는 내게 없어. 룰루에게 둘러댈 거짓말을 만들어 내야만 해. 그리고 떠나는 것을 서두르면 서두를수록 더 좋아.'

숙소에 도착한 오소킨은 밤새도록 편지들을 찢고 짐을 꾸리고 메모들을 쓰면서 정리를 했다.

아침이 되자 모든 준비가 끝났다. 그는 죽을 정도로 피곤해서 옷도 벗지 않은 채 소파에 누워 잠이 들었다.

3시간 후쯤 잠이 깬 그는 얼른 일어나 소파에 앉았다. 모든 것이 기억났다. 마음을 굳게 먹어야 한다는 결심도 떠올랐다. 예상치 못한 재앙을 당한 후 현실을 깨닫는 무서운 순간에 '하지만 이건 사실이 아닐 거야. 설마 이런 일이 실제로 일어나진 않았겠지?' 하고 묻는 나약한 인간이 되면 안 된다는 것도 기억났다.

'맞아.'

오소킨은 전날 밤 시작한 대화를 계속 이어 가기라도 하는 것처럼 자신에게 말했다.

'난 오늘 반드시 떠나야 해. 내일까지 머문다면 내가 나한테 총을 쏠 거야. 가여운 룰루! 하지만 노란 보석들이 박힌 브로치는 결국 갖게 될 거야. 집에 2천 프랑을 놔둬서 얼마나 다행인지! 이제 보니 제법 큰돈 같네. 난 모스크바로 갈 거고 그다음에는 두고 봐야지…… 이 일이 이렇게 별것 아니게 느껴지다니 얼마나 이상한가! 어젯밤에는 잠자리에 드는 것이 두려웠지. 잠에서 깨어 모든 일이 기억나면 내가 미칠 거라고 생각했었지. 그런데 이제 이렇게 될 수밖에 없었다는 느낌이 드는군. 하지만 한 가지가 있어. 여기서 가능한 한 서둘러 떠나야 한다는 거야. 미루는 것은 너무 마음 아픈 일이야. 가야 한다면 가야 하는 거지! 분명히 이건 운명이야. 내가 이렇게 될 전조를 느꼈다는 것을 이제 알겠어. 이렇게 될지 미리 알고 있었다는 것을. 이것은 더 이상 발레리를 만나지 못한다는 것을 의미하지. 얼마나 이상한가! 이제 거의 안타까울 정도야. 우리가 어떤 관계가 될 수도 있었을 텐데. 그녀를 만나면 언제나 즐거웠고 서로 할 얘기가 많았지. 나는 그녀를 비웃었지만 실제로는 내가 생각한 것보다 그녀에게 훨씬 관심이 많았어. 그러니 내가 그녀에게 잘하지 못한 거야. 그녀는 언제나 너무 냉정해 보였지만 그건 자신을 잘 모르기 때문일 거야. 일깨워 주기만 하면 될 텐데.

그러나 이젠 상관없어. 모든 것이 이미 옛날이야기니까. 발레리, 룰루, 파리 전체가 현실이 아니게 되어 버렸어. 마치 내가 꿈을 꾸었고 지금 깨어난 것 같아. 그것들이 더이상 존재하지 않는 것 같아. 하지만 대신 또 다른 꿈들이 모습을 드러내고 있어. 다시 마법사가 보이고, 우리가나눈 대화들이 기억이 나. 이제 그것이 매우 현실적으로, 어제 벌어진 일보다 훨씬 실제처럼 보여. 자, 철학은 그만하고! 어떻게 할지 결정해야 해. 우선 내가 가서 룰루를 만날 용기가 있을까? 아니면 그녀에게 편지를 쓸까? 아니, 만나 봐야만 해. 이렇게 말해야지. 전보를 받았는데 숙부가 곧 돌아가시게 생겨서 내가 당장 러시아로 가 봐야 한다고.

룰루 생각을 하니 몹시 불행한 기분이 들기 시작하는군. 이미 기차에 타고 있으면 좋을 것. 언제쯤 나 자신에게 이런 일들을 저지르는 것을 중단하게 될까? 나처럼 자기 인생을 거꾸로 처박은 위인은 어디에도 없을 거야. 늘 그 모양 그 꼴이지. 하지만 얼마나 이상한가! 또다시 이 모든 일이 전에도 일어났었다는 느낌이 들어. 그리고 모스크바를 생각하니 새롭고 알지 못하는 무엇인가가 나를 그곳으로 끌어당기는 느낌이야. 어제 발레리와 헤어지면서 무슨 이유에선지, 이것이 마지막 만남이라면 무슨 말을 할 것인가 하고 나 자신에게 물었었지. 분명히 내 안 깊은 곳에서는 내가 또다시 모든 걸 망치리라는 걸 인식하고 있었어……. 심지어 밥 데일의 아파트에 가고 싶지 않았는데도 내 운을 시험해 보고 싶었던 거지. 지난 몇 년간 모든 일이 너무 순조롭게 돌아가서 지루해지기 시작했어. 그래, 난 시험해 봤어. 이제 또다시 모든 것을 처음부터 시작해야만 해. 그런데 어디서 시작해야 되는지조차 모르겠어. 아, 모스크바행 기차표와 룰루에게 줄 브로치

를 사는 것에서 시작해야겠어!'

그는 소파에서 일어나 주위를 둘러보았다. 그런 다음
외투를 입고 밖으로 나갔다.

지나이다

18개월 후, 오소킨은 모스크 바에서 살고 있었다. 처음에는 돈을 좀 벌어서 파리로 돌아가고 싶었지만 사정이 잘 풀리지 않아서 결국 하루 벌어 하루 살게 되었다. 어떤 때는 모종의 변화가 저절로 일어나기를 기대했지만 어떤 때는 그 무엇도 기대하는 것을 포기했다. 프랑스어 가르치는 일을 해 보려고도 했고 나중에는 번역 일감도 구했다. 그러다가 파리의 유명 펜싱 학교에서 전도유망한 학생으로 대접받던 기억이 나서 펜싱 교습을 하기 시작했다.

시를 썼지만 시집을 출간할 엄두는 내지 못했다. 무엇

보다도 아주 먼 곳으로 가는 꿈을 꾸었다. 오스트레일리아나 뉴질랜드로 가서 새롭게 인생을 시작하는 것을 꿈꾸었다.

어느 날 오소킨은 거리에서 군사학교 시절의 친구 크루티츠키를 만났다. 그는 여름 한 철을 지내는 시골 별장으로 오소킨을 초대했다. 크루티츠키는 이제 사관학교에 가려고 공부하는 장교였다. 그는 대단히 성공적인 결혼을 했다. 그 별장에서 오소킨은 크루티츠키의 누이동생을 소개받았다. 그녀는 7년 동안 이탈리아에서 살다가 막 귀국했다.

오소킨은 크루티츠키의 별장에 가기 전부터 그곳에서 지나이다 크루티츠키를 만나리란 것을 알았다. 그는 무슨 이유에선지 그 만남에 큰 기대를 가졌다. 군사학교에 다닐 때 그녀에 대한 이야기를 많이 들었고, 사진을 봐서 그녀를 잘 알았다.

그러나 실제로 만나자 모든 것이 매우 평범하게 흘러갔다. 두 사람은 사소한 것들에 대해 대화하고 오소킨은 특별한 인상을 받지 못했다. 그의 눈에 지나이다는 사교계 처녀 같았고, 결혼을 잘 할 운명으로 보였다. 그녀는 자기 자신에게 집중하면서 오소킨은 이해되지 않는 인위적인 일들, 자선기금 모금을 위한 아마추어 연극이나 음악계의 유명 인사가 여는 개인 음악회 같은 것들에 관심을 갖고 살았다. 그녀의 얼굴까지도 그의 마음을 강하게 끌지 못했다. 표정이 없고 지루한 얼굴이었다.

집으로 돌아가는 길에 오소킨은 혼자 중얼거렸다.

'이상한 일이야! 군사학교 시절에는 무엇이든 크루티츠키의 여동생에 관련된 이야기라면 난 몹시 흥분했었어. 마치 과거에 그녀를 알았던 것 같았어. 그녀의 사진들을 보고 또 그녀에 대한 이야기를 들으면서 그녀와 거의 사랑에 빠졌지. 그녀는 마법사와 내 전생에 관한 환상들과 관계가 있었어. 난 어떻게 그녀를 만날까에 대한 꿈을 꾸는 것이 좋았어. 그런데 이제 그녀를 만나고 보니 아무런 공통점도 가질 수 없다고 느껴지는군. 그녀는 내 삶에 대해 아무것도 이해하지 못할 거야. 그들은 편안하게 사는 사람들이지. 특히 크루티츠키와 그의 아내는……. 사실 내가 이 만남에서 색다른 것을 기대했다는 것이 어처구니없는 일이야. 우리는 서로 완전히 동떨어진 세상에 살고 있어. 난 분명하게 결정해야만 해. 6개월 동안 일을 해서 돈을 모아 떠날 거야. 여기서는 내가 할 일이 아무것도 없어.'

1주일 후, 오소킨은 시내에 혼자 있는 것이 답답해서

다시 크루티츠키를 만나러 갔다. 집에는 지나이다 혼자 있었다. 크루티츠키와 아내는 친척들을 만나러 다른 시골 집에 가서 다음 날까지는 돌아오지 않을 것이라고 했다.

무슨 이유에선지 그 말을 듣자 오소킨은 무척 기분이 좋았다. 지나이다는 프랑스 소설책을 들고 베란다에 있었고, 그녀 역시 그를 보자 반기는 기색이 역력했다. 하지만 대화는 늘어지고 부담스러웠다. 오소킨은 지나이다의 말에 적절하게 대응하지 못하는 자신이 짜증스러웠다. 화제마다 세 마디만 오가면 저절로 대화가 끊겼다.

오랜 침묵이 흐른 끝에 지나이다가 말했다.

"우리 산책이나 나가요. 이 집과 정원이 저를 졸리게 만드네요."

이날 지나이다는 오소킨의 눈에 이전과는 달라 보였지만, 그는 아직도 그녀를 제대로 파악하지 못했다. 그녀는 매우 여성스러웠다. 동시에 생각이 다른 데 가 있는 분위기를 풍겼다. 그녀는 나이보다 노숙해 보였다. 파리한 얼굴은 처음 보면 윤곽선이 또렷하지 않은 것 같았다. 하지만 오래 보고 있으면 마치 베일 아래로 곱고 단아한 이목구비가 드러나는 것 같았다. 동작이 느긋해서, 그녀 안에는 동양 여성의 모습을 연상시키는 면모가 있었다. 타타르 족(우랄산맥 서쪽, 볼가 강 유역에 사는 투르크 어족) 후손다

왔다. 가장 멋진 것은 그녀의 눈이었다. 아주 크지는 않지만 검고, 때로는 벨벳 같고, 때로는 투명했다. 눈빛이 지속적으로 변하고, 가끔 불꽃 열 두어 개가 튀는 것 같지만 지금은 거의 자는 것 같았다. 오소킨은 그 눈에 분명히 수많은 다른 표정들이 담겨 있을 것이라고 생각했고, 벌써부터 호기심이 일었다.

두 사람은 작은 소나무 숲을 나란히 걸었다. 오소킨은 지나이다의 모든 것을 관찰했다.

그녀는 나름대로 개성 있는 스타일의 옷을 입고 있었다. 옅은 중국 비단에 레이스가 많이 달린 헐렁한 드레스를 입고, 진주 단추들이 달린 구릿빛 구두를 신었다. 양산을 들고 왔고, 노란 스카프로 머리를 감싸 햇빛을 가렸다. 향수는 뿌리지 않았다.

그녀의 옆모습, 그녀의 눈, 특히 그녀의 입이 점점 오소킨의 시선을 끌었다.

두 사람은 배들이 있는 강에 도착했다. 오소킨은 지나이다를 부축해 배에 태우고, 노를 저어 나무 그늘이 드리워진 강을 거슬러 올라갔다.

오소킨은 자신도 예상하지 못한 말을 했다.

"군사학교에 다니던 시절 내가 당신한테 반했다는 것을 알아? 그런데 실제 모습과 아주 다르게 상상했지."

"흥미로운 얘기네요. 그때는 나를 어떻게 상상했는데요?"

지나이다가 웃으면서 말했다.

"모르겠어⋯⋯. 정확히 설명하기는 어렵지만 어떤 면에서 달랐어. 또 그전부터, 당신 오빠의 집에서 당신 사진을 보기 오래전부터 당신을 알았던 것 같기도 했어. 그것은 내 전생과 관련된 매우 복잡한 꿈과 환상들, 내가 꿈에서 봤다고 믿는 마법사와 관련이 있었어. 그 마법사는 내 미래를 예언했어. 어떤 면에서 당신이 그것과 관계가 있어. 당신 사진을 봤을 때 마법사가 말한 사람이 당신이라는 확신이 생겼다는 뜻이야."

"그런데 그가 정확히 뭐라고 말했나요?"

"믿어지지 않겠지만 그가 한 말을 잊어버렸어. 단지 '일어날 일은 모두 전에 일어났던 일이다'라는 것만은 기억해."

지나이다가 물었다.

"왜 마법사들은 그런 이해할 수 없는 이야기를 할까요? 그 사람은 어떤 종류의 마법사였어요? 그를 꿈에서 봤다고 했나요?"

오소킨이 말했다.

"어쩌면 꿈이었고, 어쩌면 현실이었고, 어쩌면 내가 그를 꾸며서 만들어 냈는지도. 잘 모르겠어."

"물론 당신은 시인이니까요. 당신이 몇 편의 아름다운 시를 썼다는 말을 들은 적이 있어요. 지난번에 왔을 때 왜 시를 낭송하려 하지 않았죠?"

"난 공개 석상에선 낭송하지 않아. 모르는 사람들 앞에서는 안 읽는다는 뜻이야. 내 시와 어울리지 않는, 혹은 그럴 것처럼 보이는 사람이 단 한 명만 있어도 시를 낭송하는 것이 불가능해. 모든 것이 사라질 테니까 낭송이 의미가 없어."

"그럼 지난번에는 누가 당신 마음에 걸렸나요? 혹시 저였나요?"

"아니, 당신은 아니었어."

오소킨이 웃으며 말했다. 지나이다를 바라보면서 그는 그녀의 눈과 얼굴 전체가 얼마나 변화하고 있는지 알아차렸다.

그가 말을 이었다.

"그곳에 모인 몇몇이 다른 혹성에 사는 사람들처럼 보이는 게 문제였어. 예를 들어 당신의 오빠를 봐. 나는 그 친구를 무척 좋아하지만, 그는 '저 너머의 세계에서 받은 영감' 같은 것은 단순히 허세 부리는 헛소리에 불과하다고 믿거든. 사실 지구가 내 시를 위해 존재할 필요는 없어.

하지만 내가 이런 말을 당신 오빠에게 하면 그는 내가 독창적으로 보이고 싶은 욕망에 일부러 헛소리를 해 댄다고 생각할 거야."

지나이다가 말했다.

"맞아요, 아마 오빠는 그럴 거예요. 당신의 강한 의지가 부럽네요. 나는 모든 사람과 모든 것에 대해 말할 수는 없다고 느끼면서도 자제하지 못하는 때가 있거든요. 저한테 시를 읽어 줄래요?"

"나중엔 언젠가 그렇게 할게. 내 시에는 늘 내 모습이 너무 많이 들어 있기 때문에, 당신은 먼저 나를 알아야만 해. 나는 그래야 한다고 생각해. 난 한 줄짜리 시를 무척 좋아하지만—일부 로마 시인들은 그런 시들을 썼지—그 시를 쓴 사람을 모르면 그 시의 세계를 이해하기 어렵지."

오소킨은 한동안 침묵 속에 노를 저었다.

지나이다가 말했다.

"저 역시 당신을 오랫동안 알았어요. 적어도 당신에 대해 많이 들었어요."

"나에 대해 어떤 말을 들었지?"

"군사학교 재학 시절 당신이 매우 흥미로운 모험을 했고, 결과적으로 아슈하바트(중앙아시아에 있는 국가 투르크메니스탄의 수도)의 어딘가로 가게 되었다고 들었어요. 그게 사실인가요?"

오소킨이 웃으며 대답했다.

"물론 사실이지. 다만 훨씬 더 먼 곳이었어. 하지만 아주 오래전 일이야."

"오래전이라는 게 무슨 의미가 있어요? 일어났던 일이 다시 일어날 거라면서요."

"마법사는 그런 뜻이 아니었을 거야."

오소킨이 다시 웃으며 말했다.

"그러면 그는 무슨 뜻으로 말한 거죠?"

"그의 말은 미래는 이미 일어났고, 아무것도 실제로 존재하지 않으며 모든 것이 꿈이고 신기루라는 뜻이었다고 난 생각해. 가끔 이것이 매우 분명하게 이해가 돼. 당신은 이 모든 것이 비현실적으로 느껴지지 않아?"

오소킨은 손으로 주위 풍경을 가리키며 말을 이었다.

"숲, 물, 하늘…… 아무것도 존재하지 않아. 모든 것이 투명해져 버렸다는, 말하자면 어느 순간에 사라질지 모른다고 느끼는 날들이 있었어. 단지 이런 것이지. 주변의 모든 것을 보면 그것들이 존재한다고 생각하지. 그러나 눈을 감았다가 뜨면 아무것도 없어.

파리에 가서 얼마 안 되었을 때 하루는 노트르담 대성당에 가서 남쪽 타워로 올라갔어. 평소 사람들의 입장이

허용되지 않는 지역이지. 거기 꼭대기에서 혼자 하루 종일 보냈어. 계속 즉흥적으로 시를 짓고 그것들을 종이에 적어 내려갔지. 나는 시 속에서 사람들이 사라졌다고 상상했어…… 사람들이 모두 사라진 지 여러 해가 지났고 나는 노트르담 성당의 탑에서 텅 빈 파리를 내려다보고 있는 것이지. 괴물 석상(교회 등의 건물에서 홈통 주둥이로 쓰는 괴물 모양의 조형물)들도 나와 함께 아래를 보고 있고…… 남아 있는 사람은 없어. 사람들은 오래전, 그러니까 2, 3백 년 전에 사라져 버렸어. 다리마다 풀이 무성하게 자라고 어떤 부분들은 주저앉기 시작하고 있어. 강변 길이 무너지고 아스팔트가 갈라지고, 틈새로 초록빛 덤불과 나무들이 자라고 있지. 창틀들은 바람에 부서지거나 내려앉아 버렸어. 그리고 노트르담 성당은 우뚝 서서 파리의 과거를 회상해. 괴물 석상들은 다시는 존재하지 않을, 그들이 봤던 것들에 대해 서로 이야기하고. 그런데 갑자기 그들은 아무것도 없었다는 것을, 그들 자신이 존재하지 않는다는 것을, 아무것도 존재하지 않는다는 것을 알아차리지. 이것을 이해한 순간 괴물 석상들은 사람들과 삶을 다시 예전 그대로 보게 돼. 파리가 다시 평범한 파리가 되는 거야. 그런데 이제 괴물 석상들은 사람들도, 그들의 삶도, 대성당도 실제로 존재하지 않는다는 것을 분명히 알아. 괴물 석상들 자신도 존재하지 않는다는 것을…… 이런 구절들을 적어 두었지만 나중에 잃어버렸어. 그래서 지금 그것들 역시 존재하지 않아."

지나이다는 한기라도 드는 듯 몸을 떨었다.

그녀가 말했다.

"당신은 나로 하여금 아무것도 존재하지 않는다고 느끼게 만드는군요. 하지만 어떻게 그런 구절들을 잃어버릴 수가 있죠? 기억나지 않아요?"

"아무것도 기억나지 않아. 다만 괴물 석상들이 오랫동안 말하기를 거부하다가 이상하고 이해하지 못할 말을 했다는 것만 기억나."

두 사람은 한동안 침묵을 지켰다. 그러다가 지나이다가 이탈리아에 대해 이야기하기 시작했다.

오소킨은 귀 기울여 들었다. 문득 곧 그들이 돌아가야 한다는 생각이 머리를 스치고, 가슴에서 기이한 통증이 느껴졌다. 이 시간이 영원히 끝나지 않으면 좋으련만. 강위의 느린 움직임, 흔들리는 배, 철썩이는 물결, 이 화제에서 저 화제로 넘어가는 대화. 다른 사람들 속에서는, 다른 환경에서는 지나이다도 다른 모습이리라는 것을 오소킨은 무심결에 느꼈다. 그녀는 다시 낯선 사람이 될 것이다. 반면에 여기서는 놀랄 만치 그와 가까이 있었다. 나무 그늘이 드리워진 강에 있으니 정말 기분이 좋았다. 지나이다가 자신에 대한 이야기를 하게 만들고 싶었다.

"그래서 외국에서는 청혼자들이 많았어?"

오소킨이 물었다.

"많았죠."

지나이다는 웃으면서 대답하고 덧붙였다.

"하지만 하나같이 비현실적이었어요."

"현실적인 청혼자와 비현실적인 청혼자 사이에는 어떤 차이가 있지?"

"현실적인 청혼자들은 나 역시 좋아하거나, 아무튼 내가 같이 있고 싶은 사람들이죠. 그쪽에서만 나를 좋아해서 나와 같이 있고 싶어 하는 사람들이 아니라……. 이해가 되나요?"

"그러면 당신이 별로 보고 싶지 않다면 그 청혼자들은 비현실적이겠군. 그 정도로 형편없었어?"

"네, 확실히 그랬죠. 당신이 여자라면 프러포즈 받는 것이 어떤 의미인지 알 텐데요. 몹시 불쾌한 일이에요. 남자들은 이 감정을 몰라요. 프로포즈를 반기는 여자들이 많지만 나는 아니에요. 어느 남자한테 다정하게 굴고 그에 대한 반감이 전혀 없을 수도 있어요. 그 사람과 승마를 하러 가고 춤을 추고 웃고 떠들 수도 있어요. 하지만 이런 일에서 남자는 나름의 결론들을 내리고, 그 결론들은 내 마음에 들지 않지요. 그러다가 어느 화창한 날 나는 이 남자가 벌써 나에 대한 계획 몇 가지를 세워 놓았고 그걸 밝힐 기회만 노리고 있다는 걸 알아차리죠. 그러면 나와 그 남자 사이에 힘겨루기가 시작되는 거예요. 나는 그가 그 계획들을 내게 밝히는 것을 막으려고 안간힘을 쓰죠. 때로는 아주 우스꽝스러운 상황이 될 수도 있어요……. 힘겨루기는 계속 되죠. 모든 남자가 나를 무시하고 앞으로 나아갈 만큼 충분한 자기 확신이나 자기 신념이 있는 것은 아니에요. 대부분의 남자들은 감상적인 분위기에 빠져야만 마음을 드러내죠. 그런 상태가 아니면 그들은 말을 꺼낼 수가 없어요. 그래서 나는 신중하게 감상적인 분위기를 피하고, 한동안은 성공하죠. 가끔 대화 중에 적절한 말투로 위험을 피해 가기도 하고요. 하지만 조만간 운이 나쁜 순간에 나는 붙들려서 그가 나를 위해 마련한 휘황찬란한 계획들과 의도들을 알게 되죠. 그러면 가장 불쾌한 부분에 맞닥뜨리는 거예요. 우선 내가 자신의 계획들을 못마땅해하면 어떤 남자들은 정말로 놀라죠. 그들은 왜 그러는지 이해하지 못해요. 그들은 오해가 있다고 여겨요. 나한테 계획을 더 분명하게 설명하면 오해는 사라질 거라고 생각하는 거예요. 그래서 계획을 설명하기 시작하죠. 그들은 자기들이 얼마나 멋지고 훌륭하게 모든 걸 생각해 두었는지 내가 제대로 모른다고 믿어요. 결국 내가 그들이 준비한 관대한 계획들을 고맙게 받아들이지 않으면, 그들은 내가 까맣게 잊은, 과거에 내가 한 말들을 들먹이죠. 나는 그 말들을 할 때 전혀 다른 의도였는데도 말예요. 그들은 그들이 세운 계획이 실은 내 아이디어였다고 주장해요. 그 제안을 한 사람은 바로 나였다는 거예요. 정말 끔찍해요!"

"당신은 그런 일을 아주 많이 당한 것 같군. 당신은 늘 그렇게 남자들에게 냉담했어?"

"왜 그런 것에 관심을 갖죠?"

"사람들은 거의 이해하지 못하는 한 가지를 나는 이해하기 때문이지."

오소킨이 말했다.

"그게 뭔데요?"

"나는 똑똑하고 매력적인 여자가 사랑에 빠질 수 있는, 사랑에 빠질 만한 가치가 있는 남자를 만나기가 얼마나 어려운지 이해해. 매력적인 남자보다 매력적인 여자가 더 많다는 것이 내 견해이지. 또 내가 여자라면 관심을 가질 만한 남자를 찾기가 어려울 거라는 생각을 자주 해."

"그건 왜죠?"

"모르겠어. 하지만 그런 느낌이 들어. 내가 아는 모든 남자들 중, 내가 여자라면 관심을 가질 만한 남자는 한 명도 없거든. 내게 누이동생이 있다면 내 친구들이나 내가 만나는 사람들 중 누구와도 결혼하기를 바라지 않을 거라는 생각이 들 때도 있어."

"참 특이하네요."

지나이다가 웃으며 말했다. 그녀가 말을 이었다.

"남자들은 보통 자기들의 우월함을 대단히 확신하는데 말예요."

"난 그렇지 않아. 나는 여자들이 남자들보다 높은 계급에 속한다고 여겨. 또 그 이유는 쉽게 이해할 수 있어. 수천 년간 여자들은 특권이 있는 지위를 누리고 살았으니까."

"특권이 있는 지위라고요! 내 영국인 친구 두 명이 그것에 대해 뭐라고 말할지 상상이 되고도 남네요. 그들은 남자들이 여자들을 노예로 삼았고, 겨우 최근에야 여자들이 자유를 얻기 시작했다고 말할 거예요."

"당신의 친구들이 뭐라고 말할지는 나도 짐작할 수 있지만, 그래도 나는 내 견해를 주장하겠어. 여자들은 인생에서 특권이 있는 지위를 차지하지. 물론 다소 문명화된 국가들에서 교육받은 계층의 여자들을 의미하지만. 수천

넌간 여자들은 전쟁에서 실질적인 역할을 하지 않았고 정치나 공직과도 거의 관련이 없었어. 이런 면에서 여자들은 인생의 가장 부패하고 범죄적인 측면들을 피해 왔어. 이것만으로도 여자들은 남자들보다 더 자유로워. 물론 다른 부류의 여자들도 있지. 의심할 여지 없이 현대의 여성들은 자기 계층에서 벗어나기 위해 모든 일을 다 하고 있어. 하지만 이렇게 말한다고 해서 내가 여자들을 있는 그대로 열렬히 지지한다고 결론 내리지는 말아 줘."

오소킨이 웃으면서 덧붙였다.

"나는 여성들에게 분별력이 부족하다고 생각해. 중요한 의무, 즉 선택이라는 의무를 본능에 맡기며 살아왔으니까. 이 말은 생물학적인 의미가 아니라 심미적이고 도덕적인 의미에서 그렇다는 뜻이야. 그들은 보잘것없는 남자들로 만족해서 이 의무를 형편없이 수행하지. 여자의 주된 죄는 충분히 까다롭게 선택하지 않는 것이고, 종종 전혀 까다롭지 않다는 것이지."

지나이다가 말했다.

"당신의 여러 가지 이야기가 마음에 들어요. 그것들에 대해 더 생각해 봐야겠지만요. 그래요, 그럼 당신이 만난 여자들은 까다로웠나요, 까다롭지 않았나요?"

"충분히 까다로운 여자는 아직까지 한 명도 못 만나 본 것 같은데."

오소킨이 대답했다.

"그러면 그런 사람을 만나고 싶은가요?"

"무척 원해."

"그렇다니 기쁘네요. 그리고 여자들이 충분히 까다롭지 않다는 견해에 나도 많이 동감해요. 그들은 자신을 너무 값싸게 넘기죠."

지나이다가 말했다.

"그건 위험한 발언인데."

오소킨이 말하고 다시 웃었다. 그가 덧붙였다.

"그 말은 쉽게 오해받을 수 있어. 나는 여자들의 실질적인 이익의 관점에서 말하는 게 아니야. 여자가 '자신'을 위해 요구한다면 그건 저속할 뿐이야. 이런 종류의 요구는 어떤 형태이든 간에 충분하고도 남을 만큼 많아. 나는 다른 것에 대해 말하는 거야. 여자들은 '그 남자 자신을 위해' 남자에게 충분히 요구하지 않는다는 거야."

"여자에게는 자신을 위해 많이 요구할 권리가 없나요?"

"그건 다른 질문이야. 나는 그것에는 관심을 가져 본 적이 없어."

오소킨이 말했다.

그들은 침묵 속에 배를 타고 느릿느릿 물결을 따라 선

착장을 향해 떠갔다. 두 사람이 다시 소나무 숲을 지나고 집에 가까워지자 오소킨은 작별 인사를 했다. 지나이다가 다음과 같이 말했을 때 그는 깜짝 놀랐다.

"내일 시내에 있을 거예요. 당신이 할 일이 없다면 우리가 만나도 좋겠네요. 3시쯤 오빠네 아파트로 오세요. 그때까지 내가 해야 할 일을 다 끝낼게요."

저녁. 오소킨은 집으로 가고 있었다. 열차에 앉아서 창밖으로 휙휙 지나는 들판을 바라보았다. 그는 미소를 지었다. 전에 없이 기분이 들떴다.

그는 생각했다.

'우리가 나누지 않은 이야기가 뭐지? 그녀는 정말 사랑스러워. 그리고 내가 오래전부터 상상한 그대로야. 전에 난 그녀를 잘 알았는데, 첫 만남에서는 그렇게 달라 보였던 게 믿을 수가 없어. 난 오늘처럼 오래 대화해 본 적이 없어. 내일 그녀를 만나다니 얼마나 잘됐는지 몰라. 물론 그 만남으로 무엇이 이루어질 순 없다는 걸 알아. 겨울이나, 아무리 늦어도 이른 봄이면 나는 떠날 테니까. 그래도 신비로운 지나이다를 만난 것은 좋은 일이야. 그녀만큼 내가 꿈에 그린 여자는 없었어. 이 모든 꿈은 그녀의 사진들을 보고 그녀에 대해 들은 데서 비롯된 거야. 매우 흥미로운 일이야. 아, 내일 우리의 만남이 어떻게 될지 두고 봐야지. 지나이다가 직접 만나자고 제안한 게 마음에 들어. 그녀는 확실히 매혹적인 여자야. 발레리만큼 총명하고, 룰루를 열 명 합한 것만큼 상상력이 풍부하지. 그래, 내가 지나이다를 만난 것은 잘된 일이야. 적어도 모스크바를 기억할 무엇인가가 생긴 셈이니까……'

필연

2주 후. 오소킨은 강변 공원에서 지나이다를 기다리고 있었다. 그는 담배를 피우며 오솔길을 서성였다. 그가 혼자서 말했다.

'이 모든 일들이 얼마나 이상한가! 이런 경험은 해 본 적이 없어. 이것이 무엇인지 모르겠어. 사랑인지 그 비슷한 것인지. 나는 지나이다를 만나는 게 좋고, 그녀와 대화하는 게 좋아. 남학생처럼 매일 여기서 그녀를 기다리고, 우리는 강에서 뱃놀이를 하지. 이제 하루라도 거르면 무척 힘들 거야. 처음 그녀를 봤을 때는 스타일이든, 여성으로서의 그녀 자신이든 분명히 내 마음에 들지 않았어.

나중에는 정반대로 그녀가 좋아지기 시작했어. 하지만 그녀에 대한 나의 태도에는 사적인 부분은 없어. 이것은 내가 책에서 읽거나 들어 본 어떤 것과도 다르고, 정말이지 나답지 않아. 동시에 나는 이 만남들에는 속편이 없다는 걸 알아. 나는 떠나야 하니까. 그것은 피할 수 없는 일이야. 여기 머물러 봤자 난 아무것도 얻지 못해. 지나이다를 깊이 아는 것이 좋긴 하지만, 인생은 곧 그것에 종지부를 찍을 거야. 지난 2주 동안 내가 한가했던 것은 완전한 우연이지. 여기 올 만큼의 돈이 있었던 것도 그렇고. 하지만 다음 주에 내가 뭘 할지는 전혀 알 수 없어. 물론 지나이다는 이런 사정을 이해하거나 알아차리지 못해…….'

그는 몸을 돌려서 큰길을 바라보았다.

'그런데 지나이다는 왜 안 오지? 벌써 1시고 그 가족은 12시에 점심 식사를 하는데. 그래, 1년 후 이곳의 모든 상황은 지금과 똑같을 거야. 그녀는 이 거리를 똑같이 걷고 있을 거야. 나는 더 이상 여기 없을 것이고. 나는 어디에 있게 될까? 상상하기도 어렵군.'

다시 1주일 후. 오소킨과 지나이다는 공원을 걷고 있었다. 오솔길에는 벌써 노란 낙엽이 뒹굴었다.

"곧 오스트레일리아에 갈 건가요?"

지나이다가 미소 지은 얼굴로 오소킨을 쳐다보면서 물었다.

오소킨이 대답했다.

"내가 아무 데도 안 간다는 걸 알잖아."

지나이다는 웃으면서 그의 옷소매를 잡았다.

그녀가 말했다.

"난 당신을 용서하지 않을 거예요. 당신이 오스트레일리아 이야기로 날 얼마나 화나게 했는지 분명히 알아야 해요! 가끔 난 당신을 때려 주고 싶었어요. 남자들은 가끔 말할 수 없이 멍청해요. 여자가 한 남자를 매일 만날 마음의 준비가 되어 있다면, 거의 모든 시간을 함께하면서 그와 만날 여러 가지 이유들을 만들어 낸다면 그것은 그녀가 그에게 관심이 있다는 단순한 증거예요. 그런데 이 모든 것에 대한 응답으로 나는 오스트레일리아에 갈 계획이나 들었다구요! 나는 당신과 같이 있으면 즐거웠어요…… 하지만 이제 나한테 오스트레일리아 이야기를 해 봐요."

오소킨이 그녀의 손을 잡으며 말했다.

"내가 그 모든 말을 하는 것이 얼마나 힘들었는지 당신이 이해해 줘야만 해."

"그렇게 힘들다면 왜 그런 말을 했어요?"

"피할 수 없는 일이라고 생각했지. 상황이 저절로 그런 식으로 굴러가서 다른 것은 생각할 수가 없었어. 또 그것은 당신을 만나기 오래전에 결정된 계획이고."

"하지만 난 어리석게도 당신이 나를 만났으니 계획의 일부를 바꿀 것이라고 예상했어요. 그게 아닌데. 당신은 그런 생각은 떠올리지도 않는데 말예요. 그래서 결국 나는 직접 내 입장을 당신에게 설명하는 어려움을 감수해야 했어요. 당신은 무슨 말로 변명할 수 있겠어요?"

"난 아무 할 말이 없어."

오소킨이 말했다.

"하지만 당신의 상황은 어떻게 하죠? 상황들이 당신으로 하여금 오스트레일리아에 가는 것을 불가피하게 만든다면서요. 그런데 상황들이 바뀌었나요?"

"상황들이 바뀐 게 아니라, 단지 상황들이 의미를 잃은 것뿐이지. 나는 지금처럼 동화의 세계를 가깝게 느낀 적이 없어. 그리고 그런 기분을 느낄 때면, 앞으로는 모든 것이 다르고 내가 생각했던 것과는 다를 것 같아."

"당신이 오스트레일리아에 가지 않고 여기 남는다고 가정해 봐요. 당신의 계획 속에 내 자리가 있는지 아닌지 알고 싶어요."

오소킨이 갑자기 그녀를 끌어안고 입을 맞추었다.

"뭐 하는 짓이에요! 당신, 미쳤어요?"

지나이다가 그의 품에서 빠져나와 머리를 매만졌다. 그녀는 몹시 화나고 겁이 났다. 그녀가 말했다.

"여기서는 언제라도 사람들 눈에 띌 수 있단 말예요."

"볼 테면 보라지! 당신이 오스트레일리아를 입에 올릴 때마다 난 키스할 거야. 정말이야."

"그래요? 잘됐네요! 당신은 이제 용감해졌군요. 1주일 전에는 자신이 어땠는지 기억나요? 당신은 내 손을 만지는 것도 두려워했어요. 이제는 하긴 힘든 역할은 모두 내가 감당했으니까, 내가 먼저 내 마음을 고백했으니까, 당신은 아주 쉽게 용기를 낼 수 있겠죠. 확실히 이제 칼자루는 당신이 쥐고 있어요. 언제나 이렇게 되죠. 우리 여자들은 늘 솔직하고 순수하게 마음을 내보이고는 대가를 치르죠. 하지만 난 당신에게 벌을 줄 작정이에요. 우리가 집에 도착하면 난 계속해서 오스트레일리아 이야기를 할 것이고, 당신은 맹세를 지키려면 계속 나한테 키스해야 할 거예요."

지나이다가 웃음을 터뜨리며 말을 이었다.

"당신이 내게 키스하는 것을 보면 어머니가 어떤 표정을 지을 지 상상이 되네요! 작은 강아지를 데리고 온 부인도 그 자리에 있을 테고, 이 동네에 사는 젊은 처녀 두 명도 나를 만나러 올 텐데…… 당신, 그래도 상관없겠어요? 얼마나 쉽게 곤란한 상황에 빠질 수 있는지, 당신의 장담이 무슨 의미가 있는지 보라구요!"

그녀의 눈이 천 개의 불꽃으로 반짝였다. 오소킨을 바라보며 그녀가 계속해서 말했다.

"그것이 첫 번째 문제이고, 이제 두 번째 문제가 있어요. 이 화창한 날 내가 당신의 점잖은 행동을 망치지 않았다면 우린 언제까지 시와 아르누보(19세기 말에서 20세기 초에 프랑스에서 일어난 건축, 미술 등의 새로운 예술 양식)에 대해 계속 이야기했을지 궁금하군요. 흔히 당신들 남자들은 더 강한 종으로 여겨지지만 우리 여자들이 없으면 당신들이 무엇을 할 수 있겠어요? 왜 내 눈을 들여다보죠? 아뇨, 용기를 보이지 말아요. 주택가가 가까워지고 있어요…… 우리, 진지하게 대화해요. 난 아직도 당신의 계획을 알고 싶어요. 오스트레일리아에 가지 않을 거라면, 그럼 뭘 할 작정이에요? 계획이 있어요, 없어요? 내가 얼마나 솔직하게 질문을 하는지 당신도 알겠죠?"

오소킨은 지나이다를 쳐다보았다. 그가 먼저 말하지 않을 것을 알고 그녀가 무척 어렵게 용기 내어 이런 이야기를 꺼냈다는 것을 오소킨도 눈치챘다. 또 그녀는 그가 자신에게 더 쉽게 다가오도록 노력하면서 한편으로는 쑥스러워 어색함을 숨기려고 농담조로 말한다는 것을 알았다. 자신을 붙잡으려는 그녀에 대해 무한한 애정을 느꼈다. 하지만 동시에 마음속에 약간의 짜증도 일었다. 왜 그녀는 그가 말을 하게 만들려고 할까? 그가 아직은 '말할 수 없다'는 것을 왜 알지 못할까?

오소킨은 다시 지나이다를 쳐다보면서 그녀에게 미안했고 그런 생각을 한 자신이 부끄러웠다. 어떻게 그녀를 탓할 수 있을까? 지나이다는 그저 그를 돕고 싶을 뿐인데. 이제 그는 그녀에 대한 고마운 마음과 그녀가 기대하는 대답을 해 주지 못하는 자신에 대한 깊은 회환에 잠겼다. 그를 가로막는 게 무엇인가? 비겁함과 터무니없는 자존심이었다. 그는 자신이 잘못된 위치에 놓일까 봐 두려워하고 있었다. 지나이다는 부유하지만 그는 가진 게 없었다. 솔직히 무일푼이어서 어제만 해도 여기에 오기 위해 전당포에 외투를 맡겼었다. 우연히 일이 잘 풀리면 모를까 기대할 것이 전혀 없었다. 그는 평범한 길에서 벗어나 버렸다. 지나이다의 어머니와 오빠는 그를 어떻게 평가할까? 그들과 관련해서 그는 어떤 위치에 놓이게 될까? 지나이다가 혼자라면, 또 그가 말을 잘할 수 있다면, 자신에 대해 말하는 것을 두려워하지 않고 어떤 상황인지 그녀에게 똑바로 밝힐 수 있다면……. 그러면 둘이서 길을 찾아낼 수 있으련만.

자신이 말해 주기를 그녀가 원하고 있음을 알면서도 오소킨은 자신이 아무 말도 하지 않으리라는 것을 느꼈다. 그는 이 마음 상태를 잘 알았다. 전에도 이런 상황이 여러 번 있었다. 사람들이 도와주고 싶어서 그에게 다가오는 걸 걸 알면서도 자존심 때문에 모르는 척했다. 지금도 마찬가지였다. 아, 이것이 자신의 운명인 것을! 그는 다르게 행동할 수가 없었다.

"왜 아무 말도 안 해요?"

지나이다가 물었다.

"내가 하고 싶은 말을 할 수가 없으니까."

"말을 못 하게 가로막는 게 뭔데요?"

"난 시간이 필요해. 아직까지는 모든 게 예전과 달라진 것이 없어. 내가 떠나고 싶어 했고, 그래서 여기서 무슨 일이 벌어지든 크게 개의치 않았다는 것을 당신도 알지. 그런데 나는 떠나지 않을 것이고 여기서 삶을 재정비하고 싶지만 그러려면 시간이 필요해."

지나이다는 못마땅해서 이마를 찌푸렸다.

"나는 시간을 끄는 것이 질색이에요. 당신도 알지만 나는 당장 행동에 옮기는 걸 좋아해요. 어떤 일을 기다려야만 한다는 말을 들으면 난 그걸 포기할 준비를 해요. 이미 내게는 끝난 일인 셈이죠. 당신은 이런 감정을 알아요? 달 여행을 제안받았는데 알고 보니 2년간 기다려야 된다면, 나는 세상의 어느 달이든 포기할 거예요. 당신은요?"

"그런 마음을 이해 못하는 것 아니지만 아마도 나는 달에 갈 때까지 기다릴 거야."

오소킨이 말했다. 그는 미소 지으며 그녀를 바라보았다. 그리고 덧붙였다.

"그렇기 때문에 지금은 내가 아무 말도 할 수 없어."

두 사람은 한동안 침묵했다. 오소킨은 가슴이 저렸다. 그가 지나이다를 화나고 속상하게 했다는 것을 알았고, 그러면서도 자신이 다른 말을 할 수 없다는 것도 알았다.

지나이다는 입술을 다물고 똑바로 앞을 응시했다. 오소킨이 보기에 지금 그녀는 자신이 공연히 말했다고 후회하고 있었다. 그는 자기 자신과 모든 것에 화가 났다.

오소킨은 생각했다.

'지나이다는 우리의 관계가 여느 평범한 관계처럼 될 수 없다는 것을 이해해야 해. 다른 남자를 만났다면 이런 상황일 리가 없지. 내 처지는 예외적이야. 심지어 옷도 제대로 갖춰 입을 수 없는 처지이니까. 그녀의 가족이 모스크바로 옮겨 오면 지나이다는 내가 어디든 같이 가기를 바랄 테지. 그녀는 벌써 그런 이야기를 했어. 내가 그럴 돈을 어디서 구하겠어? 난 겨우겨우 지금 당장 버틸 뿐이고, 그것만으로도 버거운데. 무슨 일인가 일어나지 않으면 난 정말로 떠나야 해. 지금까지는 어찌어찌 늘 운명이 마지막 순간에 날 구제해 줬지. 이번에는 무슨 일이 생길지 두고 봐야겠지. 하지만 아마도 난 바보 멍청이일 거야. 어쩌면 그녀가 내 운명인지도 몰라. 어쩌면 그녀에게 모든 사정을 간단히 털어놓고 어떻게 할지 의논하기만 하면 될 거야. 지나이다가 내게 요구하고 원하는 것이 바로 그것이지. 그리고 내가 할 수 없는 일이 정확히 그것이야. 나는 이런 식으로 그녀의 비위를 건드리지. 나도 그걸 알지만 그것에 대해선 아무것도 할 수가 없어.'

이제 그들은 집에 거의 다 와 있었다. 반 시간만 더 있었다면 털어놓았을 것이라고 오소킨은 느꼈다.

"들어올래요?"

지나이다가 물었다.

오소킨이 대답했다.

"아니, 내일 만나. 오늘은 당신 아닌 다른 사람과는 대화하고 싶지 않군. 당신은 다른 데 가지 않을 거지?"

"나요? 아뇨, 아무 데도 안 가요."

지나이다가 천천히 대답하면서, 다른 생각이라도 하는 것처럼 시선을 돌렸다. 오소킨이 그녀에게 살짝 몸을 굽혔다. 어쩐지 그녀에게 몹시, 가슴 저리게 미안한 감정이 들었다. 상냥하고 위로가 되는 말을 해 주고 싶었다. 그녀 앞에 무릎을 꿇고 용서를 구하고 싶었다. 그를 버리지 말라고, 그가 냉정하다고 여기지 말라고 매달리고 싶었다.

그녀의 손이 찼다. 오소킨은 그녀의 손가락에 입을 맞추었고 그녀는 소극적으로 손을 뺄구었다. 그들은 말없이 정원 문으로 걸어갔다.

'물론 내 잘못이라는 걸 난 알아.'

오소킨이 중얼거렸다. 그는 기차역의 목조 플랫폼을 왔다 갔다 하면서 기차를 기다리는 중이었다.

'인간이 이런 무기력한 상황에 빠져 있기만 하란 법은 없어. 영원한 실패자가 될 수는 없어. 이런 경우 떠나서 사라지거나, 어떤 방식으로든 새로운 삶을 시작해야 해. 여기서 얼쩡거려 봤자 아무 소용도 없어······. 그래, 밥 데일의 아파트에서 잃은 돈을 되찾을 수만 있다면 무슨 짓이든 할 텐데. 하지만 한편으로 운명을 있는 그대로 보면, 돈을 잃지 않았다면 난 모스크바에 오지 않았을 것이고 그러면 지나이다를 만나지 못했을 거야. 그러니까 그 일에는 좋은 점도 있어······. 좋아, 다음에 어떤 일이 일어날지 두고 보자. 일자리를 찾아야 최소한 옷이라도 갖춰 입고 극장이나 그런 어처구니없는 곳들에 드나들 돈을 구할 거야. 그런 곳에 가지 않으면 나는 겨울 동안 지나이다를 만날 수 없어. 그 가족이 9월 내내 시골에서 지내기로 결정해서 다행이야.

하지만 그녀는 얼마나 고귀하고 아름다운가! 지나이다에게 그것을 말할 수 있다면 좋을 텐데……. 그래, 그건 사실이야. 난 그녀에게 무엇인가 특별한 것을 느껴. 그러면 그녀는? 지나이다는 왜 나를 좋아할까? 그것이 도무지 이해가 안 돼. 그녀는 누구와도 나와 이야기하는 것처럼 대화해 본 적이 없다고 말하지. 하지만 얼마나 이상한 일인가. 나도 이런 경험은 해 본 적이 없어. 완전히 새로운 경험이야. 또 그녀는 지금 내게 얼마나 필요해졌는가. 지나이다와 대화할 때 나는 왜 적당한 말을 찾지 못하는 걸까? 지금 이 순간, 그녀가 이곳에 있다면 그녀에게 모든 것을 말할 수 있으련만.'

어느 겨울날

춥고 햇빛 좋은 어느 겨울 날의 모스크바. 오소킨과 지나이다는 트베르스코이 대로(고리키 문학 대학이 있는 모스크바의 거리)를 걷고 있었다. 오소킨은 얇은 외투를 입고 펠트 모자를 썼다. 두 사람은 오랫동안 침묵을 지키다가 지나이다가 먼저 입을 열었다.

"난 당신을 이해 못 하겠어요. 당신은 나를 만나고 싶다고, 언제나 내게 할 말이 무척 많다고 하죠. 그리고 그건 사실이에요. 우리는 늘 서로에게 할 얘기가 매우 많아요. 그런데 왜 길거리에서 몰래 만나야 하죠? 다른 사람들은 모두 우리 집으로 찾아오는데 왜 당신은 그러지 못하죠? 뭔가 이유가 있어서 우리가 남들의 시선을 끄는 것을 당신이 꺼린다는 생각이 들어요. 모든 상황을 볼 때 당신이 누군가를 두려워한다는, 당신이 내게 관심이 있다는 사실을 숨기려 한다는 인상을 받아요. 나에겐 이것이 이상해요. 당신의 경제 상황이 그리 좋지 않다는 것을 알지만 왜 그걸 해결하지 않죠? 쉽게 해결될 수 있는데도 말예요. 당신은 말도 안 되는 자존심을 갖고 있어요. 왜 얼마 전에 제안받은 일을 하려고 하지 않아요? 난 그 일에 대해 알아요. 한동안 당신이 시인이라는 사실을 잊고 직업을 가져야 해요. 그러면 상황이 쉽게 해결될 수 있어요. 그러면 곧 원하는 일을 할 만큼의 돈이 생길 거예요."

"그것이 불가능하다는 걸 당신은 이해하지 못해."

"왜 그게 불가능하죠? 다른 사람들은 일을 해요. 시는 저녁 때 쓰면 되잖아요. 시를 써서 생계를 꾸릴 수 없다는 것은 당신도 분명히 알죠? 당신의 시를 이해하는 사람이 많은가요?"

그 말에 오소킨이 유쾌한 웃음을 웃었다.

"내가 재미있는 이야기를 해 줘야겠군. 그저께 나는 레온티에프 가족과 피크닉을 갔었어. 당신이 그곳에 올 거라 생각해서 간 거야. 날은 참 좋았지만 전반적으로 따분

한 시간이었어. 공기가 차갑고 모든 것이 빛났어. 방금 눈
이 내려서 들판이며 호수, 소나무 위에 포근하게 쌓였지.
해가 빛나고 있었고 모든 사물이 반짝거렸어. 숲을 벗어
나 우리 앞으로 길게 뻗은 도로를 달릴 때는 특히 사방
이 빛났지. 나는 커다란 흰 고양이가 반듯하게 누워 햇볕
을 쬐며 그르렁대는 인상을 받았어. 그런 일순간의 인상
을 표현할 최고의 방법은 바로 한 줄짜리 시야. 독자나 듣
는 이의 상상에 많이 맡길수록 더 좋지. 그래서 나는 한
줄로 모든 것을 표현했어.

'솜털로 뒤덮인 겨울의 흰 배'

당신 마음에 들어? 솜털이 난 커다란 흰 고양이를 연상
할 수 있겠어?"

지나이다는 웃지 않을 수가 없었다.

그녀가 말했다.

"아주 좋네요. 하지만 그 구절을 읽어 주면 평범한 사람
이라면 모두 '다음 구절은 뭔가요?'라고 물을 것 같은데
요."

"정확히 맞췄어. 핵심은 바로 그거야. '다음 구절'은 독
자 자신에게 있지. 그걸 모르고 주어진 것만 갖고 싶은 독

자라면 대중잡지나 읽는 편이 더 나아. 그날도 그런 일이 벌어졌지. 당신에게 말하고 싶은 것도 그 부분이야. 나는 경솔하게도 시적인 경험을 마차 썰매 동승자들에게 말해버린 거야. 그것이 유쾌한 소동을 불러왔어. 사람들은 다음 구절이 뭐냐는 질문으로 나를 괴롭히기 시작했어. 그러다가 내가 대답하지 않자 그들은 서로 다음 구절을 지으려고 애썼어. 물론 다시없이 형편없는 구절들이었지. 그래도 스스로들 마음에 들어 했어. 듣는 사람들도 마음에 들어 하고."

지나이다가 그를 힐끗 쳐다보았다.

"사실대로 말해 봐요, 당신도 그러는 게 불쾌하지 않았죠?"

"처음에는 불쾌할 게 없었지. 나는 솔직하게 같이 웃었고, 그들의 관점을 공유했어. 하지만 이내 이 일을 벌인 나 자신에게 화가 나기 시작했어. 그래서 그만두게 하려고 그들에 대해 즉흥적으로 몇 구절을 읊었지. 사람들은 웃어야 할지, 화를 내야 할지 몰랐어. 그들은 내가 지은 구절을 서로에게 되풀이하면서 마구 웃어 댔지만, 사실은 무척 바보가 된 기분을 느꼈지."

"그리고 그것이 당신은 즐거웠고요?"

지나이다가 약간 찌푸리면서 물었다.

"아니, 딱히 그런 건 아니야. 내 시에 대해 이야기를 꺼낸 내가 어리석었지만 난 지루했거든. 당신이 거기 없어서 아쉬웠어."

"난 전혀 아쉽지 않은데요. 당신은 나 없이도 충분히 즐거웠어요."

지나이다가 말했다. 그녀는 앞만 골똘히 바라보고 오소킨은 놀라서 그런 그녀의 눈치를 살폈다.

그는 생각했다.

'도무지 이해가 안 되는군. 지나이다의 마음에 들지 않은 게 뭐였을까? 분명히 내가 한 말 때문은 아니지만 그녀는 뭔가 못마땅해하고 있어.'

오소킨이 다른 말을 했지만 그녀는 귓등으로 듣고 계속 혼자만의 생각에 골몰해 있었다.

지나이다가 말했다.

"우리가 아까 하던 이야기에서 딴 데로 빠졌네요. 당신이 자신을 합리화할 필요는 없어요. 당신 혼자 즐겨도 난 상관없지만, 당신이 내게 시간을 내주지 않는 게 이상해요. 항상 무엇인가가 당신을 우리 집에 오지 못하게 막아요. 난 다만 그게 무엇인지 알고 싶은 거예요. 미샤가 추천해 준 일에 대해 당신이 고민하지 않는 이유를 난 모르겠어요. 보수를 넉넉히 받을 거고, 당신이 원한다면 임시

직으로 받아들여도 될 텐데 말예요."

오소킨은 다시 그녀를 흘낏 쳐다보았다. 순간적으로 그녀의 말에 모두 동의하고 싶어졌다.

그가 말했다.

"당신 말이 정말 옳아. 그 일에 대해 진지하게 생각해볼게. 하지만 내게는 공무원이 되는 것이 사회주의 혁명당에 가입하는 것만큼이나 이상하다는 점을 이해해 주길바래. 얼마 전에 그런 제안도 받았지. 지하실에서 소책자를 인쇄하고 '의식 있는 노동자들'을 선동하는 일이지. 난'이반 오소킨 동무'인 나를 상상할 수가 없어. 다행히 그런 부류들을 외국에서 충분히 봤거든."

그는 지나이다가 못마땅해서 이마를 찌푸린 것도 모르고 말을 이었다.

"전에 파리에 있을 때 이런 '당'인지 '집단'인지가 마련한 저녁 모임에 초대받은 적이 있어. 그들은 떠들고 또 떠들었지. 모든 상황이 얼마나 나쁜지, 모두가 얼마나 비참한지, 또 경찰이며 군대며 총독이 없으면 모든 일이 얼마나 근사해질지 떠들어 댔어. 하지만 차를 마실 시간이 되자, 알고 보니 위원회 회원들이 이미 케이크와 오렌지를다 먹어 버리고 차도 다 마셔 버렸더군! 그래서 나머지 사람들이 먹을 게 하나도 남지 않았어."

지나이다는 화가 나서 더 참지 못하고 말했다.

"난 파리든 모스크바든 당신 친구들에게는 관심 없어요. 이 두 가지가 무슨 공통점이 있죠? 그 '당'은 완전히 미쳤거나 그것보다 나빠요. 당신 스스로도 그걸 잘 알고요. 내가 말하는 것은 그런 것들이 아니라 지극히 정상적인 일이에요. 당신 자신을 위해 또 나와 함께 있기 위해 일을 하라는 거예요."

한동안 그들은 침묵 속에 걸었다.

오소킨은 생각했다.

'그녀는 얼마나 멋지게 혁명과 선을 긋는가! 그녀는 그런 사상을 위해 죽는 사람들이 있다는 것을 깨닫지 못해. 그리고 가장 재미있는 부분은 기본적으로 그녀의 생각이 옳다는 점이야. 이 자들은 아무 짝에도 쓸모가 없어. 아마 크나큰 해만 끼치고 아무것도 창조하지 못할 거야. 일부는 아주 좋은 사람들이지. 대단히 진실하고 말할 수 없이 이타적이지. 하지만 그들은 소멸될 거야. 악당들만 살아남는 법이니.'

하지만 동시에 오소킨은 약간 마음이 불편해서, 질문하는 눈빛으로 지나이다를 쳐다보았다. 모든 지식인들처럼 오소킨은 반정부적 태도나 활동에 대해 어떤 의무적인 공감을 가지고 있었다. 또 지나이다가 이 부분에서 그와 공감하지 못하는 이유를 알 수 없었다. 오소킨 자신은 러시아에서 혁명의 필요성이나 장점을 믿지 않았다. 소위 '당에 속한 사람들'이 싫었고 그들의 허풍스러운 대화가 러시아 관료들의 오만보다 더 싫었다. 그럼에도 지나이다의 태도가 거슬리고, 왠지 그녀가 속돼 보였다. 그런 느낌이 드는 것이 싫었지만.

유난히 생생한 장면이 마음속을 스쳐 지나갔다.

그가 열두 살이나 열세 살 때인 2학년이나 3학년 무렵이었다. 어느 토요일 오후 그는 쿠즈네츠키 모스트(모스크바 도심에 있는 거리)에서 페트로프카로 걸어가던 중이었다. 새해를 맞아 받은 용돈으로 바부시킨에서 장갑을 살 작정이었다. 집들이 낮고 모퉁이에 교회가 있는 그 고풍스러운 좁은 거리에, 하지만 모스크바에서 가장 비싼 최고급 상점들과 특히 큰 꽃집들이 있는 그 거리에 높이가 낮고 폭이 넓은 농부용 마차 썰매가 나타났다. 얼룩덜룩한 작은 말 한 필이 <u>끄는</u> 그 마차 썰매를 양가죽 외투를 입고 모피 모자를 쓴 농부가 몰았다. 마차 안에는 칼을 찬 병사 둘 사이에 아주 특이해 보이는 남자가 앉아 있었다. 무릎을 꿇은 그 남자는 노란색 죄수복과 작은 노란 모자 차림이었다. 앞으로 내민 그의 손은 사슬에 묶여 있고, 손목 밑으로 쇠사슬이 늘어져 있었다. 수척하게 마른 얼굴

과 듬성듬성한 검은 수염은 알렉산드르 이바노프(러시아의
화가. 지식인과 민중을 억압하는 현실과 이를 구원할 구세주 출현
에 대한 희망을 그림에 담았다)의 그림 속 세례 요한의 얼굴을
연상시켰다. 뒤로 넘긴 검은색 머리와 아무 데도 보지 않
는 듯한 기이한 시선은 거리 위쪽을 향해 있었다. 활기찬
사람들과 재빨리 움직이는 마차 썰매들, 아름다운 말들
이 끄는 빛나는 마차들이 북적대는 거리 위쪽을. 이 장면
은 아주 잠깐 동안만 지속되었다. 그 마차 썰매는 다른 마
차 썰매들과 마차들 사이로 사라졌다.

걸음을 멈추고 그 마차 썰매의 뒤꽁무니를 바라보던 기
억이 떠올랐다. 당시 오소킨은 혼잣말로 물었었다.

'저들이 그를 어디로 데려갈까? 분명히 법정으로 갈 거
야. 그 사람은 시베리아로 보내질 거야. 그 남자는 누구일
까? 무슨 짓을 저질렀을까?'

그는 몹시 괴로웠고 갑자기 모든 것에 관심을 잃어버렸
었다.

오소킨은 지나이다가 이 광경을 결코 이해하지 못할 것
이라고 느꼈다. 그녀는 이 광경의 이해되지 않는 면을 아
무리 해도 느끼지 못할 것이다. 그녀가 어른의 진지한 눈
으로 볼 때, 이 장면은 '미친 짓이거나 그것보다 못한 것'
에 불과하겠지.

지나이다가 말을 하는 바람에 오소킨의 생각이 잠시 끊겼다.

"우리 사이에 무엇인가가 서 있는 느낌이 들어요. 난 아무 생각도 하고 싶지 않고, 아무것도 추측하고 싶지 않지만 그것이 느껴져요. 어쩌면 나한테 그것에 대해 말해 주지 않는 당신이 옳은 건지도 몰라요."

"나로서는 그것에 대해 할 말이 없어."

"아마 그렇겠지만 이것은 내가 느끼는 거예요."

지나이다가 반복해서 말하며 덧붙였다.

"점점 나에게 영향을 미치는 무엇인가가 있다고 믿게 돼요. 지금의 나는 여름에 당신을 대하던 내가 아니에요. 이 말에 불쾌해하지 말아요. 여전히 당신을 향한 감정은 깊지만 예전의 그 감정은 아니에요. 난 당신이 조금 두려워요. 당신에게 너무 가까이 다가가게 될까 봐 두려워요. 그래서 당신에게 내가 불필요하다거나, 내가 어떤 일 혹은 어떤 사람을 가로막고 있다는 것을 알게 될까 봐…… 나와 논쟁하려고 하지 말아요. 당신이 무슨 말을 할지 알지만, 내가 어떻게 느끼는지 말하는 거예요. 시간이 지나면서 상황이 점점 나빠질까 봐 두려워요. 내가 몹시 안타까워한다는 것을 알아줘요. 나는 우리의 만남이 무척 좋았고 당신에 대한 내 감정이 좋았어요. 전에는 누군가에게 이런 태도를 가져 본 적이 없었어요. 심지어 당신을 보살펴 주고 싶고 당신의 인생에 대해 생각하고 싶기까지 했어요. 이 모든 것이 매우 진지하고 이건 나답지 않아요. 나는 무척 이기적인 사람이라서 평소 남에게 신경 쓰지 않거든요. 당신과 관련해서 내가 달라지고 있다는 사실이 내 마음에 들었다는 것을 이해해 주길 바래요. 전에는 없던 면이라는 것을……. 하지만 당신은 예전의 나로 남아 있으라고, 남들을 대하는 것과 똑같은 태도로 당신을 대하라고 밀어붙이죠. 그래요, 그렇게 하죠 뭐. 다만 당신에 대한 내 감정이 완전히 사라진다면 안타까울 거예요. 아, 이제 집에 갈 시간이네요. 시간이 많이 지났어요. 내일은 당신이 제안한 대로 로우미안체브스키 박물관(현재는 레닌 도서관 바뀜, 중세의 성화들을 전시한 박물관)에 가도 좋겠네요. 솔직히 말해 난 거기 가 본 적이 없는데 당신 말로는 흥미로운 그림들이 많다면서요. 오늘과 같은 시간에 같은 장소에서 만나면 되겠어요. 하지만 내가 당신에게 한 말에 대해 생각해 봐요. 논쟁하려 하지 말고 그냥 생각해 봐요……."

오소킨은 집을 향해 걸어갔다.

그는 혼자 중얼거렸다.

'아무것도 이해할 수가 없어. 왜 모든 것이 이렇게 되어 버리는 걸까? 난 그녀가 좋고, 그녀와 함께 있는 게 좋아. 그녀를 위해서는 무슨 일이든 할 거야. 평생 살면서 이런 경험은 처음이야. 매일 밤 두 번이나, 때로는 여러 번 그녀가 사는 집 앞을 서성거리지. 그녀의 방 창문을 쳐다보는 것만으로도 크나큰 기쁨이야.

동시에 모든 것이 잘못된 방향으로 흘러가고 있고, 나는 온갖 잘못된 행동들을 하고 있어. 꼭 해야 할 말이나 내 생각과 느낌을 그녀에게 결코 말하지 않아. 왜지? 꼭 내 주위에 안개가 낀 것 같아. 혹은 내가 꽁꽁 묶여서 이런 식으로밖에 달리 행동하지 못하는 것 같아. 그리고 그 직장에 대한 생각이 갑자기 왜 그토록 혐오스러운 걸까? 처음 모스크바에 왔을 때 그 자리를 제의받았다면 양손으로 덥석 붙잡았을 거야. 그런데 지금 그 일자리는 생각만 해도 지겹기 때문에 그것에 대해선 아무것도 하고 싶지 않아. 지나이다에게 온갖 핑계를 둘러대지만, 그녀가 내 말을 믿지 않는 것이 보여.

진지하게 말하자면, 내가 어떻게 그녀의 친척이나 친구의 도움을 받아들일 수 있겠어? 그건 절대 불가능한 일이야. 동시에 나 자신의 행동으로 모든 것을 망치고 있다는 걸 난 알아. 지나이다는 날 이해하지 못 해. 그녀에게는 내가 이상해 보이겠지. 그녀에 대한 나의 감정이 어떤지, 내게 이 상황이 얼마나 힘든지 지나이다가 이해할 수 있으면 좋을 텐데! 난 계속해서 걱정하지만 탈출구를 찾지 못하겠어. 남들에게는 간단하고 자연스러운 방법들이 어떤 이유에선지 내게는 불가능하고 꽉 막혀 있어. 정말로 나에 대한 그녀의 마음이 변할까? 내가 할 수 있는 일이 없을까? 왜 결국에는 항상 전과 똑같은 재앙이 일어나리라는 것을 내가 미리 알고 있었고 느끼고 있었다는 섬뜩한 기분이 밀려드는 걸까?'

회전하는 바퀴

화면에는 모스크바의 쿠르스크 역.

1902년 4월의 어느 화창한 날, 크림반도로 떠나는 지나이다 크루티츠키와 어머니를 배웅하러 나온 친구들이 플랫폼의 침대칸 열차 옆에 서 있었다. 그들 중에 26세의 청년 이반 오소킨이 있었다.

오소킨은 내색하지 않으려고 애쓰지만 불안해하는 기색이 역력했다. 지나이다는 오빠 미하일, 그리고 두 명의 처녀와 이야기를 나누고 있었다. 모스크바 근위 보병 연대 제복 차림의 장교 미하일 크루티츠키는 오소킨과 친구 사이였다. 그때 지나이다가 오소킨에게 몸을 돌리더니 그와 함께 잠시 걸었다.

그녀가 말했다.

"당신이 무척 보고 싶을 거예요. 당신이 우리와 함께 가지 못해서 아쉬워요. 내가 보기에는 당신이 그걸 원하지 않는 것 같지만요. 그게 아니라면 당연히 같이 가겠죠. 당신은 나를 위해 아무것도 해 주고 싶어 하지 않아요. 당신이 우리와 함께 가지 않는 것은 지금까지 우리가 나눈 모든 이야기를 어처구니없고 무의미한 것으로 만드는 일이에요. 하지만 난 당신과 논쟁하는 데 지쳤어요. 당신은 자신이 원하는 대로 해야 직성이 풀리는 사람이에요."

이반 오소킨은 점점 더 불안해졌지만, 마음을 진정시키려고 노력하면서 힘들게 말했다.

"지금 당장은 갈 수 없지만 나중에 가도록 할게. 당신에게 약속할게. 여기 남는 것이 나로서도 얼마나 힘든 일인지 당신은 상상도 못할 거야."

지나이다가 얼른 대꾸했다.

"그래요, 난 상상할 수도 없고 믿기지도 않아요. 당신 말처럼 그렇게 열렬히 원한다면, 남자라면 당연히 행동에 옮기겠죠. 당신은 이곳의 제자들 중 한 명과 사랑에 빠진 게 틀림없어요. 펜싱을 배우는 예쁘고 시적인 처녀이겠죠. 사실대로 말해요!"

그녀가 큰 소리로 웃었다.

지나이다의 표현과 말투가 오소킨의 마음에 깊은 상처를 냈다. 그는 말을 하려다가 참고 다시 입을 열었다.

"그렇지 않다는 것을 알면서 그래. 나한테는 오직 당신뿐이라는 걸 잘 알잖아."

"내가 그걸 어떻게 알아요?"

지나이다가 놀란 투로 대꾸하고는 덧붙였다.

"당신은 언제나 바빠요. 우리 집에 오는 걸 늘 회피하죠. 나를 위해 시간을 내준 적도 없고. 지금 나는 당신이 우리와 함께 가기를 정말로 바라고 있어요. 그렇게 되면 우리는 이틀 동안 온전히 함께 시간을 보낼 수가 있어요. 얼마나 즐거운 여행이 될지 한번 생각해 봐요!"

그녀는 얼른 오소킨의 얼굴을 쳐다보았다.

"그리고 크림반도에서 같이 승마를 하고, 배를 타고 바다로 나가는 거예요. 당신은 내게 자작시를 읽어 줄 테고. 하지만 이제 내게는 지루한 여행이 될 거예요."

지나이다는 얼굴을 찌푸리고 고개를 돌렸다.

오소킨은 대답을 하려고 노력했지만 할 말을 찾지 못해 입술을 깨물고 서 있었다. 그는 같은 말만 반복했다.

"내가 나중에 가도록 할게."

"당신이 오고 싶으면 그렇게 해요. 하지만 지금의 기회는 이미 사라졌어요. 혼자 여행하면서 나는 몹시 지루할 거예요. 어머니는 유쾌한 동행이긴 하지만 내가 원하는 건 그게 아니에요. 다행히 아는 남자 한 명을 봤는데 이 기차로 여행을 하는 것 같아요. 가는 길에 그가 나를 즐겁게 해 줄지도 모르죠"

오소킨이 다시 입을 열려고 했지만 지나이다가 계속 말했다.

"난 오직 현재에만 관심 있어요. 미래에 무슨 일이 일어날지 내가 왜 신경 쓰겠어요? 당신은 이것을 깨닫지 못해요. 당신은 미래에 살 수 있지만 난 그러지 못해요."

오소킨이 말했다.

"모두 다 이해해. 나로서도 몹시 힘들지만, 지금은 내가 어떻게 해 볼 도리가 없어. 하지만 내 부탁을 잊지 않을 거지?"

"알았어요, 잊지 않고 당신에게 편지를 쓸게요. 하지만 난 편지 쓰는 걸 별로 좋아하지 않아요. 그러니 편지를 많이 받으리라는 기대는 접어요. 그 대신 곧 오도록 해요. 한 달 동안 기다려 줄게요. 아니면 두 달. 그 후에는 더 이상 기다리지 않을 거예요. 자, 이제 우리 가요. 어머니가 날 찾고 있네요."

두 사람은 침대칸 옆에 모여 있는 일행과 합류했다.

오소킨과 지나이다의 오빠는 역의 출구 쪽으로 걸어
갔다.

미하일 크루티츠키가 말했다.

"무슨 일이 있나? 자네 별로 즐거워 보이지 않는군."

오소킨은 말을 하고 싶은 기분이 아니었지만 이렇게 대
답했다.

"난 괜찮아. 하지만 갑자기 모스크바가 싫어졌어. 나도
어디론가 떠나 버리고 싶어."

두 사람은 역 앞의 넓은 아스팔트 광장으로 나갔다. 크
루티츠키는 오소킨과 악수를 나누고 계단을 내려가서는
마차를 불러 타고 떠났다.

오소킨은 친구의 뒷모습을 바라보며 한참 동안 그 자리
에 서 있었다.

그는 천천히 혼잣말을 중얼거렸다.

'내가 무엇인가를 기억하는 것 같을 때가 있고, 아주 중
요한 무엇인가를 잊어버린 것 같을 때가 있어. 마치 이 모
든 일이 과거에도 일어났던 것처럼 느껴져. 하지만 그것이
언제였지? 모르겠어. 정말 이상한 일이야.'

그는 문득 정신이 든 사람처럼 주위를 둘러보았다.

'이제 지나이다가 가 버리고 나 혼자 여기 남았군. 지금
이 순간 그녀와 여행하고 있다면 얼마나 좋을까! 지금 내

가 바랄 수 있는 것은 그것이 전부야. 남쪽으로, 태양이 빛나는 곳으로 가는 것……. 그래서 지나이다와 이틀 동안 온전히 함께 있는 것. 그 후에도 날마다 그녀를 보는 것. 같이 바다로, 산으로 가면서……. 하지만 그러는 대신 난 지금 이곳에 홀로 남아 있어. 그리고 지나이다는 내가 왜 함께 가지 않는지 이해조차 못 해. 그녀는 지금 내 호주머니에 있는 돈이 정확히 30코펙뿐이라는 사실을 알지 못해. 안다고 한들 이 상황이 내게 더 쉬워지진 않을 테지만.'

오소킨은 다시 한 번 역 입구를 돌아보고 나서, 고개를 숙인 채 광장으로 난 계단을 걸어 내려갔다.

석 달 후 이반 오소킨의 거처. 무척 초라한 분위기의 가구 딸린 널찍한 월세방. 회색 담요가 깔린 철제 침대와 세면대, 서랍장, 작은 책상, 그리고 평범한 책꽂이. 벽에는 셰익스피어와 푸시킨의 초상화들, 펜싱 검과 마스크가 걸려 있었다.

불안하고 초조한 표정의 오소킨이 방 안을 서성이고 있었다. 그는 앞에 놓인 의자를 내던졌다. 그러더니 책상으로 돌아가 서랍에서 편지 뭉치를 꺼냈다. 좁고 길쭉한 회색 봉투 세 개에서 편지를 꺼내 차례로 읽고는 다시 넣었다.

첫 번째 편지. 편지와 시 보내 줘서 고마워요. 멋진 내용이네요. 다만 그것들이 누구를 대상으로 한 것인지 모르겠네요. 분명 나는 아니겠죠. 주인공이 나였다면 당신은 이곳에 있을 테니까요.

두 번째 편지. 당신은 아직도 나를 기억하나요? 사실 당신이 습관이나, 혹은 스스로 짊어진 이상한 의무감으로 편지를 쓰는 것 같을 때가 많아요.

세 번째 편지. 나는 전에 내가 한 말을 전부 기억해요. 두 달이 다 돼 가고 있네요. 스스로 합리화하거나 변명하려고 애쓰지 말아요. 당신이 가진 돈이 없다는 것은 알지만, 난 돈을 바란 적 없어요. 여기에는 당신보다 훨씬 궁핍한 사람들이 많아요.

오소킨은 방 안을 거닐다가 책상 근처에 멈춰 서서 큰 소리로 말했다.

"이제 지나이다는 내게 더 이상 편지를 보내지 않아. 마지막 편지가 온 것이 한 달 전이었어. 그런데도 나는 그녀에게 매일 편지를 쓰고 있어."

그때 문 두드리는 소리가 났다. 스토피친이 방에 들어섰다. 오소킨의 친구인 그는 젊은 의사이다. 스토피친은 오소킨과 악수를 나누고, 외투를 입은 채 책상에 앉았다.

"무슨 일이 있는 거야? 자네, 몹시 아파 보이는데."

그는 얼른 오소킨에게 다가가, 짐짓 심각한 체하며 맥박을 재려고 했다. 오소킨은 미소 지으며 저리 가라고 손을 저었지만, 곧 얼굴에 그늘이 지나갔다.

"모든 게 엉망이야, 스토피친. 자네에게 분명하게 설명하진 못하지만 내가 삶에서 떨어져 나간 기분이 들어. 다른 사람들은 모두 움직이고 있는데 나는 가만히 정지해 있어. 나름의 방식으로 내 삶을 꾸려 가고 싶었지만, 인생을 완전히 망가뜨리기만 한 것 같아. 다른 사람들은 정상적인 길을 따라서 잘 가고 있어. 자네 같은 사람들은 인생을 누리고 있고, 앞에는 미래가 놓여 있어. 나는 온갖 울타리들을 넘으려고 애썼지만, 그 결과 지금 아무것도 가진 게 없고 미래에도 가진 게 없어. 처음부터 다시 시작할 수만 있다면! 모든 걸 다르게 해야 한다는 걸 이제야 알겠어. 지금까지처럼 인생과 인생이 주는 모든 것에 맞서면 안 된다는 걸. 먼저 인생에 순종해야 그다음에 인생을 정복할 수 있음을 이제야 알겠어. 지금까지 나는 매우 많은 기회들을 가졌고, 여러 차례 모든 일이 내게 유리하게 돌아갔어. 그런데 이제 남은 것이 아무것도 없어."

스토피친이 말했다.

"과장이 심하군. 자네와 나머지 우리에게 무슨 차이가

있다고 그래? 누구에게도 인생은 특별히 편안하지 않아. 혹시 자네에게 안 좋은 일이라도 일어난 거야?"

"아무 일도 일어나지 않았어. 다만 내가 삶에서 제외된 느낌이 들 뿐이야."

다시 문 두드리는 소리가 났다. 오소킨의 집주인이었다. 은퇴한 공무원인 그는 약간 취했고 무척 다정하고 말이 많았다. 하지만 오소킨은 주인이 집세를 달라고 할까 봐 염려되어 그를 보내려고 애를 썼다. 집주인이 떠나자 오소킨은 넌더리 나는 표정으로 문을 향해 손을 저었다.

오소킨이 말했다.

"봤지? 삶 전체가 이런 하찮은 골칫거리들과 벌이는 하찮은 싸움일 뿐이야. 오늘 저녁 자네는 뭘 할 계획인가?"

"나는 사모이로프의 집에 갈 예정이야. 그 부부가 심령술이나 영매 같은 걸 연구할 그룹을 만들려고 이야기를 진행 중이야. 하모브니키에 심령술 연구 단체를 만들려는 것이지. 자네도 함께 가려나? 난 자네가 그런 분야에 관심이 있다고 믿는데?"

오소킨이 말했다.

"그래, 전에는 그랬지. 점점 그런 것들이 헛소리라는 걸 알게 되었지만. 하지만 난 초대받지 않았는걸. 내가 전에 말하지 않았던가? 나는 사람들과 거리를 두고 지낸다고.

그들에게 나는 무엇일까? 나는 낯선 사람이고 이방인에 불과해. 그것은 어디서나 똑같아. 그들의 관심사의 4분의 3과 그들이 하는 말의 4분의 3은 내게는 완전히 다른 나라 이야기이고, 그들도 그걸 느껴. 그들은 종종 예의를 차리느라 나를 초대하지만, 나는 나날이 거리감이 커지는 걸 느껴. 그들은 자기들끼리 대화하는 것과는 다르게 내게 말을 하지. 지난주에는 머리 나쁜 여학생 셋이 칼 마르크스를 읽으라고 조언하길래, 내가 차라리 우유죽이 더 낫겠다고 말하자 도무지 알아듣지 못하더군. 내 말이 무슨 뜻인지 알겠나? 모든 게 완전히 헛소리이지만 그 헛소리들이 나를 지치게 하고 있어."

스토피친이 말했다.

"난 자네랑 논쟁을 할 수는 없지만 그 모든 게 자네의 상상에 불과하다는 확신이 드는군."

그는 일어나서 오소킨의 어깨를 두드리고, 가지러 왔던 책을 챙겨 떠났다.

오소킨 역시 외출 준비를 했다. 그런 다음 책상 앞으로 걸어가, 모자를 쓰고 외투를 걸친 채 생각에 잠겨 서 있었다.

그는 혼자서 중얼거렸다.

'내가 크림반도에 갈 수 있었다면 모든 것이 달라졌을

것을. 그런데 대체 왜 가지 않았을까? 적어도 그곳에 갈 수는 있었는데. 그리고 일단 그곳에 갔다면 무엇이 문제가 됐을까? 어쩌면 그곳에서 일자리를 찾을 수 있었을지도 몰라. 하지만 도대체 어떻게 크림반도에서 돈 없이 살 수 있지? 말, 배, 카페, 팁…… 전부 돈이 있어야만 해. 그리고 옷차림도 고상해야 해. 내가 여기서 입는 옷을 입고 그곳에 갈 수는 없었어. 이 모든 것은 사소한 문제이지만, 바로 이 사소한 문제들이 겹쳐지면…… 또 지나이다는 내가 그곳에서는 살 수 없다는 것을 이해하지 못해. 그녀는 내가 그곳으로 오기 싫어하거나 여기서 무엇인가에 붙잡혀 있다고 생각해…… 오늘도 편지가 오지 않겠지?'

이반 오소킨은 중앙 우체국에 보관된 우편물이 있는지 알아보러 갔다. 그는 지나이다에게 '우편물 유치'로 편지를 보내라고 당부해 두었었다. 하지만 보관된 편지가 없었다. 그는 우체국에서 나오다가 파란색 외투를 입은 남자와 마주쳤다.

오소킨은 걸음을 멈추고 눈으로 그 남자를 뒤쫓았다.

'저 사람이 누구지? 어디서 본 사람일까? 얼굴이 낯익은데. 저 외투도 기억이 나.'

오소킨은 생각에 잠겨 걸음을 옮겼다. 길모퉁이에서 멈

쳐 서서 두 필의 말이 끄는 지붕 없는 마차가 지나가게 했
다. 마차에는 남자 한 명과 크루티츠키의 집에서 만난 적
있는 여자 두 명이 타고 있었다. 오소킨은 모자를 벗으려
고 손을 올렸지만, 그들은 그를 보지 못하고 지나갔다. 그
는 혼자 웃고는 걸음을 옮겼다.

다음 모퉁이에서 오소킨은 지나이다의 오빠를 만났다.
크루티츠키는 멈춰 서서 오소킨의 팔을 잡고 나란히 걸으
며 말했다.

"자네, 소식 들었나? 내 여동생이 민스키 대령과 결혼할
예정이야. 결혼식은 크림반도에서 올릴 거고. 나중에 두
사람은 콘스탄티노플에 갔다가 거기서 그리스로 갈 예정
이라는군. 며칠 후 난 크림반도에 갈 거야. 전할 소식이라
도 있나?"

오소킨은 웃으면서 그와 악수하고, 짐짓 밝고 명랑한
목소리로 대답했다.

"지나이다에게 내 안부와 축하 인사를 전해 주게."

크루티츠키는 다른 말을 하고 웃으면서 떠나갔다.

오소킨은 웃는 얼굴로 작별 인사를 던졌다. 하지만 친
구와 헤어지자 표정이 변했다. 그는 한동안 걷다가 멈춰
서서, 지나가는 사람들을 의식하지 않고 물끄러미 거리를
바라보았다.

그는 혼잣말을 중얼거렸다.

'그래, 결국 이렇게 되는 것이군. 이제야 모든 것이 분명해졌어. 내가 어떻게 해야 할까? 그곳으로 가서 민스키에게 결투를 신청할까? 하지만 왜? 모든 것이 미리 결정되어 있었음이 분명하고 나는 한낱 심심풀이였는데. 내가 그곳에 가지 않은 게 얼마나 다행인가. 아니, 그건 엉터리 변명에 불과해! 내게는 그렇게 생각할 권리도 없고 그건 진실이 아니야. 이 모든 일은 내가 그곳으로 가지 않아서 일어난 거야. 하지만 이제 그곳에 가지 않을 거야. 그리고 아무 짓도 하지 않을 거야. 지나이다는 이미 선택했어. 내가 무슨 권리로 불만스러워하지? 결국 내가 그녀에게 무엇을 해 줄 수 있지? 내가 그녀를 그리스에 데려갈 수나 있나?'

그는 계속 걷다가 다시 멈춰 서고, 또다시 혼잣말을 중얼거렸다.

'하지만 지나이다는 나한테서 정말로 무엇인가를 느낀 것 같았어. 또 우리가 나눈 대화는 어떻고! 내가 그런 식으로 이야기할 수 있는 사람은 이 세상에 그녀밖에 없었어. 지나이다는 정말 특별한 여자야! 그리고 민스키는 평범한 사람들 중에서도 더없이 평범한 인간이지. 참모밖에 안 되는 대령이고 노보예브레먀 따위나 읽지. 그러나 이제 곧 그는 고위직에 오를 테고, 나는 길에서 그녀의 친구들이 알아보지도 못하는 사람에 불과해.

아, 이렇게는 살 수 없어⋯⋯. 어디 다른 곳으로 가든지⋯⋯. 어쨌든 이곳에 더 이상 남아 있지 못하겠어.'

저녁. 오소킨은 자신의 방에 있었다. 지나이다 크루티츠키에게 편지를 쓰는 중이지만, 계속해서 종이를 찢고 새로 시작해야만 했다. 이따금 벌떡 일어나 방 안을 서성거렸다. 그러다가 다시 편지를 쓰기 시작했다. 마침내 그는 펜을 던지고 기진맥진해서 의자에 기대앉았다.

그는 자신에게 말했다.

'더 이상 못 쓰겠어. 며칠 동안 밤낮없이 편지를 썼어. 하지만 이제 내 안에서 무엇인가가 망가진 것 같은 느낌이야. 내가 지금까지 보낸 다른 편지들이 그녀에게 아무것도 전하지 못했다면, 이 편지가 무엇을 전할 수 있겠어? 더 이상 못 하겠어⋯⋯.'

천천히 일어난 그는 마치 앞을 못 보는 사람처럼 움직여, 책상 서랍에서 권총과 실탄을 꺼냈다. 그리고 총에 총알을 장전한 다음 주머니 안에 넣었다. 그는 모자와 코트를 챙겨, 불을 끄고 밖으로 나왔다.

문턱에서

이반 오소킨은 마법사의 집으로 갔다.

마법사는 꿰뚫어 보는 듯한 날카로운 눈매를 가진 똑같이 구부정한 노인이었다. 검은색 옷을 입고, 옥을 상감한 가느다란 페르시아 지팡이를 손에 들고, 오소킨과 나란히 불 가에 앉아 있었다.

똑같이 널찍하고 기이하게 꾸며진 방. 카펫들과 비단 커튼, 책꽂이들, 청동 인도 신상들. 벽감 안에는 관음보살 좌상이 놓여 있고, 붉게 옻칠한 장식대에 놓인 큰 천구의. 그리고 마법사의 의자 옆 소형 상아 조각 탁자 위의 모래 시계. 의자 등받이에서 자는 커다란 검은색 시베리아 고양이.

오소킨은 우울한 얼굴로 시가를 피우며 아무 말도 하지 않았다.

그가 깊은 생각에 잠긴 순간, 마법사가 입을 열었다.

"친구여, 그대는 이미 알고 있었네."

오소킨은 흠칫 놀라며 마법사를 쳐다보았다.

"내가 무슨 생각을 하는지 어떻게 아시죠?"

"난 그대가 무슨 생각을 하는지 언제나 알지."

오소킨이 고개를 숙이고 멍하니 카펫을 쳐다보았다.

그가 말했다.

"네, 나는 이제 어쩔 수 없다는 것을 알아요. 하지만 이 불행한 몇 년의 시간을 되돌릴 수만 있다면······. 당신은 늘 그런 것은 존재하지도 않는다고 말하지만요. 인생이 주려고 했지만 내가 걷어차 버린 모든 기회들을 되찾을 수만 있다면! 내가 다르게 행동할 수만 있었다면······."

그렇게 말하면서 오소킨은 문득 두려움을 느꼈지만 왜 그런지는 알 수 없었다.

오소킨은 말을 중단하고 당혹스러운 표정으로 마법사를 쳐다보았다. 그러다가 주위를 힐끗 둘러보았다.

그는 혼잣말로 중얼거렸다.

'너무 이상한 느낌이야. 이 모든 일이 전에도 일어났었나? 방금 과거에도 이곳에 이렇게 앉아 있었던 것 같았어. 모든 것이 똑같았고, 나는 똑같은 말을 하고 있었어.'

그는 묻는 듯한 눈길로 마법사를 바라보았다.

마법사가 오소킨을 돌아보며 나직이 웃음 지었다. 그리고 고개를 끄덕였다.

마법사가 말했다.

"모든 것이 전에도 있었고, 모든 것을 되돌릴 수 있지. 모두 다. 하지만 그렇게 해도 달라지는 것은 없어."

오소킨은 떨고 있는 자신을 발견했다. 이것이 대체 무슨 의미인가? 그는 마음속에 확고한 생각을 가지고 마법사를 찾아왔었다. 하지만 지금은 기억해 낼 수 없었고 그것을 말로 표현할 수 없었다. 그것이 무엇이었는지 기억해 내야만 했다. 그것을 마법사에게 설명해야만 했다. 왜 이런 어리석은 공포가 자신을 마비시키는가?

그는 시가를 불에 던지고, 의자에서 일어나 방 안을 서성였다.

노인은 앉아서 그를 지켜보다가 고개를 끄덕이며 미소 지었다. 그의 표정에서 재미있어하고 놀리는 듯한 기색이 엿보였다. 냉정한 조소가 아니라 다 이해한다는 얼굴이었다. 마치 돕고 싶지만 그럴 수 없기라도 한 듯 동정하고 안타까워하는 얼굴이었다.

오소킨은 마법사 앞에 서서 무엇엔가 홀린 사람처럼 말했다.

"나는 돌아가야만 해요. 그런 다음 모든 것을 바꿔야만 해요. 이렇게는 계속 살 수가 없어요. 우리는 앞에 놓인 것을 전혀 모르기 때문에 어리석은 행동을 하는 거예요. 미리 알 수만 있다면! 앞길을 조금만 볼 수만 있어도!"

그는 방 안을 이리저리 서성이다가 노인 앞에서 멈추었다.

"내 말을 들어보세요. 혹시 당신의 마법이 나에게 이 일을 해 줄 수 있나요? 저를 돌려보내 줄 수 없나요? 오래전부터 이 생각을 해 왔는데 오늘 지나이다의 소식을 듣고, 이것이 내게 남은 유일한 길이라는 판단이 들었어요. 가능하다면 나를 과거로 돌려보내 주세요. 매사에 다르게 행동할 거예요. 새로운 방식으로 살고, 때가 오면 지나이다를 만날 준비를 해 두겠어요. 하지만 내가 모든 것을 기억해야만 해요. 이해하시겠어요? 내가 경험한 모든 것, 인생에 대한 지식을 전부 다 간직하고 있어야 해요. 내가 돌아왔다는 것을 기억해야만 하고, 무엇 때문에 돌아왔는지 잊지 말아야 해요……"

그는 말을 멈추었다.

'맙소사, 내가 지금 무슨 말을 하고 있지? 난 그때도 똑

같은 말을 했었어!'

그가 마법사를 바라보았다.

노인은 미소 지으며 고개를 끄덕였다.

"그대의 소원대로 해 줄 수는 있지만, 그렇게 한다고 그대의 상황이 더 나아지진 않을 거야."

오소킨은 안락의자에 털썩 주저앉아서 두 손으로 머리를 감쌌다.

그가 말했다.

"말해 주세요, 내가 전에도 여기에 당신과 같이 있었던 것이 사실인가요?"

"사실이네."

마법사가 대답했다.

"그리고 내가 당신에게 똑같은 부탁을 했나요?"

"그랬지."

"그러면 내가 또다시 이곳에 오게 될까요?"

"그것은 확실하지 않지. 그대가 오고 싶어 할 수도 있지만 그것이 불가능할 수도 있어. 이 문제들에는 그대가 아직 모르는 많은 측면들이 있어. 그대는 전혀 예기치 못했던 어려움에 부딪칠 수도 있어. 내가 분명하게 말할 수 있는 것은 단 한 가지야. 환경은 달라질 수 있어도 그대 자신이 똑같은 결정에 도달하리라는 데는 전혀 의심할 여지가 없다는 것이야. 거기에는 어떤 차이도, 어떤 변화도 있을 수 없어."

"그렇다면 이것은 바퀴에 올라타고 계속 도는 것과 같아요! 이것은 하나의 덫이에요!"

오소킨이 말했다.

노인은 미소 지으며 말했다.

"친구여, 그 덫이 인생이라고 불리는 거야. 그대가 한 번 더 실험을 반복하고 싶다면 나는 그대가 원하는 대로 해줄 수 있어. 하지만 경고하는데 그대는 아무것도 바꾸지 못할 거야. 상황을 악화시킬 가능성만 있어."

"내가 모든 것을 기억한다고 해도 그럴까요?"

"그대가 모든 것을 기억한다고 해도 그럴 거야. 무엇보다 그대는 이 기억을 오래 간직하지 않을 거야. 그것이 너무 고통스럽고, 그래서 그대 스스로 기억을 지우고 잊어버리길 원하겠지. 그런 다음 잊어버릴 테고. 둘째로 그대가 기억한다고 해도 그것이 도움이 안 될 거야. 그대는 기억하면서도 여전히 계속 같은 행동을 할 거야."

"하지만 그것은 너무도 무서운 일인데요. 빠져나갈 길은 없는 건가요?"

오소킨이 물었다.

그는 불안한 떨림에 사로잡혀서 또다시 아무 말도 할

수 없었다. 그 생각에는 무덤과 같은 추위가 있었다. 그는 그것이 피할 수 없는 일에 대한 공포라고 느꼈다. 자기 자신에 대한 두려움, 탈출구가 없는 삶에 대한 공포…… 그는 똑같을 것이고 모든 것이 다시 똑같아질 것이다.

그 순간 오소킨은 현재의 상태로 돌아간다면 모든 것이 이전과 똑같이 진행되리라는 것을 이해했다. 그는 연속적으로 일어난 학교에서의 사건들과 이후의 사건들을 또렷이 기억했다. 모든 일이 마치 시계 장치처럼 맞물려 일어났다. 기계에서 한 바퀴의 움직임이 다른 바퀴의 움직임을 만들어 내는 것과 같았다. 동시에 오소킨은 현재의 상황을 그대로 받아들일 수 없다고 느꼈다. 지나이다를 잃는 것과 모든 것이 자신의 잘못이라는 생각을 받아들일 수 없었다.

오소킨과 마법사, 둘 다 침묵을 지켰다.

마침내 오소킨이 속삭이는 소리로 물었다.

"그러면 내가 어떻게 해야 하죠?"

긴 침묵이 흘렀다.

마법사가 침묵을 깨고 말했다.

"사랑하는 친구여, 우리가 서로 알기 시작한 후 처음으로 그대에게서 분별력 있는 말을 듣는군. 그대는 어떻게 해야 하느냐고 묻네. 내 말을 주의 깊게 듣게. 내가 그대에게 지금 해 주려는 말은 한 인간에게 평생 한 번만 해 주는 말이고 그나마 극소수만 들을 수 있지. 이것을 이해하는 데 실패하면 그건 그 사람 자신의 잘못이야. 이것은 반복해서 말할 수 있는 것이 아니야. 그대는 이곳에 와서 하소연하고 기적을 요구하지. 그리고 나는 할 수만 있으면 그대의 부탁을 들어주지. 진심으로 그대를 돕고 싶기 때문이야. 하지만 그것에서 어떤 결과도 얻어지지 않아. 왜 그것에서 어떤 결과도 얻어지지 않는지, 또 왜 나는 그대를 도울 수 없는지 이해해야만 해. 나는 그대가 원하는 대로만, 그대가 요구하는 대로만 할 수 있다는 점을 알아야 해. 나 자신의 계획과 의도를 가지고 그대에게 어떤 것을 줄 수는 없어. 이것이 규칙이지. 지금 이 말을 하는 것도 그대가 어떻게 하면 되느냐고 내게 물었기 때문에 말해 줄 수 있는 것이야. 그대가 묻지 않았다면 나는 말할 수 없었을 거야.

　여기에 조금 더 덧붙일 수 있겠군. 이대로 그대가 과거로 돌아가면 모든 것이 이전과 똑같거나 더 나빠질 거야. 예를 들면 그대는 나를 만나지 못할지도 몰라. 기회가 제한되어 있다는 점을 명심해야 해. 누구도 무제한의 기회를 갖고 있지 않아. 그리고 그대가 마지막 기회를 써 버렸는지도 알 수 없어. 반면에 그대가 이 삶을 계속 살아간다면, 다음에는 다르게 시작할 수 있을 만큼 무엇인가가 많이 변할 수도 있지."

"이 삶을 계속 살아갈 가치가 있을까요?"

"그건 그대의 일이야. 그대 스스로 결정해야만 해. 하지만 한 가지는 기억하게. 지금 상태로 맹목적으로 돌아간다면 그대는 다시 똑같은 일들을 할 것이고, 전에 일어났던 일들이 반복되는 걸 피하지 못할 거야. 결코 수레바퀴에서 빠져나오지 못할 것이고, 모든 것이 이전과 똑같이 굴러갈 거야. 그대는 내게 어떻게 하면 되느냐고 묻지. 나는 '삶을 살라'고 대답하겠네. 그것이 그대에게 주어진 유일한 기회야.

주의 깊게 생각하면 그대는 필요한 모든 것을 내가 한 말에서 발견할 거야. 하지만 여전히 돌아가서 다시 시작하고 싶다면, 그대가 그것을 원한다면, 심지어 태어난 날로도 내가 보내 주겠네. 하지만 경고하네. 그대는 다시 이곳으로 올 거야. 그럴 수 있다면. 이제 결정하게."

오소킨은 안락의자에 미동도 하지 않고 앉아 있었다. 다시 긴 침묵이 흘렀다.

그가 살아온 인생의 장면들과 그림들이 다시 눈앞을 지나갔다. 학교, 어머니, 파리, 지나이다. 오, 하느님! 얼마나 많은 가능성들을 얻었다가 차례로 잃었던가! 인생은 계속 그를 궁지로 몰아가서 마침내 출구 없는 좁은 터널에 갇힌 자신을 발견하고 말았다. 하지만 실제로는 출구가 존재한다면? 마법사는 어째서 그가 삶을 살아야 한다고 주장할까? 또 그가 다시 똑같은 상황에 도달한다면, 혹은 훨씬 더 나쁜 결말에 이른다면 돌아간들 무슨 의미가 있을까? 마법사는 무슨 의미로 그 말을 할까? 무엇이 더 나빠질 수 있을까?

오소킨은 혼자 말했다.

'처음에 과거로 돌아가 다시 살게 되리라는 것을 알았을 때, 내게는 그것이 흥미로운 모험처럼 보였어. 하지만 이제는 그것이 두렵고, 그 경험을 미루기 위해 가능한 모든 일을 해야 한다고 느껴. 내 마음을 끌던 모험은 완전히 다른 방향에 있어. 어느 방향인지 아직은 몰라. 하지만 돌아가는 모험을 감수하기 전에 난 그것을 찾아야만 해.'

마침내 오소킨이 고개를 들었다.

그가 말했다.

"살아 보겠습니다. 당신 말이 옳아요. 나는 여전히 아무것도 이해하지 못하지만, 이 모든 것을 다시 시작하는 것이 탈출구가 아니라는 걸 알아요."

마법사는 마음을 꿰뚫어 보려는 듯 오랫동안 오소킨을 응시했다.

마침내 그가 말했다.

"그대가 살아 보겠다고 말을 했으니 내가 더 말해 줄 수 있겠군. 하지만 먼저 그대에게 묻겠네. 그대는 지나이다를 잘 안다고 생각하는가?"

오소킨은 놀라서 마법사를 쳐다보았다.

"잘 안다고 생각해요. 그런데 그 말이 무슨 뜻이죠?"

노인은 다시 미소 지었다.

"그대가 그녀를 잘 안다면, 어떻게 그녀가 민스키와 결혼할 것이라고 믿을 수가 있지?"

"어떻게 믿을 수가 있느냐고요? 지나이다는 더 이상 나를 기다리지 않겠다고 말했어요. 그리고 나는 그녀가 있는 곳으로 갈 수가 없었어요. 그러다가 그녀의 오빠 크루티츠키를 만났는데 그 친구가 말하기를……."

오소킨은 말을 멈추고, 갑자기 이상하고 기분 좋은 희망에 휩싸였다. 희망보다 더 큰 느낌, 기적에 대한 기대감이었다.

왜 마법사는 그것에 대해 이야기할까?

마법사가 말을 이었다.

"전에는 그대에게 이 이야기를 해 줄 수가 없었네. 그대의 결정에 영향을 줄 수 있는 이야기는 아무것도 하면 안 되니까. 하지만 이제 그대에게 말해 줄 수 있겠군. 오늘 민스키 대령은 모스크바를 거쳐 페테르부르크로 향했지. 지나이다는 결혼식 사흘 전에 파혼했네. 게다가 그녀는 민스키와 결혼할 의향이 없었지. 다만 그대가 그걸 알아차리지 못했을 뿐이지."

오소킨은 당황한 표정을 지으며 앉아 있었다.

"그러면 그녀는 결혼하지 않겠군요. 하지만 그러면 왜……?"

그는 자신이 무슨 말을 하고 있는지도 모르는 듯 중얼거렸다. 그리고 생전 처음 보는 사람처럼 마법사를 쳐다보았다.

"하지만 왜 전에 나한테 말해 주지 않았죠?"

"왜냐하면 그대가 묻지 않았으니까. 그대는 그 소식을 사실로 받아들이고, 이미 결정을 내리고 나를 찾아왔네. 나는 이미 내려진 결정에 반하는 주장은 할 수가 없어."

오소킨은 마법사가 하는 말이 거의 귀에 들어오지 않았다.

그가 혼자서 중얼거렸다.

'이럴 수가! 내가 얼마나 바보 천치였는가! 어떻게 그 말을 믿을 수가 있었을까? 이 모든 것은 그녀의 평소 행동에 불과한데 말이야. 지나이다는 어느 시점까지 그저 재미를 위해 민스키가 필요했겠지만 그 이상은 아니었어. 그녀가 결코 민스키와 결혼하지 않으리라는 것이 이제 분명해졌어. 어떻게 난 그녀를 그토록 오해할 수 있었을까?'

마지막 몇 달 동안의 그림들이 눈앞을 스쳐 지나갔다. 자신이 얼마나 자존심과 아집에 사로잡혀 있었는지 분명히 보였다. 당연히 어떤 대가를 치르더라도 지나이다와 함께 떠나야 했는데 그러지 않았다. 이제는 당연히 모든 것이 달라지리라.

수십 가지 계획이 머리에 떠오르기 시작했다. 오소킨은 기차에 탄 자신을 보았다. 기차 바퀴가 덜컹거리며 굴러간다. 그는 크림반도로 향한다. 그곳에서 지나이다를 만날 것이다. 결국 어떻게든 상황이 정리될 수 있으리라.

마법사가 말하고 있었다.

처음에 오소킨은 그의 말이 들리지 않았다.

마법사가 말했다.

"아무것도 변하지 않을 거야."

"아무것도 변하지 않을 거라니 무슨 말이죠? 이미 모든 게 변했는데요."

오소킨이 말했다.

마법사가 고개를 저으며 미소 지었다.

"사랑하는 친구여, 다시 한 번 그대는 자신을 속이고 있네. 아무것도 변하지 않았어. 모든 것은 지금까지의 상황과 똑같고, 모든 것은 그대로 똑같이 남아 있을 거야. 아무것도 바꿀 수 없고 아무것도 변하지 않을 거야."

그러면서 그는 다음의 구절을 읊었다.

'바람은 자신의 궤도에 따라 다시 돌아올 것이니, 지금까지 있었던 것이 앞으로도 있을 것이고, 지금까지 이루어진 일이 앞으로도 이루어지리라.'

오소킨이 물었다.

"그러면 아무것도 바뀔 수 없는 건가요?"

마법사가 말했다.

"나는 아무것도 바뀔 수 없다고 말한 적 없어. 그대가 아무것도 바꿀 수 없으며, 또 아무것도 저절로 바뀌지는 않는다고 말했지. 난 무엇이든 바꾸려면 먼저 그대 자신이 변해야만 한다고 이미 말했네. 그리고 이것은 그대가 생각하는 것보다 훨씬 어려워. 자신이 바뀌려면 오랜 기간의 지속적인 노력과 많은 앎이 필요하지. 지금의 그대는 그런 노력을 할 수 없고, 어떻게 시작해야 하는지조차 몰라. 아무도 혼자서는 그렇게 될 수 없어. 사람들은 늘 똑같은 실수를 되풀이하지. 처음에 그들은 자신들이 수레바퀴 위에서 회전하고 있다는 것을 모르고, 이런 이야기를 들어도 믿으려 하지 않지. 나중에 그 진실을 깨닫기 시작하면, 그들은 그것이 필요한 전부라고 생각해. 이제

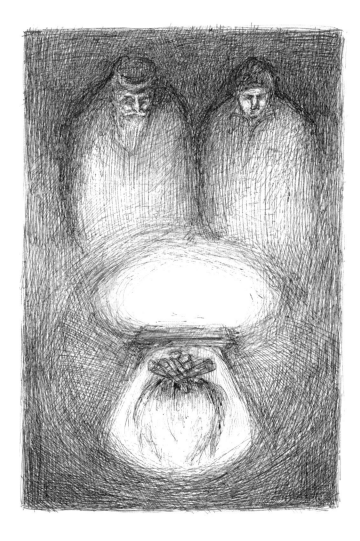

자기들이 알아야 할 모든 것을 알았으며, 무엇이든 바꿀 수 있다고 자신만만해지지. 곧 그들은 모든 것이 대단히 쉽고 간단하다고 선전하는 사기꾼들을 발견하게 돼. 이것이 무엇보다도 가장 큰 환상이야. 이런 식으로 사람들은 큰 고통과 때로는 엄청난 노력을 통해서 얻어 낸 기회들을 잃어버리지.

많은 것을 알아도 아무것도 바꿀 수 없다는 것을 반드시 기억하게. 변화에는 다른 앎이 필요하고, 또한 그대가 갖고 있지 않은 무엇인가가 필요하기 때문이야."

"우리가 갖고 있지 않은 것이 무엇인가요?"

"더없이 그대다운 질문이군. 다른 모든 사람들처럼 그대는 모든 것을 알 수 있다고 생각하지. 사실은 아무것도 알 수 없고 아무것도 이해할 수 없는데도 말야. 그것이 그대에게 존재하지 않는다면 내가 어떻게 그것이 무엇인지 말해 줄 수 있겠나?"

오소킨은 침묵했다.

그렇다, 그는 마법사의 말이 옳다고 느꼈다. 자신은 아무것도 바꿀 수가 없었다. 기분이 들뜬 순간이 지나자 오소킨은 두려움과 번민에 사로잡혔다. 그는 다시 어리석은 행동들을 할 것이고 다시 지나이다를 잃을 것이다.

"그럼 상황이 달라지기 시작하게 만들려면 무엇이 필요

한가요?"

그가 물었다.

오소킨은 마법사가 '그대가 달라지면 다른 모든 것이 달라질 것이다'와 같은 무척 그럴듯하지만 그에게는 거의 의미 없는 대답을 할 것이라고 예측했다.

그런데 마법사는 오소킨이 기대하지 않았던 말을 했다.

"그대 스스로는 아무것도 바꿀 수 없으며 도움을 구해야 한다는 것을 깨달아야만 하네. 그리고 이것은 매우 중요한 깨달음이지. 왜냐하면 오늘 깨닫고 내일 잊어버리는 것은 아무 소용이 없으니까. 인간은 이 깨달음과 함께 살아가야만 해."

오소킨이 물었다.

"하지만 '이 깨달음과 함께 살아가는' 것이 무슨 의미이죠? 그리고 누가 나를 도와줄 수 있죠?"

마법사가 대답했다.

"내가 그대를 도와줄 수 있지. 그리고 이 깨달음과 함께 살아간다는 것은 그것을 위해 큰 것을 희생한다는 뜻이네. 한 번만 희생하는 것이 아니라, 자신이 원하는 것을 얻을 때까지 계속해서 희생하는 것이지."

"수수께끼처럼 말하시는군요. 내가 무엇을 희생할 수 있습니까? 가진 것이 아무것도 없는데요."

오소킨이 말했다.

마법사가 대답했다.

"누구나 희생할 무엇인가를 가지고 있지. 도움을 받을 수 없는 사람을 제외하고는. 그러나 물론 그 희생의 대가로 무엇을 얻게 될지 미리 말하는 것은 불가능하네. 아내를 얻기 위해 7년 동안 일했지만 결국 엉뚱하게 그녀의 자매를 얻은 사내(구약성서에 나오는 야곱)를 기억하나? 그는 다시 7년을 일해야 했네. 이런 일은 자주 일어나지."

오소킨은 침묵했다. 불편한 무엇인가가 마음을 휘저었다. 이 노인이 그에게 원하는 것이 무엇일까?

마법사가 말했다.

"내가 말하는 것이 기이하게 들리겠지. 그대는 이러한 것들에 대해 올바르게 생각해 본 적이 없기 때문이야. 게다가 생각 그 자체로는 아무 도움이 되지 않아. 인간은 진정한 앎을 가져야만 해. 그리고 진정한 앎을 갖기 위해서는 반드시 배워야만 하지. 또 배움을 얻으려면 자기희생을 거쳐야만 해. 자기희생 없이는 그 무엇도 얻을 수 없어. 이것이 그대가 이해하지 못하는 부분이고, 이것을 이해할 때까지는 아무것도 할 수가 없어. 설령 내가 그대의 자기희생 없이도 그대가 소원하는 모든 것을 해 주고 싶다 해도, 나는 그렇게 할 수가 없어.

인간은 그가 사용할 수 있는 것만을 받을 수 있고, 그가 그것을 위해 무엇인가를 희생한 것만 사용할 수 있지. 이것이 인간 본성의 법칙이야. 따라서 만약 중요한 앎이나 새로운 힘을 획득하기 위해 도움을 구하고 싶다면, 그 순간 자신에게 중요한 다른 것들을 희생해야만 해. 나아가 그것을 위해 포기한 만큼만 얻을 수 있지. 그 밖에도 그의 마음 상태 때문에 일어나는 부차적인 어려움들이 많아. 그는 자신이 무엇을 얻게 될지 정확히 알 수가 없지만, 자신이 처한 무력한 상황을 깨닫는다면 모르는 채로라도 희생하는 데 동의할 거야. 또 그렇게 하는 것이 기쁠 거야. 왜냐하면 오직 이 길을 통해서만 새로운 어떤 것, 혹은 자신을 변화시킬 수 있는 것을 얻을 가능성이 생기니까. 그가 아무것도 희생하지 않으면 모든 것이 똑같은 상태로 남아 있거나 심지어 더 악화되지."

"다른 방법은 없나요?"

오소킨이 물었다.

"자기희생이 필요하지 않은 방법을 말하는가? 아니, 그런 방법은 없어. 그대는 자신이 무엇을 묻고 있는지 모르는군. 원인이 없는 결과는 얻을 수가 없어. 자기희생을 통해 그대는 원인을 만드는 거야. 다른 방법들이 있지만 자기희생의 형태, 정도, 결론만 다를 뿐이지. 진정한 앎을 얻으려는 사람은 모든 것을 즉시 포기해야 하고 아무것도 기대하지 말아야 해."

"내가 무엇을 얻을 수 있는지 어떻게 알 수 있죠? 또 내가 무엇을 포기해야 할지 어떻게 알까요?"

"자신이 원하는 것이 무엇인지 깨달음으로써 그대는 무엇을 얻을지 알 수 있어. 내면의 복잡한 이유들 때문에 그대는 대부분의 사람들이 모르는 위대한 비밀을 추측하게 되었어. 그 추측 자체만으로는 쓸모가 없어. 아무 데도 적용할 수 없으니까. 하지만 이 비밀을 안다는 사실이 그대에게 어떤 문들을 열어 주지. 그대는 모든 것이 다시 또다시 반복된다는 것을 알아. 똑같은 사실을 발견하고서도 그 발견으로부터 더 이상의 것을 얻지 못한 사람들이 많아. 그대 안에서 무엇인가를 바꿀 수 있다면, 이 앎을 그대에게 이익이 되도록 사용할 수 있어. 따라서 그대는 자신이 무엇을 원하고 무엇을 얻을지 아는 것이지.

이제 무엇을 희생할지와 어떻게 희생할지에 대한 문제가 있군. 그대는 가진 것이 아무것도 없다고 말하지. 꼭 그렇진 않아. 그대는 인생을 갖고 있어. 그러니까 인생을 희생하면 되는 것이지. 어쨌든 그대는 인생을 내던지려고 했던 사람이니 그것은 아주 작은 희생이지. 인생을 내던지지 말고 그것을 내게 맡기면, 내가 그대를 어떻게 변화시킬 수 있는지 알아보겠네. 그대의 인생을 전부 요구하지는 않겠네. 15년 정도면 충분할 거야. 하지만 이 기간 동안 그대는 자기희생과 수행의 길을 걸어야 하네. 내 말의 의미는, 내가 그대에게 말하는 것은 무엇이든 회피하지 않고 핑계 대지 않고 해야만 한다는 뜻이야. 그대 쪽에서 이 합의를 지킨다면 내 쪽에서도 약속을 지키지. 그 시간이 끝나면 그대는 자신을 위해 그 앎을 이용할 수 있게 될 거야. 이제 그대는 무엇을 희생해야 하는지 알겠지?

해야 할 말이 더 있네. 그대와 똑같이 추측한 사람들, 즉 모든 것이 다시 또다시 반복된다는 사실을 짐작한 사람들은 아직 그것을 알지 못하는 사람들과 비교할 때 분명한 장점과 분명한 단점이 있네. 장점은 남들은 배울 수 없는 것을 배울 수 있다는 점이고, 단점은 그들에게 시간이 매우 제한적이라는 것이야. 평범한 사람은 윤회의 바퀴를 타고 계속 돌고 또 돌 수 있지만, 결국 아무 일도 생기지 않고 마침내 사라져 버리지.

다시 말하지만 이것에 대해서는 그대가 모르는 것이 많아. 하지만 알아야만 해. 시간의 길에서는 별자리들조차 바뀐다는 것을. 위대한 비밀을 추측하기 시작한 사람은 반드시 그것을 이용해야만 해. 그렇지 않으면 그 비밀이 그에게 불리하게 변하지. 이것은 안전한 비밀이 아니야.

그 비밀을 자각하게 되면, 그 사람은 계속 나아가야 해. 그렇지 않으면 추락하게 돼. 비밀을 발견하거나 비밀에 대해 들은 사람은 겨우 두세 번, 혹은 단 몇 차례의 생밖에 더 윤회하지 못하지.

이것을 이해해야만 해. 위대한 진리가 존재한다는 것을 알아차린 사람은 자기희생과 끝없는 추구를 통해 진정한 앎에 도달해야만 해. 오직 그것을 통해서만 인생을 바꿀 수 있어. 인생과 자기 자신에 대한 진정한 앎이 없이는 처음으로 돌아간다 해도 똑같은 삶을 반복하게 되지. 인생의 더 큰 진리가 존재한다는 것을 눈치채고도 추구의 길을 걷지 않는 사람은 삶을 바꿀 가능성을 잃게 되지."

"그런 사람은 어떻게 되죠?"

"아, 그들에게는 다른 가능성들이 있을 수도 있지만, 모든 가능성은 언제나 이전의 가능성보다 더 어렵고 시간이 점점 줄어든다는 것을 잊지 말아야 해. 새로운 길잡이와 새로운 도움을 구하지 못하면, 인생이 내리막길을 걷기 시작해 얼마 후에는 환생이 중단되고 다른 영혼들로 대체되지. 그들은 쓸모가 없어지고, 또한 큰 비밀을 알고 많은 것들을 기억하기 때문에 때로는 위험해질 수가 있어. 그러나 그들이 아는 것은 모두 잘못된 방식으로 이해한 것이지. 아무튼 자신에게 주어진 기회를 이용하지 않으면 매번 가능성은 줄어들게 되지.

이제 그대 자신에 대해 생각해야 하네. 아직 젊기 때문에 15년이 긴 시간으로 보일 거야. 나중에는 그것이 매우 짧은 기간이라는 것을 알게 될 거야. 그 시간을 희생해서 자기 자신과 삶에 대해 무엇을 얻을 수 있는지 깨달으면 특히 짧다고 여길 거야. 그러니 집에 가서 생각해 보게. 내가 말한 것이 모두 이해되고 생각이 정리되면, 여기 와서 그대가 내린 결정을 말해 주게.

나는 단지 한 가지만 덧붙일 수 있네. 흔히 사람들이 생각하듯이 그대는 다른 방법으로도 똑같이 할 수 있다고 생각할 거야. 그러나 하나의 일을 하는 길은 한 가지뿐이라는 것을 이해해야만 해. 두 가지 길은 있을 수 없어. 하지만 그대는 이것을 쉽게 이해하지 못할 거야. 오랫동안 많은 내적인 갈등을 겪을 거야. 그 모든 갈등이 없어져야만 해. 오직 그때만이 진정한 삶을 시작할 준비가 되는 것이지.

도중에 많은 위험이 있다는 것도 경고해야겠군. 그 위험들에 대해서 들어 본 적 없거나, 들어 봤다 해도 아주 엉뚱하게 들었을 거야. 인생의 중요한 비밀을 추측한 사람들의 길을 막는 자들이 있지. 그대의 마음속에서도 그런 방해꾼들이 나타날 테고. 많은 강력한 세력들이 그대를 가로막을 것이며 그대는 언제나 혼자라는 사실을 알아야만 하네. 이것을 명심하게.

이제 가 보게. 결정을 하면 그때 다시 오게. 원하는 만큼 시간을 충분히 갖게. 하지만 너무 오래 미루지는 말라고 충고하고 싶네."

결론

거리로 나온 오소킨은 자신이 가는 방향을 쳐다보지도 않고 아무 생각도 하지 않으려고 애쓰면서 오랫동안 걸었다. 그러다가 조금 외진 길에 있는 벤치에 앉아 미동도 하지 않고, 아무 생각도 하지 않고 가만히 있었다. 하지만 서서히 지금까지 일어난 일들이 기억 속에 되살아났다.

그가 혼자 말했다.

'어떤 결론을 내려야 해. 나 자신을 마법사에게 15년 동안 맡기고 진리 추구의 길을 걷는다면, 나는 지나이다를 잃게 될 거야. 그 길을 걷지 않는다면, 그래도 역시 지나이다를 잃을 거야. 나를 위해 그녀를 다시 찾아낸 사람은 마법사였어. 그녀와 한 번만 얘기를 나눌 수 있다면 좋을 텐데! 하지만 그래 봐야 소용없을 거야. 지나이다에게 마법사에 대해 설명하는 것은 불가능해. 이 모든 것이 그녀를 겁먹게 만들 거야. 복잡한 면이 있긴 하지만 그녀는 무척 단순한 사람이야. 그녀는 내가 자신의 조언을 따라야 한다고 말하겠지. 즉, 다른 사람들처럼 살아야 한다고. 어딘가에서 직장을 구하거나 이런저런 일을 해야 한다고 말하겠지. 그것은 내가 할 수가 없어. 그런 시도는 내가 해보나 마나야.

하지만 어쩌면 나는 또다시 지나이다에 대해 잘못 생각하는 것인지도 몰라. 어쩌면 그녀는 모든 것을, 마법사 부분까지도 이해할 수 있을 거야. 그녀가 인생과 평범한 환경에 대해 말한 것은 사실이지만, 그것은 다른 관점에서였어. 그리고 나는 그녀에게 일들을 충분히 설명하려고 한 적도 없어. 그녀는 늘 내가 모든 것을 말해 주기를 바랐는데도.

하지만 이 모든 것이 얼마나 이상한가! 지난밤에는 모든 것이 끝났고, 나는 지나이다가 결혼할 것이라고 믿었어. 그래서 마법사에게 가서 나를 되돌려 보내 달라고 요청했어. 내 인생을 바꾸고 모든 것을 바로잡을 수 있도록.

그러다가 그와 대화하면서 나는 전에도 그에게 찾아가서 똑같은 부탁을 했었다는 것을 문득 깨달았어. 그는 나를 되돌려 보내 주었고 나는 정신을 차려 보니 학교에 있었지. 그리고 전과 똑같은 나쁜 일들이 벌어졌어. 또다시 나는 어떤 일이 일어날지 미리 알면서도 어처구니없는 짓들을 아주 세세한 부분까지 똑같이 저질렀지. 그리고 다시 마법사에게 돌아왔고.

이 모든 것이 정말로 사실일 수 있을까? 어쩌면 아무 일도 일어나지 않은 것인지도 몰라. 어쩌면 마법사가 나를 그저 잠재웠고 나는 인생을 다시 살고 있는 꿈을 꾼 거야. 실제로 어떤 일이 일어났을까? 그것을 증명하는 것은 불가능해. 나는 알지 못하고 앞으로도 모를 거야. 어쩌면 그것은 증명할 수도 없고 반증할 수도 없다는 그 사실만이 진실일지도 몰라.

한 가지 다른 것은 있어. 어제 나는 지나이다가 결혼할 것이라고 생각했는데 이제 그녀가 민스키와 결혼했을 리 없다는 걸 알아. 또 이제 나는 마법사에게 밝힐 대답을 결정해야만 해. 이것은 새로운 일이야. 이것은 전에는 일어나지 않은 일이야.

이제 나는 일들이 다시 똑같은 방식으로 일어나는 것을 막기 위해 무엇인가를 해야만 해. 그러니까 해야 할 일은 단 한 가지, 15년 동안 나를 마법사에게 맡기고 추구의 길을 걷는 거야. 이상하지! 전에 이런 이야기들을 들었지만 늘 꾸며 낸 말 같았고 그것들에서 아무런 의미나 목적도 발견하지 못했어. 그런데 이제 그런 일들이 실제로 일어난 것 같고, 거기에 많은 의미와 분명한 목적이 있는 것을 알겠어. 그러나 바보 같은 줄은 알지만 내 안에 그 길을 두려워하는 무엇인가가 있어. 더 이상 잃을 것이 없고 이제 상황은 더 나빠질 수가 없으니 두려워할 것이 없는데도.'

오소킨은 주머니에 손을 넣다가 차고 묵직한 것을 만졌다. 권총이었다! 그는 권총을 까맣게 잊고 있었다. 그는 어이없는 웃음을 지었다.

'맞아, 러시아의 이야기에 나오는 세 갈래 길과 같군. 첫 번째 길을 택하면 말을 잃게 되고, 두 번째 길을 택하면 자기가 죽고, 세 번째 길을 택하면 말도 잃고 자기도 죽지. 어느 길을 택할 것인가?'

그는 일어나서 천천히 길을 따라 걸었다.

새벽이 밝아 오고 있었다.

'내일 대답을 주어야만 해. 더 이상 기다릴 수는 없어. 비록 내가 어떤 대답을 할지 아직은 모르지만. 내가 실제로 아무것도 할 수 없다는 것을 믿기 힘들어. 하지만 지금까지 나는 무엇을 했지? 모든 것을 망치기만 했어. 내 자신을 버리고 마법사와 함께 진정한 앎을 찾아 나가는 길을 걸을까? 하지만 그것도 이상하고 심지어 비겁한 행동 같아. 어쩌면 이것이 가장 큰 환영일지도 몰라. 왜냐하면 자신이 실제로 아무것도 할 수 없다는 것을 확인하고 인정하는 것은 결코 비겁한 게 아니니까. 반대로 그것이 사실이라면 이것은 인간이 할 수 있는 가장 용감한 일이야. 하지만 그것을 믿기는 너무나 어렵지. 대답을 하기 전에 지나이다를 단지 한 번만이라도 볼 수 있다면 얼마나 좋을까! 마법사는 시간을 갖고 생각해 보라고 말했어. 어쩌면 그 사이에 크림반도에 다녀올 수 있을지도 몰라. 상황은 언제나 해결될 수 있으니까…… 좋아, 내일 아침에 떠나자!'

오소킨은 집을 향해 걸어갔다.

모스크바가 잠에서 깨어나고 있었다. 교회 종이 새벽예배 시간을 알렸다. 마차들이 덜컹거리며 지나갔다. 수위들이 빗자루로 자갈 깔린 거리를 쓸자 먼지구름이 일어났다. 회색과 흰색이 섞인 고양이와 노란색 고양이가 인도에 마주 앉아서, 대화라도 하는 것처럼 서로를 골똘히 쳐다보고 있었다.

오소킨은 주위를 둘러보다가 문득 특별히 생생한 기분

에 사로잡혔다. 그가 그곳에 없다 해도 모든 것이 똑같을
것 같았다.

한 남자의 기이한 시간 여행

오늘 아침 햇살은 투명했지만 부서질 듯한 느낌이 아니었다. 어제의 햇빛과는 분명 다른, 계절이 갖는 단단함이 빛에서도 느껴졌다. 앞에 강이 흐르고 있어서였을까, 창가에 서 있으니 시간의 흐름 속에 흘러가고 있음이 분명히 자각되었다. 시간, 그것이 온몸과 마음으로 느껴지는 인생의 단계에 접어든 것일까? 그 생각을 하면 자연스럽게 이어지는 질문. 시간을 되돌려 어느 시절로 돌아갈 수 있다면 언제로 돌아가서 다시 시작할까? 자신이 살아온 여정과 지금 이 자리를 생각하면 후회와 아쉬움으로 얼룩질 수밖에 없는 그 질문. 누구나 몇 번쯤 물어봤을 이 질문을 페테르 우스펜스키는 소설 『이반 오소킨의 인생 여행(Strange Life of Ivan Osokin)』을 통해 던지고 있다.

우스펜스키는 1878년 러시아의 모스크바에서 태어나 신문사에서 저널리스트로 일하다가, 1차 세계대전이 일어나기 직전인 1913년에 동양으로 구도 여행을 떠났다. 죽음과 다시 사는 것에 대한 근본적인 질문이 그를 윤회 사상을 기반으로 하는 동양 사상에 빠져들게 했을 것이고, 그런 관심과 고민은 그 여행 후에 발표한『이반 오소킨의 인생 여행』을 통해 명료하게 드러난다. 귀국 후 그는 러시아 정교회의 신비주의 전통과 이슬람 신비주의인 수피즘, 동양의 종교철학을 융합한 영적 스승 구르지예프를 만나 공부했다. 우스펜스키는 구르지예프의 가르침을 집필해 책으로 발표하는 한편, 종교와 철학과 심리학을 섭렵했다. 또한 미국과 영국에서 신비주의에 기초한 철학을 가르치고 강연했다.

젊은 날 우스펜스키가 인생과 세상이 돌아가는 이치에 대해 던진 질문인『이반 오소킨의 인생 여행』은 출간 후 백 년이라는 시간과 러시아에서 서양을 거쳐 여기까지 이르는 공간을 아울러 우리에게 달콤 쌉쌀한 상상과 진지한 고민을 안겨 주는 명작이다.

20세기 초 러시아. 20대 중반의 청년 이반 오소킨. 학교 벽에 낙서했다는 이유로 퇴학당하고 독학했던 작가가 투영된 듯, 기숙학교에서 동상에 안경을 씌우고 벽에 낙서하는 장난으로 퇴학당한 후 군사학교에 들어가지만 자리를 잡지 못한 처지다. 연인마저 크림반도로 휴가를 떠난 후 결혼 소식이 들려오자, 오소킨은 마법사를 찾아가 이 모든 기억을 가지고 과거로 돌아가게 해 달라고 청한다. 시간을 돌리면 그는 같은 실수를 저지르지 않고 인생에 성공해 사랑하는 여자를 얻을 수 있을까? 마법사는 오소킨에게 원하는 시절로 보내 줄 수 있지만, 다시 살아 본들 같은 결과를 얻을 거라고 말한다. 하지만 오소킨은 다른 삶을 살 것이라고 장담하면서 기숙학교 시절로 돌아가서 다시 살기 시작한다. 과연 그 다시 사는 삶은 어떨까? 소설은 퍼즐을 맞추듯 이반 오소킨의 삶을 찬찬히 펼치고, 나는 그의 시간 여행을 함께하면서 결국 '내가 오소킨이었다면?'이라는 생각에 빠져들었다.

오소킨이 길을 잃고 헤맬 때, 어리석게 굴 때, 자신과 삶에 대한 믿음이 없을 때 내 분신인 듯 그를 타박했지만 그것이 내 삶이었다면 나는 어땠을까? 그 여행의 끝에서 생각해 본다. 꼭 물리적으로 젊은 시절로, 어린 시절로 돌아가야만 가능한가? 지금 여기서 다시 여정을 시작할 수는 없는 걸까? 번역 작업이 진행될수록 나는 우스펜스키가 소설을 통해 우리에게 무슨 말을 하려고 했을까 라는 질문에서 놓여났다. 그저 그가 '그대들은 주어진 시간을, 인생을 어떻게 할 셈인가? 이반 오소킨이 되어 한 번 생각해 보지.'라고 권하는 것 같았다.

가족치료사이며 내면아이 치료 전문가인 존 브래드쇼는 뉴욕 타임스 베스트셀러 1위에 오른 저서 『상처받은 내면아이 치유』에서 우스펜스키의 이 소설을 인용해 다음의 우화를 들려준다.

　"옛날에 루디 레볼빈이라는 이름을 가진 남자가 살았다. 그는 매우 괴롭고 불행한 삶을 살았다. 어느 날 그는 생을 다 채우지 못한 채 죽어서 어둠의 공간으로 갔다.

　어둠의 지배자는 루디가 성인아이인 것을 알아차렸고, 그에게 인생을 다시 한 번 살 수 있는 기회를 주면 어둠의 세계에 보탬이 되리라는 것을 알았다. 어둠의 지배자는 어둠을 계속 유지해야 하는 사명이 있기 때문에 할 수만 있다면 세상을 더 어둡게 만들려고 한다.

　어둠의 지배자는 루디에게, 원한다면 세상을 한 번 더 살 수 있는 기회를 줄 거라고 말하면서, 다만 자신이 확신하건대 루디가 다시 인생을 살게 되면 똑같은 실수를 반복할 것이 뻔하고 이전과 똑같은 불행한 경험을 되풀이하게 될 것이라고 장담했다. 그러면서 그는 루디에게 일주일간 생각할 시간을 주었다.

　루디는 오랫동안 심각하게 이 문제를 놓고 고민했다. 어둠의 지배자가 그를 이용하려는 것이 분명했다. 당연히 그는 같은 실수를 하게 될 것이 뻔했다. 왜냐하면 이전의 자신의 삶이 어떠했는지에 대해 전혀 기억을 할 수 없기 때문에 다시 똑같은 짓을 반복할 것은 자명한 일이었다. 이전의 삶에 대한 기억이 없이는 그가 저질렀던 실수들을 피할 수 있는 방법은 전혀 없었다. 결국 어둠의 지배자 앞에 섰을 때, 루디는 그 제안을 단호히 거절했다.

그러자 어둠의 지배자는 보통의 규칙과는 다르게 특별히 루디가 지나간 인생의 모든 것을 기억할 수 있게 해 주겠다고 제안했다. 어둠의 지배자는 비록 그가 그 기억을 가지고 있더라도 여전히 똑같은 실수를 할 것이고, 또다시 괴롭고 불행한 삶을 반복하며 고통받으리라는 것을 잘 알고 있었다. 루디 자신 안의 상처받은 내면아이에 대해 어둠의 지배자는 알고 있기 때문이었다.

루디는 혼자 속으로 웃으면서 생각했다.

'좋았어! 드디어 됐어. 나는 자신이 있어! 내 마음먹은 대로 정말 멋지게 새로운 인생을 다시 시작하는 거야!'

루디 자신은 자신의 상처받은 내면아이에 대해서는 알지 못하고 있었다. 아나나 다를까, 그는 비록 그가 예전에 저질렀던 실수들과 그로 인한 불행에 대해서 미리 예상하고 있었음에도 불구하고, 어처구니없게도 또다시 고통스럽고 비극적인 인생을 반복하고 말았다. 어둠의 지배자는 미소를 지으며 기뻐했다."

우스펜스키의 이 특이하고 인상적인 소설은 빌 머레이와 앤디 맥도웰 주연의 〈사랑의 블랙홀(Groundhog Day)〉에 영감을 주었다. 봄을 대표하는 2월 2일인 성촉절(경칩) 취재차 시골 마을로 간 기상캐스터가 자신에게만 동일한 날이 계속 반복되는 마법에 걸려 겪게 되는 이야기이다. 매일 아침 눈을 뜰 때마다 2월 2일이 반복되는 것을 안 그는 어떤 일이 앞으로 벌어질 것인가에 대한 자신의 기억을 토대로 매번 새로운 하루를 만들어 간다.

특별한 인생 여행 속 뫼비우스의 띠를 따라가는 것처럼 과거와 현재를 넘나드는 과정, 어디까지 과거이고 어디부터 현재인지 헷갈려 하며 책을 번역해 나가다가 지금 우리의 삶이 그렇지 않은가라는 생각을 했다. 우리가 볼 수 없고 알 수 없는 시간이라는 흐름 속에서, 지금 여기가 현재인가, 과거인가, 아니면 어느 나의 미래인가. 이야기는 극히 소설답지만, 소설을 다 읽고도 현실 속으로 나오는 게 아니라 현실이 소설인 것 같은 느낌을 주는 독특한 소설. 난 아직도 그 흐름 속에 있지만, 어느 때보다 지금 내게 주어진 순간과 삶을 소중하고 신중하게 받아들이게 되었다.

'지금 자신이 변하지 않으면 과거로 돌아가도 똑같은 삶을 살 것이다. 설령 모든 기억을 가지고 돌아간다 해도 결과는 달라지지 않을 것이다. 우리는 지금 달라져야 하며, 단지 그것을 깨닫는 것만으로는 이루어지지 않는다. 자신의 인생을 바쳐 그 변화를 시도해야 한다.' 그것이 러시아의 신비주의자 우스펜스키가 오늘의 우리에게 보낸 메시지가 아닐까.

공경희

페테르 우스펜스키 P. D. Ouspenky

러시아 출신의 대표적인 영적 교사 페테르 우스펜스키는 16세 때 장학사가 오던 날 학교 벽에 낙서를 했다가 퇴학당한 후 독학으로 공부했다. 수학자와 신문기자로 활동하다가 인생의 진리를 찾아 동양을 여행한 후 모스크바로 돌아와 영적 스승 게오르기 구르지예프를 만나 제자가 되었다. '나는 누구이며, 왜 이곳에 있는가'를 아는 것을 목표로 하는 구르지예프 무브먼트의 일원으로 참가해 고대의 지혜와 진정한 앎을 추구했다. 삶의 비밀과 신비를 설명한 역작들인 『기적을 찾아서(In search of the miraculous)』 『네 번째 차원(The Fourth Dimension)』 『우주의 새로운 모델(A New Model of the Universe)』 『이반 오소킨의 인생 여행(Strange Life of Ivan Osokin)』 등으로 많은 사상가와 작가들에게 영향을 미쳤다. 말년에는 독자적으로 영국과 미국을 중심으로 가르침을 펴다가 영국에서 생을 마쳤다.

공경희

1965년 서울에서 태어났다. 서울대학교 영문학과를 졸업하고 성균관대학교 번역대학원 겸임교수를 역임했으며 전문 번역가로 일하고 있다. 옮긴 책으로 『시간의 모래밭』 『침묵의 행성 밖에서』 『모리와 함께한 화요일』 『천국에서 만난 다섯 사람』 『매디슨 카운티의 다리』 『호밀밭의 파수꾼』 『지킬 박사와 하이드』 『마시멜로 이야기』 『행복한 사람, 타샤 튜더』 『우연한 여행자』 『우리는 사랑일까』 『행복의 추구』 『파이 이야기』 『눈먼 올빼미』 등 다수가 있다. 저서로서 북에세이 『아직도 거기, 머물다』가 있다.

이반 오소킨의 인생 여행

1판 1쇄 인쇄   2014년 10월 15일

1판 1쇄 발행   2014년 10월 27일

지은이   페테르 우스펜스키

옮긴이   공경희

기획   류시화

펴낸이   황재성 · 허혜순

펴낸곳   도서출판 연금술사

책임편집   오하라

디자인   무소의뿔

신고번호   제2012-000255호

신고일자   2012년 3월 20일

주소   121-893 서울시 마포구 잔다리로2길 7

전화   02-323-1762

팩스   02-323-1715

이메일   alchemistpub@naver.com

홈페이지   www.facebook.com/alchemistbooks

ISBN   979-11-950261-5-9   03890